大鱼
有爱的
青春
陪伴者

小花阅读

图书在版编目（CIP）数据

奈何世子要娶我 / 梧虞著. -- 石家庄：花山文艺出版社，2020.3
ISBN 978-7-5511-1219-2

Ⅰ.①奈… Ⅱ.①梧… Ⅲ.①长篇小说－中国－当代Ⅳ.①I247.5

中国版本图书馆CIP数据核字(2019)第278992号

书　　名	奈何世子要娶我
著　　者	梧　虞
统筹策划	张采鑫
特约编辑	青　岩　魏归期
责任编辑	郝卫国
美术编辑	胡彤亮
责任校对	齐　欣
装帧设计	颜小曼　西　楼
封面绘制	鸦青染
出版发行	花山文艺出版社（邮政编码：050061）（河北省石家庄市友谊北大街330号）
销售热线	0311-88643221/29/35/26
传　　真	0311-88643225
印　　刷	长沙鸿发印务实业有限公司
经　　销	新华书店
开　　本	880×1230　1/32
印　　张	9
字　　数	232千字
版　　次	2020年3月第1版 2020年3月第1次印刷
书　　号	ISBN 978-7-5511-1219-2
定　　价	36.80元

（版权所有　翻印必究·印装有误　负责调换）

NAI HE SHI ZI YAO QU WO
奈何世子要娶我

目 录

Chapter 01
清蒸香蕉皮 …………………… 001

Chapter 02
老虎不发威 …………………… 029

Chapter 03
活得比龟长 …………………… 048

Chapter 04
风水轮流转 …………………… 062

Chapter 05
叫天天不灵 …………………… 073

Chapter 06
谁比谁尴尬 …………………… 087

Chapter 07
脸还是要的 …………………… 100

Chapter 08
喝凉水塞牙 …………………… 116

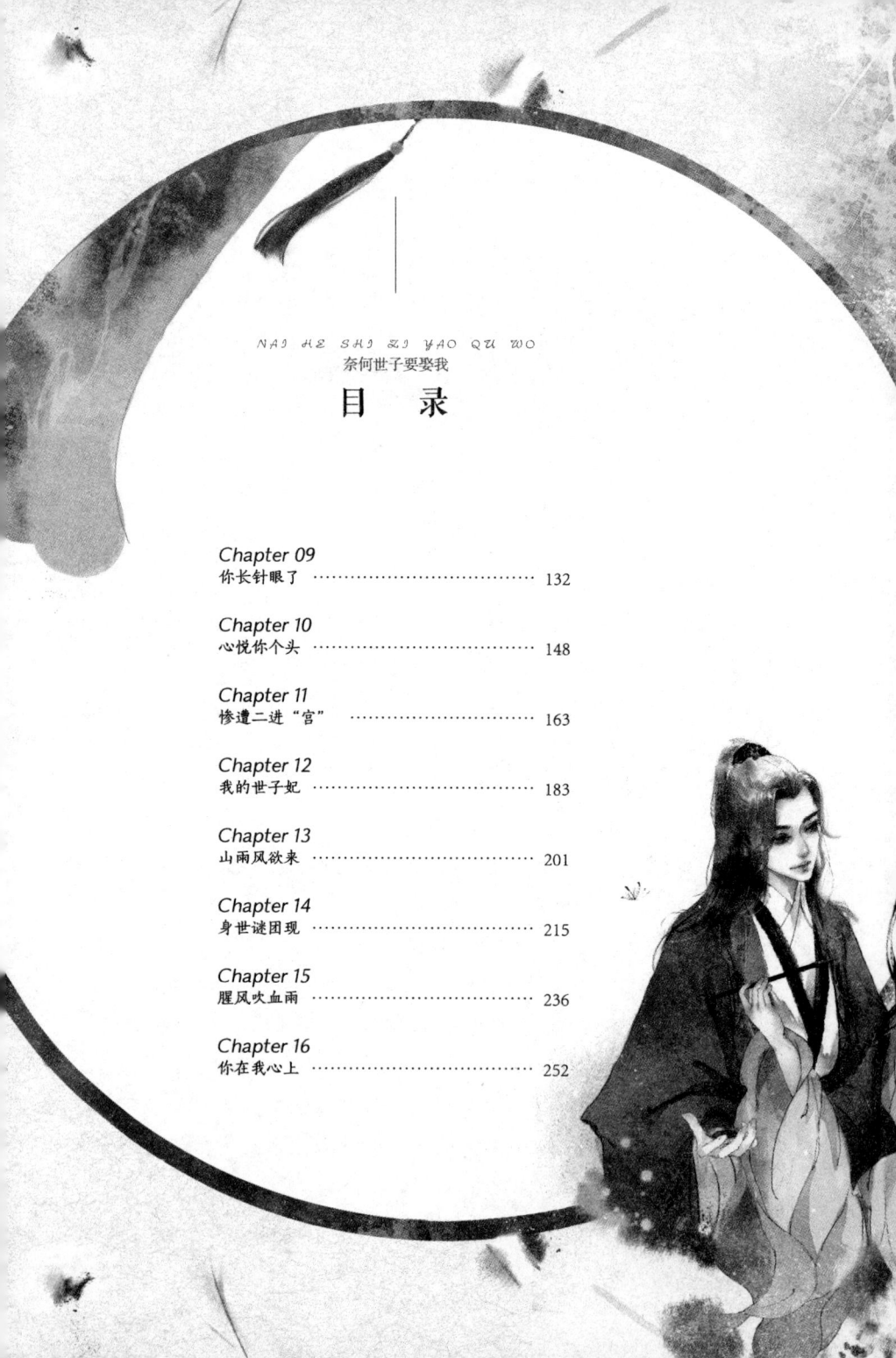

NAI HE SHI ZI YAO QU WO
奈何世子要娶我

目 录

Chapter 09
你长针眼了 ················· 132

Chapter 10
心悦你个头 ················· 148

Chapter 11
惨遭二进"宫" ··············· 163

Chapter 12
我的世子妃 ················· 183

Chapter 13
山雨风欲来 ················· 201

Chapter 14
身世谜团现 ················· 215

Chapter 15
腥风吹血雨 ················· 236

Chapter 16
你在我心上 ················· 252

Chapter 01
清蒸香蕉皮

大炎都城金陵,三月正是风和日丽的好天气,经过了一个冷冽的寒冬,已是暖和的早春,街道上熙熙攘攘,不时传来几声清脆的鸟鸣。

络绎不绝的叫卖声此起彼伏,各色各样的小摊应接不暇,簪花胭脂水粉等摊位前更是挤满了人,美食飘香,好一派百姓安居乐业的清和之景。

忽然一句"哎哟,救命啊"的呼痛声惊扰了一片祥和之气,人们纷纷循着呼救声寻找,等走近时才发现是一个约莫三十岁的壮汉正捂着自己的腿坐在地上,身前,正是一辆马车。

"哎哟,你这车夫怎么不看路呢!这么多人还那么疾驰,一下子就把本公子给撞倒了,我这条腿啊估计是不行了。可能、可能是要骨折了吧!你赶紧赔我五百两银子,我好去医馆接骨!"

"我根本没撞着你啊!"车夫急得在原地团团转,估计他也是有急

事,驾着马车准备去哪个府里接贵人,没想到碰上了这档子麻烦事儿。

"我都站不起来了!你怎么还能赖账呢?"男子作势往前面蹭了蹭。

"是啊,看着怪可怜的。"

"莫不是真仗着什么主子的权势,不肯赔钱?"

围观群众一个比一个说得热闹,好像真的亲眼看见了一样。

男子听见四下里都偏向自己说话,不免更加猖狂,挪了几步就抱住了车夫的腿,一边抹眼泪一边向车夫身上擦去:"我估计您也是给富贵人家做车夫的,怎么能说话这么不近人情呢?我一个人伤着无所谓,可就生怕损毁了咱们府尹的一世清明啊!放过如此仗势欺人之人,让我们府衙的面子往哪里放?"

听得男子的哀号,看热闹的百姓们便更加确信了他所说的一切,纷纷指责车夫仗势欺人,撞人逃跑。

就在车夫一筹莫展、准备先给些银子的时候,忽然一匹骏马急速奔来,眼瞅着就要撞在男子身上,男子下意识急忙奔跑,腿脚伶俐的样子仿若吃了大力丸。

眼见此景,百姓们也就明白了,急忙四散离开,免得被他人看笑话。

等人都走散了,男子气急败坏,指着骑马的女子就是劈头盖脸一顿臭骂:"你是谁啊?也敢管老子的事儿?"

女子干净利落地下马,站在男子面前,步步逼近:"本小姐可在远处看得一清二楚,你不是说你骨折了吗?我这看着也不像啊,要不我帮你一把?"女子对着男子攥了攥拳头。

"你你……你是谁啊你?要你多管闲事?"男子见女子蒙着面纱,不知晓来人的身份,便本能地有些畏惧,步步后退,生怕真的被打了。

"行不改名,坐不改姓,天福酒楼毛豆子!"

"啊,小爷我当是谁呢?原来是那个臭名昭著的酒楼厨娘啊!你也不好好尝尝你自己做的菜，难吃至极！每次夸你做得好吃的人保准是被塞了银子的！一天到晚戴个面纱招摇撞骗，我看你是不敢露出真面目免得把人吃吐了被追杀吧！"

"你胡说些什么？"毛豆子一下就急了。要知道，平日里毛豆子的脾气好得很，唯独有一点不能碰，就是说她做的东西难吃，保准一点就爹毛！

绿云远远看着毛豆子马上要摘下面纱，冲上前去和人动武的架势，急忙跑过去将毛豆子拉了回来，又仔细地帮毛豆子将面纱系好："豆子豆子，气大伤身，火大伤肝，忍一时风平浪静，我们不和这种人计较。老板让我来告诉你一声，美食比赛就要开始了，你赶紧准备准备。"

听了绿云的话，毛豆子这才将将压住了心里的怒火："对对对，我怎么把这最重要的茬儿给忘了呢，我们赶紧走。"

毛豆子一贯热肠，本想赶紧离开，但看着身后车夫还在团团转，自顾自地不知道嘀咕着什么的样子，毛豆子就上前问："是还有什么其他麻烦事儿吗？你可以跟我说说，没准儿还能有解决的办法。"

"这……"车夫犹豫着不知道说些什么好。

"我只是想着这金陵城里我还算熟悉，若您不方便说的话，就算了。"毛豆子转身准备离开。

却没想到车夫一下子拉住了毛豆子："小姐请留步，我……是丞相苏府的车夫，前儿个府里三小姐去佛寺上香，本来我是等在外面的，可不知道怎么回事一直没等到三小姐出来。到了傍晚，才知道三小姐竟然走失了，我这次回去估计也难辞其咎了。"

"这样啊……那您知道三小姐的具体模样吗？我也可以帮你们寻人。"毛豆子是个热心肠。

车夫摇了摇头："我不过是个车夫而已，王公大臣们家中的女眷

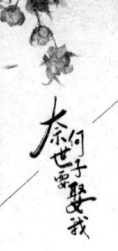

金贵，自然是不轻易见人的。况且三小姐还未嫁，更是注重府门规矩，平素里出门如姑娘都是轻纱遮面，所以我也不甚清楚。"

"好，那我帮你打听打听。"

"如此小的便谢过姑娘了。"车夫作了个揖便驾车离开了。

美食比试上，除了天福酒楼几位厨师之外，还有其他几个小酒楼的厨师，毛豆子胸有成竹地研究着各类食材，想着自己还能做些什么新奇的菜式出来。

各位厨师都在帘后忙活，阵阵飘香沁人心脾。

这次比赛会抽取一个幸运的百姓，获得第一名厨师亲手烹饪的一桌大餐奖励，大家自然是趋之若鹜，将酒楼里里外外围了个水泄不通。

只是听这围观群众的窃窃私语，好像不少人只是收了别人的银子来凑个人头罢了。

"老王，我看这阵势估计第一就是毛豆子了，你说一会儿万一真让我们去吃她做的菜可怎么办呢？"一老汉面有犹豫。

"吃就吃呗。"老王一副视死如归的样子，"反正这管事儿的说了，如果谁不幸被选上啊，只要说好吃就能给五百两呢。"

老汉撇了撇嘴：："话虽是这么说，那我也不希望被选中，吃了毛豆子的菜，我得少活十年！"

擂台下百姓们的猜测声此起彼伏，厨师们也终于完成了各自的参赛菜式，评比结果揭晓。

毫无意外，毛豆子获得了最终胜利。其他厨师似乎早意料到了这样的结果，但还是装作一副垂头丧气不甘心的样子离开了现场。

毛豆子端着那盘精心烹制的"清蒸香蕉皮"准备选一个幸运试吃人，虽然身在帘后看不真切，但也依稀看到了很多人似乎在倒退。

毛豆子不想强人所难,只好走出帘子一直端着那盘菜等待有缘人的到来。

离擂台稍远的地方,一位戴着狐形面具的少年不明所以问了问身边的暗卫:"那个笑得痴傻仿若跳大神一般的女子在那儿做什么呢?"

暗卫恭谨地回话:"主上,她叫毛豆子,是天福酒楼的厨娘,也是大殿下曾吩咐过的必须保护的人。而且奇怪的地方在于,据属下之前截下的消息,大殿下一直与天福酒楼的老板秘密联系,并且让老板告知毛豆子要时刻轻纱遮面,不得轻易示人,也不知道究竟是何缘由。"

"王兄为何一定要保护她?"

"这……请恕属下不知,主上给我几天时间,属下必定会竭尽所能查出这幕后缘由。"

"嗯,"少年只是轻轻应了一声,"我们去看看。"

"是。"

毛豆子正要泄气的时候,忽而看见一俊朗少年朝着自己的方向走了过来,虽看不清对方面具下的容颜,却隐约能看到那双眸子澄净,仿若清泉。微风拂过,三月花瓣落于肩头,当真是翩翩少年郎。

毛豆子大气地拍了拍少年的肩膀。

少年觑了觑毛豆子的手,忍住了想要掰折这对皓腕的冲动。而他的暗卫早已吓得大汗淋漓,要知道搁以往,未经允许就用手碰过主上的人,早就被挫骨扬灰了,连坟头草都该三尺高了。这次主上居然强忍了下来,真是太不可思议了。

"既然这位公子如此深明大义,敢为人先,那就请上雅间,我亲自下厨,只望公子能大快朵颐。"

见少年并没有明确拒绝,毛豆子还以为自己终于遇到了知音,急忙吩咐绿云将少年请上了酒楼雅间,没过一会儿就做好了一桌菜。

毛豆子将做好的大餐端到少年面前，清蒸香蕉皮、麻辣鲫鱼鳞、油炸橘子、蒜蓉大葱段，从正餐到餐后甜点，应有尽有。

少年疑惑地看了看桌上的菜，觉得难以下咽，可又禁不住绿云在一旁热烈夸赞。他犹豫着伸出筷子夹了一口送进嘴里，饶是再好的修养，下一秒，还是忍不住一口吐了出来。

毛豆子哪里见过这样的阵仗，不免有些生气，不由分说地坐在少年面前："我做的菜有那么难吃吗？"

暗卫站在少年身后，下意识地就将剑横在了毛豆子脖颈之上，已然可见锋芒毕露，刀刃寒光。

毛豆子始料未及，吓了一跳，急忙摆手道："我……我也没有别的意思，如果不合您口味，我可以重新做啊。"

少年缓缓站起："重做就不必了，想来以你的技艺，也做不出什么好东西，我倒觉得你可以重入六道轮回！"

毛豆子眼见来者不善，又不能以卵击石，只能装作步步后退的模样："您大人有大量，想必一定……"

毛豆子看准时机，一路退到离门最近的地方，拔腿就跑。但少年的暗卫显然不会轻易放过毛豆子，毛豆子极尽所能，在街道的摊位和胡同间来回穿梭，趁着暗卫没注意三步并作两步爬上了一棵大树。

看着暗卫在树下手足无措找不到人的样子，毛豆子终于松了一口气。

目送着暗卫离开，毛豆子得意扬扬地笑了笑："跟本小姐斗，你们还嫩了点儿！"

然而，等到毛豆子准备下去的时候才猛然发觉，上树容易，下树难。

毛豆子试了好几次都险些跌落下去，只能无助地趴在树干上，等着哪个好心的人来救救自己。

毛豆子在树上趴得都要睡着了，一阵寒风吹来才猛地惊醒，眼见树下一弱冠少年走过，毛豆子急忙喊住了他："喂，那个少年！"

无人理会。

"那个英俊的少年！"

这次的呼喊倒是有了效果，几乎所有人都抬头看见了趴在树上的毛豆子，可惜，只有那个少年视若无睹，仿佛没听见一般，继续向前走去。

毛豆子气不打一处来，带着满腔怒火用脚踢了踢树干，可未曾预料到的是，树干全然无伤，自己的鞋却直直地飞了出去，径直砸在了少年的头上。毛豆子惊讶地捂住了嘴，赶紧低下头去。

而此时的少年似乎早已感知到鞋子的来处，他径直走到树下，举起鞋子："姑娘，这可是你掉的？"

"是……是啊，"毛豆子只能干笑着回应，随之计上心头，"是小女子的错，但还烦请公子接应我一下，我好下去给公子道歉。"

"嗯。"少年点了点头。

毛豆子以为少年一定会接住自己，怀揣着欣喜就直接跳了下去，然而"咚"的一声，她直接摔了个狗啃屎，与此同时，她的面纱也飘落在地。

那个少年，就那么笔直地站在她身前，竟是连扶都不扶。

毛豆子挣扎着站起身，一把就抓住了少年的衣袖，满脸怨气："你怎么不接着我？"

"姑娘，你刚刚只是说让小生接应一下，但没说过让小生接住你啊，再者说，男女有别，小生也怕坏了姑娘的清誉。"

听着少年彬彬有礼的回答，毛豆子也挑不出什么错处，只能丧气地抹了抹自己的小脏脸，暗自嘀咕："小命都没了，还要清誉做什么？"

等到毛豆子完全擦干净了自己的脸，少年再次望向她的时候却是惊

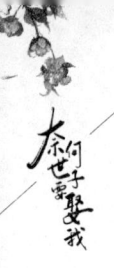

呆在原地,眸中顿时散发出无限柔情,仿若初春时节盛放的桃花。

少年一下子抓住毛豆子的手,和刚刚文质彬彬的样子判若两人:"轻鸾?轻鸾,真的是你吗?你知不知道我已经找你很久了!"

毛豆子始料未及,慌乱中想挣脱少年的手,奈何实在力量悬殊挣脱不开,也就在此时才算正式看清楚了少年的样貌。不知怎的,毛豆子忽而便想起《诗经》里的话:瞻彼淇奥。绿竹猗猗,有匪君子,如切如磋,如琢如磨。

但毛豆子还是保持着理智,使劲儿掰着那少年的手:"你在说什么啊!我不是什么轻鸾,我叫毛豆子。"

少年在听见毛豆子话的一瞬间暗淡了双眸:"哦,这样啊,看姑娘的气质和行事风格确实也与轻鸾差别很大,倒是小生叨扰了,还请姑娘宽恕。"少年对毛豆子作了一揖,将地上的面纱捡起递给她。

"既然你认错了人,我也不和你计较了。"毛豆子不甚在意。

"谢过姑娘,小生顾轻狂初到贵宝地,还有很多不懂之处望姑娘指点,不知以后还可否与姑娘相见?"

"我是天福酒楼的厨娘,你如果有什么需要可以去酒楼找我。不过,以后我还不知道有没有命回答你的问题了。"毛豆子想起刚刚暗卫的追杀,还心有余悸。

"姑娘这话的意思是……"

"没什么,没什么。"毛豆子挥挥手不以为意道。

"好,那小生就先走一步了。"

"嗯。"

毛豆子目送着顾轻狂离开。随着夜幕降临,街上的人也渐渐稀少,毛豆子担心那"瘟神"还在酒楼中守株待兔,连酒楼也不敢回去了。可还没等毛豆子想清楚这时自己能去向何方的时候,就被人一记手刀劈昏了过去。

等毛豆子再醒过来的时候,面纱早就消失不见,映入眼帘的便是那个坐在自己床头的面具少年,她吓得赶紧闭上眼睛,心里还一直念叨:他没看见我,他没看见我,一定没看见……

可那少年是何等聪慧,从毛豆子恢复意识开始就已经了然于胸。看着毛豆子这副装睡的模样,他故意在毛豆子耳边大声吩咐着:"红羽,我看这厨娘定是身体孱弱挨不过去了,你就拿着破烂草席子随意卷卷,扔到乱葬岗吧!"

红羽会意,恰到好处地问起:"主子,可这乱葬岗离这儿还有百八十里地呢,就连破烂草席子一时也难找啊。"

"这样啊,那就把化尸粉取来,就地化了吧。"

"是。"红羽闻言装作要走的模样。

毛豆子一下子就从榻上蹦了起来:"不……不必了,我这不是醒了嘛,醒了,没事了。"

"红羽,你先下去。"

"是。"

"哎,等等,不用了不用了!"毛豆子还以为红羽要去拿化尸粉,急忙喊住他。

少年轻咳一声,还在想这世间哪儿来的这么傻的姑娘。

"他不是去拿化尸粉。"

"哦。"毛豆子这才稍稍安心。

眼见红羽离开屋子,而眼前这个喜怒不形于色的少年盯着自己的样子,好像下一刻就会把自己生吞活剥,毛豆子下意识地往自己身上敛了敛被子,团作一团:"你……你有什么事儿吗?"

"没什么事,只是在想让你活着的价值。"一个人的生死大事就被

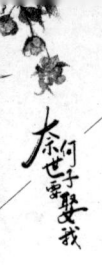

他这样轻飘飘地挂在了嘴上。

闻言,毛豆不禁抓紧了锦被,整个人哆哆嗦嗦的,但还是嘴上不饶人:"喂,我跟你说啊,虽然……虽然你我萍水相逢,但你还是要尊重我的知道吗?至少……至少要尊重我这条命!"

"我不叫喂,我叫战卿。"少年将自己的名字告诉了毛豆子。

"哦,战卿,我虽然不知道你是什么人,但我的命是我自己的,你不能随意杀人,府衙中人人清正廉洁,他们不会放过你的!"

"哦,是吗?"战卿看着毛豆子这副模样不禁觉得好笑,渐渐靠近把自己裹成个粽子一样的毛豆子,"要不,我们试试看?看最后到底是府尹为你平冤昭雪,还是你先含笑九泉?"

"你才含笑九泉呢!人都死了平冤昭雪有什么用?"毛豆子努力装出镇定的样子,直视战卿的双眸,但在锦被外颤抖的手指早就出卖了她。

战卿凝视着毛豆子的眸子,虽然她有时想法确实和常人大不相同,却显得几分古灵精怪,也是好笑。

战卿凝眸良久终于敛目,收起玩笑的心思:"好了,我暂时还不想动你,你只要以后乖乖地待在酒楼,不到处乱跑,我可以保证留你一命。"

"你要软禁我?"

"就算是吧。怎么,不想在这里待着?"

"不想"两个字就要脱口而出,却在看到战卿妖异的眸子后止住了,还是小命要紧。毛豆子只能无奈地点了点头。

战卿转身离开,红羽正站在屋外。

"事情都办妥了吗?"

"回主上,都已经妥了。原先天福酒楼一应从管事的到小厮都是大殿下的人,刚刚已秘密处置了管事,保证不会被大殿下知道。毛姑娘的好友绿云,据属下的调查,是前不久在街上卖身葬父,毛姑娘心下不忍,才给带回了酒楼,想必与大殿下无关,只等待您的发落。"

"把绿云带走交给忠叔,让忠叔把她送到城外的酒楼,以后在毛豆子身边,我不希望有这个人出现。"

"是。"红羽应下。

"除了已经处置的酒楼管事,其他一切闲杂人等,一个不留!还有,听说丞相府三小姐苏轻鸾失踪了,这件事你也去查一查,是否与王兄有关。"

"是。"红羽恭敬地退下。

红羽送走绿云之后,毛豆子在酒楼各处都找不到她。毛豆子不敢去惹那个冷面阎罗,不过听这酒楼里新来的小厮说,倒是真有几分绿云被战卿暗害了的意思,毛豆子为着姐妹情谊,只得硬着头皮去找战卿。

彼时,战卿正在与红羽商量燕国大事。

"主上,燕国暗卫来报,大殿下近日和燕王提起和熙公主已到及笄之年,是时候考虑婚嫁之事了。"

"他属意何人之子?"

"大殿下向燕王进言,想将和熙公主嫁与金陵皇上离秋。"

"我早听闻和熙对国师之子有意,王兄在早先也曾答应过和熙的请求,怎么到现在又改变主意了呢?"

"这……恕属下不知。"

"且不说金陵距离燕国山高路远,就说燕王早有灭金陵之心,让自己的亲妹妹嫁过来,他倒舍得!"

"听说公主为这事儿哭闹了许久,也没有得到大殿下半分转圜,主上,我们要不要……"

"无妨,王兄的家事不必插手,当年他为了权势为了世子之位,就

连亲生母妃都能当作筹码,又有什么不能放弃的呢?只是和熙自小性子坚韧,如此这般倒是苦了她了。"

"是。"红羽低下头,"也许燕王早就看出了大殿下之心,这才把世子之位给了您。"

"可王兄这些年来争权夺位的心丝毫没变过啊,三弟那儿有什么动静吗?"

"暂时没有,三殿下还是如往常般沉迷酒色。"

战卿正欲开口之际,忽然听到门外一声响动,下意识扔出了一枚飞镖,插在了窗棂上,入木三分。

"出来!"

看着如此狠厉的暗器扎在窗子上,整个窗子瞬间都染上了黑色,想来还是淬过毒的。毛豆子再不敢逃离一步,只好一点点地挪了进去。

"都听到了什么?"战卿问。

"没有,什么都没有。"毛豆子急忙摆手。

"再不说实话,这暗器就不是钉在窗子上那么简单了!"

战卿面庞冷冽,毛豆子就差吓得跪倒在他面前了,但她仍保持着最后一点理智:"我……我听到你们说什么家事什么王兄公主的,其他就没听仔细了,但是我真的不知道你们说的这些都是什么意思,难道你是王爷?"

战卿盯着毛豆子良久,也没发现一丝异样,最后姑且信了她:"你找我有事吗?"

"我听他们说是你杀了绿云,是不是?"毛豆子鼓足勇气问起。

"你在谁那里听来的这些乱七八糟的?"

"是……"毛豆子差点说出口,赶忙收了回去,"我只是听其他人聊天而已,没人告诉我。绿云是我最好的朋友,你只需要告诉我是不是就可以了。"

"绿云还活着,至于在哪儿你不必知道。"

"为什么?"

"没有为什么,红羽,带她走。"

毛豆子觑着战卿的神色,想来在他这里也问不出什么,只能选择先行离开。

"不必人带,我自己会走。"

毛豆子前脚踏出房门,后脚就好了伤疤忘了痛地藏到了窗子旁,还奢求着战卿能说出一些关于绿云的去向,却一无所获。

眼看着战卿准备摘下自己的面具,毛豆子还想着能看清楚他长什么样子倒也不算亏,却没想到下一秒一个暗器便直直擦着她的发丝飞过,她惊吓不已赶忙逃窜。

可依着毛豆子的性子怎么可能善罢甘休,更是分外好奇起那张面具下的模样,难道他是脸上有什么伤痕,所以才不轻易示人,还是长相太过丑陋骇人?毛豆子不得而知,而这件事就像一颗种子,在她好奇的心中生根发芽,越发膨胀。

这天毛豆子正百无聊赖地在房间躺着,就听到楼下传来一阵喧哗,好像还夹杂着有人呼唤自己的声音。

毛豆子以为是绿云回来了,急忙跑下楼去看,可惜事与愿违,站在自己面前的还是上次有过一面之缘的顾轻狂,可此时的顾轻狂明显遇到了麻烦。

"我看你一个白白净净的公子模样,没想到也来我们这里白吃白喝啊。"店小二困住了顾轻狂。

"没有,在下只是钱袋被小偷盗了去才付不得饭钱,等在下将钱袋寻回,定会还给你们。"

"那你要是跑了,我去哪儿找人啊?"

"我和你们这里的毛豆子姑娘相识,我这次来也是为了找她,你一问便知。"

"毛姑娘都好久没有出过酒楼了,怎么可能认识你这种白面书生?你是故意为难我们吧,不给你点苦头尝尝你就不长记性!"店小二说着就要朝着顾轻狂挥拳头,幸好被及时出现的毛豆子制止了。

"住手!"

"姑娘您出来了?"自从战卿盼咐过酒楼上下都不许毛豆子再下厨房,让她安心在房间里休息之后,所有人看到毛豆子都是点头哈腰、毕恭毕敬的。

"他确实是我朋友,这顿饭钱我替他付了,你们先去忙吧。"

"是。"店小二接过钱赶忙走了。

"你这次来找我,有什么事吗?"毛豆子问。

"小生这次确实是有事请姑娘帮忙,还请借一步说话。"

毛豆子看着顾轻狂郑重其事的样子,好像真有什么要紧事一般,赶忙答应了他,又寻了一处僻静角落坐好:"你说。"

"姑娘可还记得小生上次和你提起的苏轻鸾,苏姑娘?"

"好像还有一点印象。"

"小生一直与轻鸾情投意合,可怜轻鸾根本不受苏府上下待见,这次失踪也已经过了好久了,可是都没有人再去寻找,前个儿我听说有人好像看见轻鸾在春花楼,这春花楼是什么地方?姑娘可否陪在下去寻得轻鸾回来?"顾轻狂脸上满是焦急。

"这……这……春花楼……"毛豆子在心中思考良久,才算得体地说了出来,"春花楼在金陵是有名的青楼,如果公子执意想去的话,我可以换身男装陪公子前往。"

顾轻狂闻言脸上忽然一红，起身作揖："是在下唐突了，姑娘乃女子，实在不宜前去，是在下的过失。"

"没关系，"毛豆子倒不觉得有什么，"反正你也是人生地不熟的，我呢，又好些天没有出门了，换身男装正好避人耳目出去转转，帮你也是帮我自己。"

"姑娘此话当真？"顾轻狂听得毛豆子会一同前往，很是欣喜。

"当真。"毛豆子重重点了点头。

"那顾某便在门外等姑娘。"

"好。"

毛豆子干净利落地换了一身男装，偷偷跟在顾轻狂身后，没想到轻而易举地就出了天福酒楼。

好久没呼吸到外面空气的毛豆子异常兴奋，不是看看这个就是买点那个，要不是顾轻狂提醒，她可能都要玩到黄昏时分了。

毛豆子带着顾轻狂轻车熟路地进入了青楼，倒让顾轻狂有些惊诧："姑娘，你好像对这里很熟悉？"

"嘘，"毛豆子急忙示意顾轻狂噤声，"在外面要叫我公子。"

"好。"

"我算不上特别熟悉吧，倒是之前因为好奇来过几次，可后来觉得也没什么新奇，渐渐也就不来了，也是不太明白为什么你们这些男人那么爱来。"毛豆子啧啧称奇。

"公子心思纯净，自然和那些男人是不同的。"顾轻狂也没好意思点破，只是说了面上的一些话。

毛豆子点头不再说了。

"你看到苏轻鸾的影子了吗？"

"还没有。"

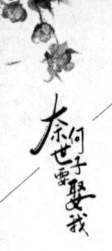

"那我们分头找找吧,她长什么样子?"

顾轻狂微微一笑:"她和你很像。"

"好。"毛豆子应了一声便和顾轻狂分开来。

黄昏时分,天已擦黑,战卿看着燕国递来的消息,白纸黑字写着"毛豆子"三个大字,这才想起那个一刻都闲不住的姑娘。

战卿生怕毛豆子又出些什么幺蛾子,赶忙问了问红羽:"毛豆子这几天还好吗?昨儿个听说她最近胃口不大好,可有好些了?"

"回主上,大夫都来看过了,并未发现任何不适。想来毛姑娘之所以屡次觉得身体不适,是想找个由头让主上放她出去吧。"

"我想也是如此。"战卿想到这儿忍不住笑了笑。

"你把燕国刚送来的吃食给她拿过去一些,看看她喜不喜欢。"

"主上,那吃食可是费了好大的力才送过来的,一路上快马加鞭,生怕坏了,您不尝尝吗?"红羽对战卿这个样子反而有些不适应。

"我在大燕都吃了那么些年了,不差这点儿,送去吧。"

"是。"红羽依言退下。

没过多久,就见红羽急急忙忙地跑了进来:"主上不好了,毛姑娘不见了。"

"什么?"战卿急急站起。

"属下已经问过酒楼上下的人了,听说今日只有一个男子来找过姑娘,随后男子就离开了,但身后还跟着一个随从。听他们说,两个人往春花楼方向去了。"

红羽战战兢兢地回话,生怕战卿一气之下把自己砍了。

"她胆子倒是越发大了,敢去那种地方!"战卿说着就向门外走去,红羽急忙跟在身后。

— 016 —

毛豆子为了顾轻狂寻找苏轻鸾的下落不可谓是不尽心，就差将春花楼翻个底朝天了，青楼里所有姑娘的样子都已经辨认得十分清楚了，但依旧没有找到苏轻鸾。

这时，一个纨绔子弟显然是喝多了，眼神迷离，看着毛豆子还以为她是个青楼女子，一伸手就要往她脸上摸。那纨绔子弟调戏的话还没说出口，伸出的手就被匆匆赶到的战卿牢牢抓住，只听一记清脆的碎裂之音，手指骨已然是折了。

战卿吩咐红羽将人带了下去："干净处理掉，送他家里五百两银子，就当慰问了！"

"是。"红羽听令退下。

看着如此行事狠厉之人，众人哪敢多言，四散逃开。只有青楼老鸨看着战卿狠狠地盯着毛豆子，还以为是哪里没有顺了战卿的心意，走上前来，会错了意："公子，您要是不喜欢这些姑娘，我们隔壁秋月楼有的是男倌任您挑选，您别生气啊。"

战卿眼神凌厉地剜了老鸨一眼，老鸨顿时只觉得汗毛竖起，仿佛下一刻就要性命不保，急忙灰溜溜地退了下去。

毛豆子刚想对战卿解释，就被战卿不由分说地拉出了春花楼，边走边对毛豆子凶道："你很喜欢这样的场合吗？一个女孩子家，成何体统！"

"你弄疼我了。"毛豆子想挣扎开战卿紧紧抓着自己的手，"不是这样的，我这次来只是帮一个朋友来找人。"

"找人？来青楼找人？你编谎话也得像样一些吧？"战卿气呼呼地甩开毛豆子的手，径直向前走去。

"喂，"毛豆子哪里追得上战卿的大步流星，只能一路小跑追到他身边，"我没有故意躲着你，真的没有。"

"我有名字。"战卿依旧阴沉着脸。

"战卿,我说的都是实话,我发誓,如果我骗你的话,我就……"毛豆子举起手,还没说完就被战卿捂住了嘴。

这还是毛豆子第一次这么近距离地看战卿,虽然他的脸藏在一张银白面具之下,但看到他清亮的眸子,怎么都让人觉得这一定是个俊朗的少年,恰似世人夸赞嵇康那般"萧萧肃肃,爽朗清举"。

看着毛豆子呆愣的样子,战卿才猛然察觉自己此举多不合适。他急忙将手拿了下来,还有些茫然无措:"对……对不住。"

说完,战卿自顾自地向前走去,可还没走出多远突然气急攻心一口鲜血喷了出来,将毛豆子吓得不轻。

她急忙跑上前去,扶住战卿:"你怎么了,你没事吧?"

战卿说不出话,只能对着毛豆子摆了摆手示意她安心。

"那我们赶紧回去,看看红羽有没有带着什么药。"毛豆子赶紧扶好战卿,一步步往天福挪去。

红羽将战卿扶进了屋子,许久都没有动静。

毛豆子在屋外紧张地踱步,一直在思虑是不是自己真让战卿气着了。她满心惦念战卿,一时之间倒忘了顾轻狂的事儿。

不知过了多久,红羽终于从屋中走了出来。

毛豆子急忙迎了上去:"红羽,战卿他,怎么样了?"

"主上没有大碍,只是一时气息不顺,调理几天便好了。"红羽避重就轻地回答。

毛豆子自然不信:"怎么会仅仅是气息不顺呢?刚刚在外面的时候他明明脸色那么难看,而且如果真的是简单的气息不顺,哪里用得着调理几日?"

"毛姑娘,请恕红羽能跟你说的就这么多了。"红羽不肯再多说。

毛豆子也不好继续问下去,但仍旧想尽自己所能去医治战卿。

毛豆子趁红羽没注意，再次溜出了天福酒楼，这次是去了药铺。

"老板，我来抓些药。"

"什么药？"

"我……我也不知道，就是有个朋友忽然吐血，也不知道怎么回事，所以我在想是不是开些补气血的药比较好。"

"这种情况，老朽还是建议姑娘带你那位相公来看看，老朽才能对症下药啊。"

"不是相公，是朋友，朋友。"毛豆子被大夫的话吓了一跳。

大夫闻言却是笑了笑，捋了捋自己的花白胡须："老朽我在这金陵城已经几十年了，什么样的病症什么样的人没见过，也知道你们姑娘家脸皮薄，都不肯说实话。"

"真的不是。"毛豆子急忙说。

然而大夫全然没有听进去，已经转身抓药："既然姑娘还不知道是什么原因引起的吐血之症，倒是可以先拿一些补气补血的中药，就算无病对身体也是大有裨益的，若方便，还是赶紧寻医问诊为好。"

"知道了，谢谢您。"

毛豆子欢天喜地地拿着两包药回到酒楼，费了几个时辰才熬好，可战卿素来不喜欢人接近，又总是对自己凶巴巴的，这药汤怎么喂给他，倒成了一大难题。

毛豆子思前想后，趁着红羽离开的间隙，蹑手蹑脚地摸进了战卿的屋子，又轻轻将门带上，走到战卿的榻前。

毛豆子凝视着睡着的战卿，心里的小恶魔在此时蹿了出来，不停地怂恿她摘掉战卿的面具，看看他的样子。

毛豆子最终按捺不住好奇心，罪恶的小手伸向了战卿的面具。

然而，还没等毛豆子碰到战卿的面具，战卿便翻了个身背对着毛豆

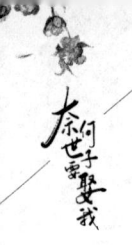

子,毛豆子尝试了好几次都被战卿轻巧地躲了过去,最后只能作罢。

毛豆子端起药碗就要给战卿喂,没想到依旧被他躲了过去。

毛豆子锲而不舍,赤脚上榻,坐在了战卿身侧,微低着身子想将药灌到战卿口中,却没想到下一刻战卿忽然转身,牢牢地将她禁锢在了怀里,药碗也随之倾覆。

毛豆子始料未及,挣扎了好几次都没能挣脱开战卿的怀抱,清雅的苏合香气在两人之间蔓延,久久不散。

红羽听到楼上传来什么东西落地的声音,飞奔而来,一推开门便看到了这番景象,张了张嘴也没说出一个字。

毛豆子急忙解释:"不是你看到的这样。"

战卿睁开双眸,放开毛豆子。毛豆子急忙跑开,羞红了脸。

看着毛豆子离开,红羽才敢上前:"请主子恕罪,属下不是故意进来的,只是听到药碗破碎的声音,还以为主子遇到了什么事儿,不放心才上来看看。"

战卿缓缓坐起:"你去查查那些药渣,看看是什么成分,如果无妨的话不必防着她进来。"

"是。主上似乎对毛姑娘与旁人不同?"红羽战战兢兢地问出了心中疑问。

"没什么不一样,不过是看她蠢笨可爱罢了,要是不应了她喝下这些,估计我之后的日子也是难得安生,你无须乱想。"

"是,红羽知错。"红羽收拾起药碗转身离开。

一连几日毛豆子都以为自己神不知鬼不觉地将药灌进了战卿嘴里,还在沾沾自喜。这日,毛豆子又偷偷摸进战卿的屋子,发现战卿居然醒着,差点没吓个半死。她撒腿就想跑,却被战卿叫住。

"你跑什么?"

"我我……我只是……只是走错地方了，走错了。"

"这药是最后一日了，不必喝了吗？"

"你怎么知道？"毛豆子这才转过身来，走到战卿身边，"给你，慢慢喝吧，喝完这服估计就无大碍了。"

战卿不语，凝望着毛豆子，半响才说出一句话："我没力气，拿不动药碗。"

毛豆子有些质疑："真的吗？"

"真的。"战卿很是肯定。

看在他还是一个病人的分上，毛豆子拿起勺子一点点给他喂药。

"没事的话，我就先走了。"喂完药，毛豆子准备离开。

"豆子……"战卿忽然唤住了她。

"嗯？"

"罢了，无事。"战卿终究是什么都没说出口。

毛豆子浑然不觉，也没感到战卿的异样。

看着毛豆子离开，红羽才走进屋，将信鸽新带来的情报递给战卿："主子，你明明已好得差不多了，完全不必服用这么多。"

"巩固一下也无妨。上次让你查的事情可有眉目了？"

"是。"红羽应下，"大殿下之所以竭力要保住毛姑娘，就是因为姑娘与丞相府三小姐苏轻鸾相似的容貌，且根据属下查探到的消息，三小姐失踪的事儿应该和大殿下脱不了干系，至于大殿下为何忽然又把矛头转向了毛姑娘，还未探知。"

战卿点了点头，看向手中的字条，正是关于苏轻鸾的消息。不知怎的，一贯软弱的苏轻鸾这次竟软硬不吃，让大殿下着实碰了好大一个钉子。

战卿心事重重地将字条投入香炉之中，字条瞬间化为灰烬："此番看来，王兄原先的意思确实是想以丞相府里最好控制的苏轻鸾为筹码，借着选秀的名头和大小姐一同送入宫中打探消息。"

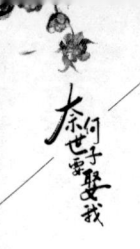

"那为什么又要选定毛姑娘了呢?"

"苏轻鸾不知为何坚决不肯答应,甚至多次寻死,王兄估计是没办法了吧。他大概以为这毛豆子是个好相与的,却不知……"战卿说到这儿禁不住嘴角扬起。

红羽未曾察觉战卿的变化,继续问:"那我们要将毛姑娘如大殿下所愿送到丞相府吗?"

战卿闻言下意识地看了看窗外,不知在沉思着什么,红羽也不敢催促,只能静静地等着。

"再过十日就是金陵一年一度的花朝节了,等花朝节过后,依旧一切按照王兄的计划行事,让豆子顶替苏轻鸾的身份进入丞相府,毕竟王兄多疑,万万不可让他看出任何破绽。"

"是。"红羽应下。

春花楼之事一出,战卿自然是吩咐红羽再次在酒楼周围加强了戒备,这下可真真是连只苍蝇都飞不出去了。

此刻的毛豆子虽说整日无聊,但心里却总怀着一份愧疚,别说是被看管在这儿,就算酒楼里没人再看着自己,她也于心不忍,不愿意再出门给战卿闯祸。

在酒楼里消停了十日的毛豆子知道战卿准备花朝节带自己出去玩的时候,兴奋得像一只刚从笼里被放出来的兔子,她连连感谢战卿的大恩大德。

花朝节上,她这里看看那里瞧瞧,觉得什么都新鲜。

"你之前没来过花朝节吗?"

"以前也来过,只不过,"毛豆子顿了顿,"之前都是我一个人逛灯会,这还是第一次有人陪我来。"

"酒楼里其他人呢?"

"你也知道,金陵的花朝节自古以来就是个和亲人团聚的日子,他们自然都回家陪伴爹娘了,只有我……"毛豆子平白无故就染上了一丝悲伤。

"你的家人呢?"

毛豆子摇摇头:"早就不在了。我六岁那年,家乡遭遇了一场饥荒,百姓们流离失所,为了一口吃的甚至不惜伤害他人性命,爹娘为了保护我,离世了。"

战卿听着,忽然有些愧疚:"对不起,我不是故意要提起你的伤心事的。"

"没事,都过去了。"

"如果将来有可能,我会竭尽全力,许你一个风调雨顺的太平盛世。"战卿凝望着毛豆子清澈的双眸,不由自主地就说出了这句话。

"谢谢。"毛豆子莞尔一笑。

战卿说完这句话,自己也忽然觉得有些尴尬。明明是萍水相逢,甚至可以说是为了权益谋划造成的相遇,怎么会傻到一下子说出这样的话呢?

他赶忙举起手里的孔明灯:"我们去把孔明灯放了吧。"

"好啊。"

河边,战卿和毛豆子手持孔明灯,不约而同地写下了自己心中所想。

"你写的什么?"毛豆子好奇地问。在她印象里,像战卿这样手段狠厉的人是不会有什么事情期许神佛的。

"说出来就不灵了。"

于是,毛豆子没有再问。

漆黑的夜空中,不计其数的孔明灯慢慢上升。

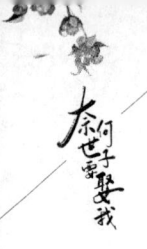

属于他们的那盏孔明灯上,藏着毛豆子真诚的愿望——太平盛世风调雨顺,与此不谋而合的是,战卿所书写的另一面竟是与毛豆子同样的心愿——海晏河清东风入律。

一阵风吹过,两面不同的字迹交相辉映,映照在繁星之中,煞是好看。

回酒楼的路上,战卿踌躇良久终于还是说出了口:"豆子,丞相府三小姐苏轻鸾失踪已久,实在蹊跷,为避免造成朝堂上更大的风波,希望你能顶替她的身份回丞相府。"

"我?"毛豆子闻言惊诧不已。

战卿深知这不过是自己胡乱找的借口罢了,只可惜真正的原因现在根本没办法说与她听。

"对。"战卿点头,"而且你做的菜不符合客人的口味,所以……"他居然平生第一次有了慌张的情绪,幸好被藏在面具之下无人察觉。

"所以你就要赶我走是吗?"

"不是赶你走,只是……"战卿欲言又止,此时的他还一直单纯地以为自己只是出于对把毛豆子卷入这场无妄之争的愧疚。

"也罢,你不必说了。你觉得我做的东西不好吃,那有人觉得我做的菜好吃呢?是不是只要这金陵城里有一个人肯承认我做的东西好吃,你就肯让我留下?"

"好。"战卿似乎早就预料到会是什么样的结局,径直向前走去。

毛豆子跟在后面,心里却起了另一番打算。自己马上就要被送走了,居然还不知道这个战卿长什么样子,岂不是太亏了?想到这儿,毛豆子小跑过去,趁着战卿没注意一下子将他的面具摘了下来。

下一刻,毛豆子便呆了。

漆黑长衣随着微风摇曳,三千青丝垂落,容色不惊,未加任何明显的装饰，就已是龙章凤姿，天质自然。与初见时的冷冽不同的是，此刻的他双眸含星，笑如朗月。当真是郎艳独绝，世无其二。

毛豆子尴尬得不知道说些什么好，只能仓皇地将面具塞回了战卿手上："我不是有意的，只是、只是想着我都要走了，所以想看看你的样子，仅此而已，仅此而已。"

"看够了？"

"嗯嗯。"毛豆子拼命点头。

"看够了就回酒楼吧，去丞相府之前我会让红羽教你一些大家闺秀的规矩，往后可不能再这么莽撞了。"

毛豆子对于如此温柔尚未发火的战卿还有些不适应，慌乱间急忙点头跟了上去，未再多话。

等第二日毛豆子恢复理智的时候，才开始为了自己不被赶出酒楼做准备，凭借着一腔热血走在金陵城街道上，本以为找到一个人承认她的饭菜可口是件非常轻易的事情，谁承想问了好多人都被婉拒了。

毛豆子偏偏不信邪，举了一个巨大的条幅站在城墙之上，怪异的举动自然吸引了不少围观群众。然而围观群众一听说毛豆子是要找人夸赞她做的菜好吃，先前的大批人马一下子落荒而逃，还有几个因为跑得太快崴了脚扑倒在地，却也是不顾脚伤继续四散奔逃。有胆子大的还冲城墙上扔了几颗烂菜叶子，正好砸在毛豆子头上。

毛豆子只能无奈地走下了城楼，福兮祸所伏，祸兮福所倚，恰巧在这时候看到了顾轻狂的身影。顾轻狂看到毛豆子也甚是欣喜："姑娘，顾某终于再见到你了，自从春花楼一别，小生还以为姑娘遭遇了什么不测，担心得紧。"

"我没事，但是我确实有一事相求。"毛豆子拍了拍顾轻狂的肩膀。

"姑娘请说，只要是顾某能办到的，绝不推辞。"

"你跟我去一趟天福酒楼,然后告诉管事儿的我做的饭菜很好吃,就一句话,很简单。"

顾轻狂闻言却是皱起了眉:"俗话说,出家人不打诳语,小生虽不是出家人,但到底读过几年书,这等假言实在说不出口,会折寿的。"

"只是说句话而已,又不会死人!再说了,我做的东西本来就好吃,不是吗?"

"姑娘这话可乱说不得,你做的东西……"想来顾轻狂也是有所耳闻,甚至曾经尝试过。

"既然姑娘无恙,那小生也就不打扰了,我们后会有期。"顾轻狂对毛豆子作揖准备离开。

毛豆子看着越走越远的顾轻狂气不打一处来,想了想将所有的希望一股脑儿地压在了顾轻狂身上,用身上仅剩的几两银子雇了几个乞丐,找到了顾轻狂的行踪,不由分说就将人家绑到了深山老林中,宛然一副山寨王的姿态。

毛豆子还以为顾轻狂就是一个呆萌书生,只管自己出了气便罢。可当她与顾轻狂交涉的时候,才发现,这哪里是个本分老实的书生,明明是只千年老狐狸!

毛豆子以薄纱遮面,手里提了柄长刀,故意装作凶神恶煞的样子,拍了拍顾轻狂的肩膀,压低了声音:"听说,你不肯答应毛豆子的条件说她做的菜好吃啊?你知道她是我什么人吗?就敢如此大放厥词?"

"你是她什么人?"顾轻狂第一次觉得眼前这个女子虽然和轻鸾的性情大相径庭,倒是有意思得紧,忍不住逗逗她,便继续做出那副"害怕"的样子,没有拆穿毛豆子的身份。

"我、我是她大哥!"毛豆子憋了半天才憋出这么个身份。

顾轻狂没忍住轻笑出声,毛豆子拿刀柄拍了拍顾轻狂:"你笑什么?

都这个时候了你居然还有胆量笑,你当真不怕我?"

毛豆子看着顾轻狂继续浅笑的样子,决意要吓吓他,故意安排了一出杀鸡给猴看的戏码,让其中一个乞丐伪装成被掳上山寨的人,亲自毫不留情地在顾轻狂面前"杀"了他,又叫人拖了下去喂狗。

"怎么?你也想尝尝喂狗的滋味?"

看着毛豆子辛辛苦苦伪装出的凶狠样子,就连顾轻狂都不忍心再逗她了:"毛豆子,你的戏演完没有?"

"我、我才不是什么毛豆子,你说的毛豆子是谁?我不认识。"

"你刚刚不还说你是毛豆子的大哥吗?"

"哎呀!"毛豆子激动地一拍大腿,自己这一到关键时刻就语无伦次的毛病到底什么时候能改啊!

"好吧,我就是!"毛豆子干脆地承认了自己身份,"只要你答应亲自去和酒楼当家的说我做饭好吃,我就放了你。"

"姑娘,顾某早前便和你说过了,说谎,是要折寿的,小生这张嘴可从来都只说真话。"顾轻狂虽然双手被缚,但贵公子的气质可一丝没少。

毛豆子气血上涌,用了七七四十九招软硬兼施可惜均败于麾下,最终毛豆子只能一不做二不休,准备真正给顾轻狂些颜色看看。她吩咐几个人将顾轻狂带到了山崖之上,威胁他不更改心中所想就直接推下去。

虽说顾轻狂依旧是面不改色心不跳,毛豆子也掌握好了分寸,可惜手底下的人却是没个轻重,再加上雨后山中泥土松软,一个不小心没掌握好力度,脚滑了一下,就顺势将顾轻狂推了下去。

毛豆子始料未及,吓得大惊失色,急忙伸手去抓,可惜只碰到了顾轻狂的衣摆,还没拉住就顺着手里溜走了。

  毛豆子根本来不及去训斥雇来的那些乞丐，直冲着衙门方向就跑了过去，请求县衙派人去搜寻顾轻狂的踪迹。

  衙门听了毛豆子的报案，急忙派出人手去寻，不料正被神出鬼没的战卿撞个正着。毛豆子视死如归，战卿就着顾轻狂失踪的事情故意夸大其词连哄带骗，毛豆子只好迫于无奈答应了战卿的条件。

  "孺子可教也。"这是战卿留给毛豆子的最后一句话。

  毛豆子无奈，只得听从战卿的话，怀揣着忐忑的心情奔赴未知的前路……

Chapter 02
老虎不发威

　　毛豆子的"回府之路"显然是异常艰难，毛豆子还没踏进家门呢，先是门口守卫的两个士兵看着毛豆子的样子就被吓破了胆，一边往里面跑一边大喊着"有鬼啊"。

　　毛豆子不屑一顾地"喊"了一声，自顾自地向里走去。

　　毛豆子不熟悉府中屋舍位置，就像只无头苍蝇一样乱撞，还没走出多远，就被迎面而来的一位娉婷女子拦住了，虽然看上去模样甚是美丽，但说出的话却明显充满了嘲笑："哟，我当是谁呢？原来是三妹啊！看来大难不死必有后福啊！"

　　毛豆子想起之前战卿告诉自己的话，苏府现在一共有三个小姐，大小姐苏轻歌，在京城据说是第一才女，才貌双绝，年纪轻轻就有众多媒人踏破了门槛来求亲，然而苏轻歌都不以为意，下定决心要进宫陪伴君侧。

二小姐苏轻虞虽然才貌都算不上极佳，但胜在性情温和，帮助丞相和夫人打理家事也是井井有条。

至于苏轻鸾，刚出生的时候三夫人就因难产而死，虽然丞相惯来喜欢三姨娘，但终究抵不过时光荏苒。渐渐地，苏轻鸾自然也就失去了苏府小姐应有的待遇，养在府里任人宰割。

但如今在毛豆子的信条里，哪有什么委曲求全，只知道有仇必报，有恩必谢。

毛豆子不慌不忙，嫣然一笑："想必这位就是大姐轻歌吧？轻鸾早就听说大姐容貌清丽，乃这江南第一美人儿，琴棋书画，厨艺女红也都是信手拈来，轻鸾实在佩服。"

苏轻歌轻蔑一笑："还算有点见识，真巴不得你就死在外头，怎么好好的还要回来？"

苏轻歌对毛豆子自然是嫌弃得很，可惜毛豆子根本不知道这个苏轻鸾之前是怎么招惹她了，爹不疼娘不爱的，现在有个姐姐都是冷嘲热讽，这人缘也太差了点！

"轻鸾生是丞相府的人，死是丞相府的鬼，就算再不喜欢这个家，再不想看见家里的某些人，也总要回来的。"毛豆子可不是个能忍住脾气的主儿，毫不客气地怼了回去。

"你敢这么说我！"

毛豆子还没有反应过来，苏轻歌一巴掌就打在了毛豆子脸上。毛豆子从没受到过这么大的委屈，当下一巴掌还了回去。苏轻歌瞪大了双眼，显然没预料过"苏轻鸾"居然还会还手。

要搁以往，这个庶妹都是逆来顺受、任打任骂的，今天回来怎么跟变了一个人似的？

这厢还没等苏轻歌说话呢，丞相苏毅就带着人急匆匆地赶了过来，眼见这样的局面，不仅对这个刚刚大难不死的女儿不闻不问，反而上来就是开堂问罪，还没有问清楚事情的来龙去脉就以苏轻鸾顶撞大姐的罪责要执行家法。

眼见着仆人将鞭子拿了上来，苏毅上前就要朝着毛豆子打下去，却被毛豆子一下用力抢了过来握在手里："爹，你不问你女儿我是怎么失踪的，又是怎么回来的，反倒因为别人的恶意挑衅还要把这个刚回来的女儿打死吗？"

苏毅听着毛豆子的话更加生气，身体都开始颤抖起来，还不停地指着毛豆子。苏轻虞恰到好处地走了上来，扶住了苏毅颤抖的身子："爹，您先坐下，别生气，妹妹她也是一时情急，也许是刚回府还不适应，您消消气。"

苏毅被苏轻虞扶着坐下了，但明显还在气头上，吩咐着左右的下人钳制住这个不孝女。

看着苏毅一时半会儿被气得说不出话来的模样，一同坐在主位上的华衣妇人装出一副和善的样子："老爷您别气，轻鸾失踪这么长时间兴许是遇见了什么难以启齿的事情才如此撒泼呢，您想要是她不慎被人玷污了清誉，气愤异常也是情有可原的。"

"你胡说些什么？"毛豆子听着这妇人信口胡诌，更是生气，"你心肠这么恶毒，说出的话这么难听，想来生活也挺苦吧！"

"你！"那妇人再难装伪善，差点气得将手里的茶泼出去。

"你怎么和你大娘说话呢！"苏毅歇够了，又开始数落毛豆子，"你大娘也是担心你，为你好，既然没那回事，你就好好说说，这些天都发生了什么。"

"也没什么大事，不过就是贪恋佛家清净，在寺里清修几日罢了。"毛豆子能想到的说辞只有这样了。

但这个答案显然无法让苏毅满意,手指着毛豆子:"当时寺中来来往往我都派人寻了个遍,愣是没有半丝儿你的踪影,你如今想拿着这个荒唐的理由来搪塞为父吗?"

"我……"毛豆子绞尽脑汁地想着用什么理由来掩盖这一切。

"爹爹,也许轻鸾这些日子是真的遇到了什么不愿意说出口的事儿吧,您别着急,等我回去好好和妹妹说说。"苏轻歌可谓是完全得到了大夫人的真传,一言一行极其相似,栽赃嫁祸侮人清誉也是手到擒来。

"苏轻歌,你装出一副楚楚可怜明晓事理的样子给谁看呢!想要我名声不保就直说,何必夹枪带棒!"毛豆子对两面三刀的人向来厌恶。

"苏轻鸾!她是你姐姐,长姐关心你你不感恩便罢,居然还如此不识好歹!不过就是失踪了数日,哪里学的如此市井气!怎还有半分之前大家闺秀的样子!"苏毅显然是不准备再放过毛豆子,"来人啊,给我打,打到她肯说实话为止!"

毛豆子被人制伏在地,连话都没来得及说,便看着仆人恶狠狠地举起了鞭子。

然而就在毛豆子感叹自己可悲的命运的时候,忽然听到后面制住自己的两个下人一阵惊呼。毛豆子站起身回过头去就发现鞭子掉落在地,两个下人纷纷捂着自己通红的手腕躺在地上打滚,其中一个还发狂一样地笑着。

正堂里的每个人包括苏毅都是惊恐万分,还以为自己是不是眼花了。但毛豆子想想也就明白了,估计这一出是战卿的杰作。毛豆子不想与这些人多纠缠,转身离开了正堂。

在屋外看到这一切的丫头更不敢多说一句话,引着毛豆子朝原先的屋子去了。

果然,刚回到闺房,毛豆子就看到一袭黑衣的战卿正悠闲地坐在木凳上喝茶。

"刚才在正厅，都是你做的？你点了他们的穴？"

"那是自然，放眼这天下，除了我，还没人敢伤你。"战卿心下似乎已经有了考量，还颇为云淡风轻地说出了这句话。

毛豆子想他对于自己刚回府就闹得这出应该是没有生气，很是无奈地觑了他一眼："那真是谢谢你了。"

"苏府鱼龙混杂，你一个人要处处小心，知道吗？"

"我记下了。"毛豆子莞尔一笑。

战卿刚要继续开口，忽然感觉心口一阵绞痛。毛豆子看出战卿难受的神情，急忙询问："你怎么了？"

"没什么事儿，老毛病了，我先走了，你照顾好自己。"

"好。"

战卿匆忙离开，刚出丞相府就没忍住一口鲜血吐了出来，整个人靠在墙壁上，紧皱眉头痛苦万分。好在没多久红羽就赶了过来，他看到战卿这副样子惊诧得很："主上，您怎么会这样？"

"无碍。"战卿冷冷地挥开了红羽的手。

"您早前受过伤，为了大计，不惜以命搏命，可也落下了这样的病根，您已经不能再随意动用内力了，这样下去，又不知道要修养多久。"

红羽很是担心战卿的身体状况，但奈何战卿丝毫不领情，反而是狠狠地剜了红羽一眼，不让他再说下去："我的事儿，还轮不到你来插嘴！"

"属下知错，刚刚听到燕国那边传来的消息，说大殿下已经对您请旨体察民情的行踪有了怀疑，甚至一直在派人查探这件事。主子，我们要不要提前做些防备？"

战卿沉思着红羽的话："只要我这个人还在外面，就一定会时时刻

刻被王兄监视,既然如此,倒不如借着这次机会,跟毛豆子一同入宫。毕竟金陵皇城内,各方势力盘根错节,王兄要想把眼线打入宫里,还需要好大一番精力。"

"您的意思是?"红羽还有些不解。

战卿附在红羽耳边说清了自己的想法,红羽的脸色瞬间难看了不少:"殿下,您……您这做的牺牲未免也太大了吧?"

"大丈夫当能屈能伸,"战卿早有谋划,"按照我说的去做就可以了。"

"是。"红羽不敢多言,应了下来。

战卿离开后不久,苏轻虞便走了进来,对着毛豆子言笑晏晏:"三妹你还好吗?"

"我没事,让二姐担心了。"毛豆子记起刚刚在正厅之上她扶住丞相的言谈举止,想来这位该是二姐苏轻虞无疑了。

"要我说轻鸾你啊,真是个好相与的,这事儿要搁在别人身上,早就搅得天翻地覆了,你倒好,还能沉得住气回房间。"

"二姐这是哪里的话,轻鸾还是明白'适可而止'四个字的。"

苏轻虞似乎没意料到毛豆子会这么回话,尴尬地笑了一下:"三妹你这么想自然是最好,但你今天在正堂用的到底是什么招式啊?现在满府里都在传你是不是会什么妖术?"

"都是些民间杂耍罢了,没什么的。"毛豆子虽然单纯,但也不傻,听出了苏轻虞话里明显的试探意味,暗自觉得苏轻虞也许根本不像外面所说的那样循规蹈矩,她更像是一条会蛰伏冬眠的毒蛇,平日里韬光养晦,但只要有机会就会一击致命。

看着毛豆子并不准备多对自己说些什么,苏轻虞干脆也就不自讨没趣了,寒暄几句就离开了毛豆子的房间。

送走了战卿，又送走了苏轻虞，毛豆子环视着整个破屋子，说得好听点是叫三小姐的闺房，实际上却是个连柴房都比不上的地方。毛豆子在这里实在是待不下去了，干脆决定去外面转转，毕竟自从自己来到这苏府，就憋坏了，远不及在酒楼自在。

也许是因为之前毛豆子在正堂闹出的事儿，现在整个府里都没有一个人敢拦着她，就算迎面碰到了都是低着头走开，毛豆子倒觉得更加清闲，出门更是易如反掌。

毛豆子在街上转悠着，想起顾轻狂如今还下落不明，也不知道怎么样了，会不会还在继续找苏轻鸾的下落，想着想着就不由自主地走进了上回二人一同去过的春花楼。

可这次到了里面毛豆子才算是真正慌了神，因为出来匆忙并没有换上男装。

很明显，这里的男人都把毛豆子当作了青楼的姑娘，纷纷凑上前去，毛豆子推开了一个，就又有一个追上来，毛豆子没办法，只能奋力向前奔跑，直到二楼一处僻静之地，她想靠着休息一下结果一个没站稳就栽了进去。

等到毛豆子抬起头的时候，已经有两柄长剑横在自己脖子上了。生死面前，哪儿还有什么英雄气节，在毛豆子看来，好死不如赖活着。

毛豆子"扑通"一下就跪在了地上，但奈何和坐在前面的人隔着一道帘子，她始终看不清那位男子的相貌，只能用尽浑身解数表明自己的清白："实在是对不住，小女子不知道这里有贵人在，无意之失打扰贵人雅兴实在是小女子的错，我这就走，绝对不给您添麻烦。"

毛豆子刚想脚底抹油离开，却被拿着长剑的人再一次拦了下来。过了好久，她才听到帘子里传来一句问话："你究竟听到了多少？"

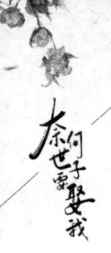

"听到什么？我什么都没听见啊！"毛豆子轻轻用指尖拨了拨剑尖，期待它离自己远一点再远一点，生怕旁边的人一个手抖，自己就小命呜呼了。

"真的？"

"真、真的！"

"你走吧。"

毛豆子终于再次听到帘子里传来的声音，如蒙大赦，急忙准备告辞离开。

可就在此时，微风拂过，纱帘被吹开一条缝，毛豆子无意之间望了一眼，居然看清了里面男子的长相，是顾轻狂？

毛豆子确定自己心中的想法，趁着侍卫没注意，上前就撩开了纱帘，还一副拆穿阴谋的胜利感："顾轻狂，好啊你，你没事啊，没事居然故意吓唬我！知不知道我找了你好久！吓唬人很好玩吗？还有你……"

可怜毛豆子话还没说完呢，眼前男子利剑已出鞘，再次横在了毛豆子脖颈之上，比先前的距离更近："你好大的胆子！"

"你……你不是顾轻狂吗？你失忆了？上次还是我带你来的春花楼呢，你全忘了？"毛豆子还以为顾轻狂忘记了自己，不停地试图唤醒他。

看着少年依旧凌厉的目光，毛豆子只能再次开口："那苏轻鸾呢？你也不认识了？"

"你是苏轻鸾？丞相家的三小姐？"少年这才放下了手里的长剑。

"是啊。"毛豆子依旧不明所以。

"你走吧，以后少来这种地方，半旬后的选秀，告诉你姐姐，说服丞相不要入宫。"

"可是苏轻歌一心要进宫，没人能劝她。"

"那你回去就告诉她，是朕不愿意让她进宫。"

毛豆子听着少年的话很是惊讶:"你是皇上?"

"对。"离秋并不打算继续隐瞒自己的身份。

毛豆子总觉得在哪里听过皇上的名讳,便低声嘀咕了几句他的名字:"离秋,离秋……"

就在毛豆子晃了晃脑袋,准备放弃不再回想的时候,却不料头痛欲裂的感觉再次袭来,没过一会儿便昏倒在地。

梦里,高高的城墙之上,烈火焚烧,穿过迷蒙的烟雾望进去,毛豆子发现一个少年怀里拥抱着一名女子,虽然早已奄奄一息,但两个人彼此幸福的笑容和猛烈的大火形成了鲜明的对比。

等毛豆子再走近一些,赫然发现,这个少年的模样和离秋一模一样,而那名女子,居然就是自己的样子!

毛豆子又惊又怕,但还是不由自主地想凑近听听他们到底在说些什么。

少年气若游丝:"鸾儿,几度春秋,你可后悔过?"

"不曾,一日都不曾。"大火中的苏轻鸾脸上还洋溢着笑容。

"可是,我们……"

离秋还没说完就被苏轻鸾轻轻捂住了嘴:"陛下,这一辈子,能够与你相遇相知相守,已经足够,我其实很感谢老天给的这五年,下辈子,我一定还会回到你身边,到时候奈何桥上,你可要牵好我的手。"

"我会的,一定会的。"

毛豆子还想再看看这一切究竟是怎么回事,但画面已然拉远,烽火映照了整个夜空,敌方军队肆意杀戮,见人就砍,金戈铁马瞬间踏进了金陵都城,哀鸿遍野,尸骨满地。

而当毛豆子再次回望的时候,早先烈火中的宫殿轰然倒塌,除了随着倾塌溅出的火星,再无一物……

"不要！"毛豆子惊坐起，冷汗淋漓。

是做梦啊！

但是，真的只是一场梦吗？若只是场梦，它怎会如此真实？

可还没等毛豆子想明白，端坐在远处的离秋听到毛豆子的呼声就赶了过来："你醒了？"

"嗯。"毛豆子点了点头，依旧满心惶恐，没再敢与离秋多说一句话，聊表感谢之后就匆匆告别，怀揣着不安和担忧一步步走回丞相府。

那厢，离秋眼看着毛豆子离开的身影，忽而又感到一阵眩晕，旁边暗卫急忙走上前来："皇上，您没事吧？这次微服出巡是属下看顾不力，让您差点出了危险，属下罪该万死。"

"你是该死，不过不是这个时候！"离秋强忍住头痛开口，"你之前说在哪里发现我的？"

"回皇上，是在一个山坡下。那日入夜后，皇上您说要属下去查探一下宫里的情况，属下依旨回宫，可回来的时候却不见了皇上的踪影。因为出宫前您特意叮嘱这一次是秘密出行不可让太多人知晓，就连太后娘娘和朝臣们都得瞒着。所以属下还以为您是出去散心了，也不敢惊动府衙，只得说您病了不见人，然后派些亲近的人去找，几天后才在一个陡峭的山坡旁找到了您，属下有罪。"

离秋对这一切也尚存疑虑，但只得先行搁下："好，朕知道了，你下去吧。"

"是。"暗卫退下。

毛豆子经历了这么一档子不明不白的事儿，想得头都大了也没想出个所以然，所以决定先回房休息一下。却没想到正巧看到两个鬼鬼祟祟的丫鬟围着自己的院子不知道在做些什么。

毛豆子引而不发，找了个隐蔽的地方就藏了起来，全当看场好戏。

只见两个丫鬟拖着一桶不知道从哪里找来的泥土，好听点叫泥土，不好听的，就像是一桶泥巴，混着清水，真是要多稀有多稀。

丫鬟藏在毛豆子院门后，抬着泥巴严阵以待。毛豆子看到这儿，也就大概明白了这些丫头是什么意思，准是估摸好了自己回院子的时间，时刻准备给自己来一套落汤鸡的下作手段。

但今日她既然知道了这件事，怎么还可能任由这件事发展下去。她赶忙抓住一个路过的小厮，命令他将自己知道皇上喜好的事告知苏轻歌，并邀她一聚。小厮不敢违背，依话前去。

苏轻歌对于皇上的事情向来是来者不拒，想都没想就去了毛豆子的院子。可还没来得及找毛豆子的人影呢，两个丫鬟算计着这时候进来的人，还以为是毛豆子，大力抬起泥桶，对着苏轻歌便泼了过去。

苏轻歌始料未及，一声惊呼，丫鬟们这时才知道泼错了人，急忙跪了下去："大……大小姐……"

"你们……"苏轻歌一身泥水，指着那些丫鬟，气得不知道说什么好，"都给我拖下去，活活打死！"

"大小姐饶命啊！我们不知道是您来了，一时疏忽，求大小姐饶命，而且这件事是您吩咐我们这么做的，我们哪知道您还会在这个时辰来啊！"

"你们还在怪我是吗？"苏轻歌气得火冒三丈。

毛豆子躲在一角看着狼狈不堪的苏轻歌险些笑出声来。

"弄影，你还在犹豫什么！还不都带走打死！不要再碍我的眼！"苏轻歌气得都要跳脚了。

"小姐，虽说贱婢的命不值钱，可这事儿要是传了出去终归损坏您温和的名声，您看要不罚些板子算了，免得日后传到老爷和夫人耳朵里

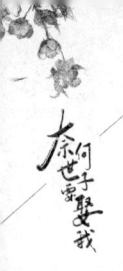

也不好交代。"弄影事事为主子考虑，倒是个忠仆。

"爹爹和娘亲最疼我了，有什么不能交代的！"

"老爷夫人是将小姐视作掌上明珠没错，可丞相也总是叮嘱小姐要谨言慎行，不能有损自己和相府的清誉，今日这件事终归还是……"弄影看着苏轻歌的脸色越来越难看，没敢再说下去。

"就按你说的办吧，我们走！"苏轻歌恨恨地甩甩手，准备离开。

弄影却考虑周全："小姐等等，现下这府里来来往往的，您要是带着满身泥点子这么走了定会引人侧目，甚至还可能传出什么不好听的话。反正现在三小姐也不在，我们不如先进去把身上弄干净。"

苏轻歌虽然心里百般不愿，可道理确实如此，最后只得听从了弄影的建议，草草打了这两个丫鬟几板子又威胁不得说出去了事。

苏轻歌急急忙忙地走进毛豆子的屋子，弄影打来水想给苏轻歌擦干净，却没想到越擦越脏，自食恶果。

毛豆子在角落里偷笑够了，正准备现身出来去看个笑话，却没想到还没等她走进院子呢，屋门忽然被一个疾跑过去的小厮锁死，随之一个火把就冲着窗户口飞了进去，火把落地的位置恰巧是些布匹，一时之间熊熊大火燃起。

屋内的苏轻歌整个人都吓傻了，要不是弄影还在旁边护着，大火险些就烧着了她的衣服。

听着一声声救命从里面传出，毛豆子猜想自己刚刚就是想让苏轻歌自作自受，可完全没有后来这些计划。那么，应该就是还有人在暗处看到了这一切，并且利用了自己的计划。

毛豆子救人心切，冲进院子就想跳窗进去将苏轻歌拉出来，却奈何火势凶猛浓烟滚滚，她尝试了好几次也无济于事，最后只好去搬救兵。

为了防止有心之人栽赃陷害，毛豆子顺便拿起院内地上的泥土往自己衣服上抹了个遍，气喘吁吁地跑到大夫人院子，果然被门外丫鬟拦下了。

"三小姐，大夫人正在休息，此时恐怕是不宜打扰，三小姐还是请回吧！"丫头们个个趾高气扬，一副看不起她的样子。

"我真的是有急事要通知大夫人，还请通传一声。"毛豆子无意害人性命，自然是着急的。

"呵呵，你当你是谁啊？谁不知道我们丞相府堂堂的三小姐不过就是一个姨娘生的贱种！这三姨娘啊，要说起身世来，连个做艺妓的二姨娘都不如，当年笙家满门抄斩，要不是丞相心善，你早就暴尸街头了吧！"丫头们越说越起劲儿。

毛豆子闻言却不怒反笑："俗话说，好死不如赖活着，我苏轻鸾虽然是赖活着，但也总比现在要死的大小姐强吧！"

"你说什么？"柳梦梅早就在屋内听到了这一切，本来还想给门外的两个丫鬟一些奖励，没想到毛豆子的话却让自己一惊，"苏轻鸾，你再说一遍！"

"大夫人，是轻鸾不好，没有看好大姐，现在，现在，"毛豆子泫然泪下，"不知道怎么回事，我房间忽然起火，我在外逃过一劫，可是大姐，大姐还在屋里呢！"

"什么？"柳梦梅差点吓晕过去，赶忙吩咐家丁，"还愣着干什么啊？还不快去救火！"

"是。"

满院的家丁得令立刻冲了出去。

好在苏轻歌没一会儿就得救了，她恨恨地盯着毛豆子，大夫人问话也不敢说出真相，只说是不小心打翻了蜡烛意外起火，毕竟，往苏

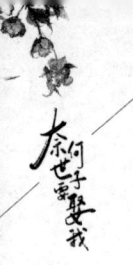

　　轻鸢身上泼泥巴的事情就是出自自己的手,这要是当着这么多人传出去,以后她的名声可就毁了,她才不会做这样赔本的买卖,现在只能哑巴吃黄连,有苦说不出。

　　可这厢毛豆子送走了苏轻歌,还是充满了疑惑,虽然苏轻歌知道后来起火和自己无关,但自己总要调查清楚,毛豆子倒要看看,在这个丞相府里,还藏着多少自己不知道的龌龊事!

　　可惜毛豆子势单力薄,凭借一己之力根本无法查出真相,而转眼也就到了入宫之前要采选的日子。

　　虽然自己明里暗里已经和苏轻歌说了很多次不要进宫,但苏轻歌偏偏认为是毛豆子别有用心,多次言语往来都是不欢而散,毛豆子也束手无策。

　　这天苏毅破天荒地把毛豆子也请到了正堂吃饭,据说是为了提前庆祝大小姐入宫得宠。

　　这顿饭毛豆子吃得索然无味,直到最后苏毅才说出自己内心真实的想法。

　　原来今天之所以把苏轻虞和毛豆子也请过来,无非就是希望她们在这三天重要的日子里尽量少出现,免得给苏轻歌入宫带来什么麻烦,保不齐这个皇上起了什么其他心思,再要了毛豆子或者苏轻虞进宫,岂不是要自相残杀?

　　苏毅自然不希望自己最疼爱的大女儿出什么闪失。

　　毛豆子听着苏毅的说辞忍不住撇了撇嘴:"爹爹放心,那个四四方方吃人的地方没人愿意去的。"

　　"那就好,那就好。"苏毅恨不得把整个苏府都给苏轻歌,哪里还希望其他人占到一点好处,听毛豆子这么说自然是乐不可支。

家宴在一片看似祥和的氛围中结束了，毛豆子本来准备好好睡个安稳觉，却没想到第二天一早就被苏轻歌敲门的声音惊醒了，毛豆子睡眼惺忪地打开了门："你有什么事吗？"

苏轻歌没好气地走进了毛豆子的屋子，嫌弃当然是一样的嫌弃，不等毛豆子请，就自顾自地坐在了凳子上，拿出早早准备好的流苏簪，放在了毛豆子桌子上："给你的，你也知道，我懒得和你多说一句话，但奈何娘亲非得让我在临走前给你和轻虞留个好印象，也希望你们呢作为一个宫妃的妹妹，以后出门做事都提前想想皇家颜面，既然东西已经送到了，我就走了。"

毛豆子也不想再和她计较："来都来了，坐坐吧，这么早想来你也没吃早饭吧，我这里虽然没什么好东西，但昨天二姐给了我一盒桂花糕，我就借花献佛送给你吧，听说是醉仙楼师傅的手艺，很是不错。"

"你会这么好心？"苏轻歌迟疑地停下了脚步。

"不管你信不信，那场大火确实和我没关系，泥巴的事儿也不过是以其人之道还治其人之身罢了，你算计我最后搬起石头砸了自己的脚也只能那么受着。但是当时那场火我亲眼看到一个小厮将火把丢进了屋子，我近日来也一直在找他，可惜一无所获。现在你都要走了，我自然是没有骗你的必要。"

听着毛豆子诚恳的话，苏轻歌终归还是将桂花糕接了过来。要说起苏轻歌这个人，也没什么特别歹毒的心思，无非是一副大小姐脾气，耍一些小孩子的手段罢了，她比起苏轻虞，还简单得多。

苏轻歌看着手里的糕点，对毛豆子的态度也缓和了不少："我离开之后，会跟爹爹说给你换个好点的住处，你缺什么，直接找爹爹要就好了。"

"知道。"毛豆子笑了笑，目送苏轻歌离开。

毛豆子送走了苏轻歌，忽然之间感到分外轻松，就像是心底放下了

一块巨石一般。

但事情哪儿来的那么多一帆风顺,当天晚上,苏轻歌突然就起了疹子,据看病的大夫说,起码要半个月才能恢复完全,但进宫的时间是规定了的,谁也不能逾期,等毛豆子赶到的时候,房间里已经乱成了一团。

"苏轻鸾,你到底居心何在?"苏轻歌蒙着面,看着毛豆子的时候好像要把她盯进骨子里一般,恨不得剥皮抽筋。

"你在说什么啊?"毛豆子一头雾水。

"我吃了你的桂花糕之后,晚上就这副鬼样子了,你说,你不是存心害我,是什么!"

毛豆子听着苏轻歌的指控,竭力让自己冷静下来,最后只得出了一个结论:"不是我要害你,是有人要害我们。"

"苏轻虞,你说对吗?"苏轻歌卧床不起,毛豆子忽然之间想明白了所有的事情,从开始苏轻虞故意对自己打探虚实,到苏轻虞借着自己的计谋放火要烧死苏轻歌,再到今天苏轻歌过敏,这一切的一切都是出自苏轻虞的计策。

苏轻虞闻言并没有表现出一丝慌张:"妹妹你这是在说什么啊,姐姐听不明白。"

就在毛豆子准备再次开口的时候,一直在旁边阴沉着脸的苏毅终于发话了:"你们都走吧,轻鸾你收拾一下,明天进宫。"

"爹爹,我……"

"不想被满门抄斩的话就答应!"丞相如今一味关心的就只有头顶乌纱,"轻鸾,从小到大,爹爹确实对你有些亏待,甚至连你失踪的事情都不知道。只是你既然已经回到了相府,不管在外面遭遇过什么变了性子,你也要明白,相府一门,一荣俱荣,一损俱损。爹爹送你进宫,也是为了保全相府，保全你！"

毛豆子千防万防，都没防住这个佛面蛇心的苏轻虞，可丞相既然话已至此，她最终只能应了一句，随着苏轻虞退出了屋子。

庭院里，毛豆子不想和苏轻虞多说话，快步向前走去，而苏轻虞似乎极为满意现在的结果，明目张胆地挡在了毛豆子面前，轻笑一声："妹妹明日就要进宫了，没准儿以后还是皇上面前的大红人呢，可我看着妹妹的脸色，似乎不太开心啊？"

"如果你喜欢，你可以跟爹爹说换你入宫。"毛豆子不想和这样的人多费一句口舌。

"可惜啊，府里的大夫人养尊处优，天天就想着她那个女儿如何出人头地，对丞相府名下的铺子不闻不问，最后竟都落在了我手上。如今我手头上府里大大小小的事情实在是太多了，我走了，偌大的丞相府谁照看呢？"

"大夫人不管不问？恐怕也是你不想让她过问吧？"毛豆子已然明白苏轻虞定不是个善茬。

苏轻虞闻言轻笑一声："你与其还在想我与大夫人之间的过节倒不如担心担心你自己吧，那宫墙可是一座吃人不吐骨头的牢笼，你要小心了。"

"宫廷尔虞我诈，步步惊心，我对此根本无意，而苏轻歌对这些势在必得，如此种种你都明白，但你就是见不得别人好，见不得别人过一天安生的日子，所以你就故意设计了每一出对吗？从放火到毁掉苏轻歌的样貌，都是你的手笔！"

苏轻虞听着毛豆子的控诉不怒反笑，还在击掌赞叹："没看出来妹妹你不傻啊！这么些年苏轻歌和大夫人的欺压，我早就受够了，只要是她喜欢的，我就都要毁掉！至于你，根本就不在我的眼里，我本

来也是打算让你一起中毒的,到时候苏府送不出人,违抗圣旨,就是杀头的大罪!可谁知道你偏偏没事,所以啊,哪怕将来有一日你被埋在宫里,要怪也别怪我,只能怪你自己命不好!"

"苏府出了事儿到底对你有什么好处?你也是苏府二小姐,不怕吗?"

"这个破地方我早就待够了!"苏轻虞有些癫狂,"我有手段,有才艺,琴棋书画从不比任何人差!凭什么处处被苏轻歌压在底下,出了这个门,我照样能担起一处生意,只可惜碍于这个身份,苏毅不可能放我走!只能和娘在这里日日遭受大房的侮辱!"

"可你的方法太极端了!"毛豆子不想多言,侧身避过苏轻虞走了。

然而毛豆子不知道的是,苏轻虞刚刚回到闺房,就被战卿闪身扼住了喉咙,直到剩下最后一丝气息,战卿才将放开她。

苏轻虞看清了来人,急忙跪倒在地:"参见世子殿下。"

"你可知道你自己都做了些什么?"想来战卿是看得一清二楚。

"属下、属下知错,属下只是想让苏轻歌受些教训,却没想到惹了殿下不高兴,属下罪该万死。"

"苏轻歌到底如何与我无关,你要做什么只要不与大计相悖我也不会管,只是你不该动苏轻鸾!"

"殿下此言何意?不是您告诉我要让苏轻鸾进宫的吗?"苏轻虞壮起胆子回话。

"这世上的方法本有千万条,你却偏偏选择了将她推上风口浪尖,处处树敌,自己置身事外,难道不该死吗?"

苏轻虞闻言疑惑地抬头悄悄看了看战卿,心里还很是纳闷,这世子殿下何时转了性子?怎么会关心起这样一个默默无闻的庶女?

但苏轻虞也不敢细问,只能恭敬答话:"是属下的错,属下再也不敢了，属下保证，以后做任何事一定提前知会殿下，必然不会让殿下、让燕国再为属下费心。"

"你知道就好，苏轻鸾进入后宫已成定局，这件事你做得很好，但其他的，我希望你不要再插手，适可而止！我不希望在她进宫之前再出现任何差池！"

"是，属下明白。"

眼看着战卿走出好远，苏轻虞才敢将将抬起头，但双眸中渗出的，除了恐惧，似乎还残存着那么一丝丝的眷恋，虽然很快泯去，但仍残留在心中，时时引起阵痛。

毛豆子百般无奈之下，也只能仓皇地接受了自己的命运，准备着从苏府这个小牢笼向皇城更大的金丝笼中挪移，仿佛一只被困的飞鸟，任凭怎样挣扎，都逃脱不过四四方方的紫禁天……

Chapter 03
活得比龟长

　　毛豆子踏上入宫的道路很是忐忑，好在这次的秀女并不多，大多数都是朝中高官的女儿，除了毛豆子封了鸾妃之外，还有叶妃、沈嫔、淑嫔和泠贵人。

　　宫廷斗争尔虞我诈毛豆子不懂，也不想懂，但现在的她只想知道的一点就是，本宫要失宠！本宫必须要失宠，离皇上要多远有多远，要不然以后自己就连怎么死的都不知道。

　　毛豆子说干就干，趁着无聊，详细地给自己制定了一套失宠攻略，总之皇上喜欢甜的，自己就非得吃辣的，皇上喜欢晚睡，自己偏偏要早些躺下，皇上喜欢去湖心亭，自己就一次也不去，不见面的话，自然也就谈不上什么受宠。

　　虽然梦中那个葬身大火的人名字是苏轻鸾，但终归现在是自己顶替了苏轻鸾的身份，总要做到万无一失。毛豆子这么想着，忍不住狂笑不止。

直到贴身宫女素问来到跟前，毛豆子才装出一副大家闺秀的样子，端端正正地坐好："有什么事吗？"

"娘娘，偏殿的沈嫔和锦贵人来请安了。"

"沈嫔我知道，这个锦贵人是哪位？"

"这个锦贵人就是宫里皇上最宠爱的妃子。"

"哦，那我应该是有所耳闻，之前皇上推脱选秀多半也应该是因为她吧？"

"听宫里人猜测是的。"

毛豆子听着锦贵人的名号倒是沉默了起来，这皇上最喜欢锦贵人了，而锦贵人偏偏又和自己住在一起，那岂不是和皇上很可能抬头不见低头见？万一……咦，她可不敢继续想下去了。

毛豆子再抬起头的时候已经是一副可怜巴巴的样子："素问，我现在能选择换个宫殿住吗？"

"不能。"素问这次回绝得倒是很快。

毛豆子只能认命地低下头："好吧，那请她们进来吧。"

"是。"

素问恭恭敬敬地将锦瑟和沈括领了进来，两个人循规蹈矩地福了一福以示请安，毛豆子按照之前素问教过自己的宫规礼仪像模像样地邀请二人入座，三个人就这么互相看着，谁也不先开口，场面一度十分尴尬。

就连素问都临阵脱逃去打点其他事物了，整个正殿里就剩下了三个人面面相觑，沈括和锦瑟都不清楚毛豆子的脾气秉性，自然也不好意思先开口。

毛豆子看着面前两个人紧紧盯着自己，好像要把自己看出个窟窿一

样,不禁感到浑身不自在,但又不知道该说些什么,生怕说多错多。

本来想态度好点吧,但奈何素问早就"教导"过自己,不能对底下的人太温和不然会被欺负,不被放在眼里。

要想态度严厉点吧,毛豆子还真装不出来,所谓的恩威并施,怎么就那么难呢!

毛豆子轻咳一声,锦瑟和沈括还以为她要说话了,急忙正襟危坐,就差把小手背到椅子后面去了,但毛豆子看了两个人好久也没说出什么来,最后只能尴尬地笑了一声,举起茶杯:"要不我们再喝一会儿?"

"好啊,好啊。"

两个人满口应下。

兴许是素问在殿外看着毛豆子处境实在是太水深火热了,实在忍不住,秉持着一颗忠良救主的心再次走进了正殿,站在毛豆子身边,轻声提醒:"娘娘,你随便想说些什么都可以,和两位主子聊一聊,随意就好。"

毛豆子悄悄瞥了素问一眼:"真的可以吗?随意聊?问什么都行?"

"是啊。"素问显然还不知道毛豆子心里在想些什么,如果她提前知道的话,可能咬断舌头也不会答应毛豆子了。

毛豆子放下茶盏,好奇地问出口:"锦贵人,宫里都说你独得圣宠,但是你为什么到现在都还是个贵人呢?"

还没等锦瑟回答,沈括就一口茶水喷了出来,要不是毛豆子离得远,可能正好就要溅到身上了。

沈括赶忙擦了擦自己身上的茶水,恢复仪态,但在心里忍不住对毛豆子竖起了大拇指,我敬你是条汉子!不问则已,一问就扎心!

相对于沈括的反应,锦瑟就显得淡定多了,不慌不忙地放下茶盏,微微一笑:"娘娘进宫时日尚浅许是不知,锦瑟虽然长伴君侧,但奈何一直不得太后喜欢,所以便一直这样了。"

"哦,"毛豆子一副大彻大悟的表情,"直说了吧,其实我这个人呢真是装都装不来,平日里也没什么规矩,所以你们以后在这个宫里随意就好,也不用总来向我请安,相对来说,我更喜欢清静。"

"姐姐你说的是真的吗?"沈括听着毛豆子这么说似乎很是兴奋。

"当然了。"

"那真是太好了!姐姐你是不知道,我和泠贵人是同乡,来之前还听她说起,长乐宫那位叶妃可是让淑嫔和泠儿天天去请安呢,不仅如此,还不许迟到,只要有一个人晚一些,两个人都要受罚。"

"这样啊,但我这里没那么多规矩,你们放宽心吧。"

"谢鸾妃娘娘。"沈括和锦瑟默契地对着毛豆子行了个礼。

就在沈括还想再说些什么的时候,忽然听到偏殿传来"嘭"的一声巨响,把毛豆子和锦瑟都吓了一跳。沈括一下子从座位上蹿了起来,大叫着跑了出去:"完了完了,我的白陶啊!"

毛豆子还以为沈括那里出了什么事情,一起跟着跑到偏殿,映入眼帘的就是一个满身烟灰蓬头垢面的宫女冲着沈括跟丧尸一样一步步挪了过来。

"风筝,我的白陶罐子呢?"

"你说什么?"

"我说,我的白陶罐子呢?"沈括再次提高了音调,但风筝就像是还听不到一样,又问了一遍,沈括恨铁不成钢地看了一眼风筝,转身向着小厨房跑去。

"素问,快去传太医给风筝看看。"

"是。"素问疾步离开,毛豆子和锦瑟追在沈括身后进了小厨房。

烟雾缭绕之中,毛豆子能看见的就是坐在地上不知道端着一盘什么

东西的沈括痛苦不已,就差捶胸顿足了。

"你怎么了?"毛豆子都不知道到底发生了些什么。

"完了,全完了,我精美的小白陶啊!"

毛豆子一脸疑惑,指了指沈括手里那团黑乎乎的东西:"什么白陶?"

"我看书上做白陶的方法,就跟着学,本来模子已经出来了,就差放在火里烧制了,没想到居然这么炸了!"

"你在厨房里烧陶器?还用大锅的火?"毛豆子一脸难以置信。

"是啊,"沈括倒很是无辜的样子,"有什么问题吗?"

毛豆子扶额,实在不知道说什么好了。锦瑟一贯乖巧的样子,站在一旁什么都没说。

"我进宫来完全就是家里人的意思,其实我的梦想是做一名伟大的发明家!勉勉强强进了宫,还不是看着宫里能自己有个小天地什么的,我就可以天天自己研究新鲜事物了,我给自己每天定一个小目标——做一个新发明,可风筝那死丫头居然连火都看不好,整个灶台都炸了!"

"你这个,"毛豆子欲言又止,虽然很不想挫败沈括的自信心,但还是觉得人生吧,总得需要真相,"你的白陶恐怕做出来也没办法用吧?"

"怎么没法用?"沈括对于自己的白陶很有自信,"每次我做完都会用着呢,你看看我现在宫里,都是之前在外面做好带进来的,有专门为了防止罚跪的护膝,还有专门用来冰镇水果的冰坨子,还有那儿,你看那个三尺白绫……"

"沈姐姐,你要自杀啊?"锦瑟震惊得很。

"才不是呢!"沈括得意地扬了扬眉,"这个啊,是防止被赐死的,我就和你俩说,你们可别说出去啊。我为了防止皇上一时生气赐我死,特意自己做了份如假包换的假白绫,虽然看上去和宫里的没什么区别,但内里的布都已经腐了,根本吊不死人的,到时候顺便说一句天不遂人愿,我不就正好不用死了嘛!"

"你想得可真周全。"毛豆子忍不住打心眼里给沈括竖起一个大拇指。

毛豆子看着蹲在厨房里丝毫不顾及形象灰头土脸的沈括,瞧着也是可怜,忽然想起自己的小厨房还放着自己刚刚做好的菜,赶忙跑过去端了出来要给两位压压惊。

毛豆子像献宝一样将菜端到了两个人面前:"看我做的超级至尊!给你们尝尝压压惊,这要放着平时,我可不轻易拿出来呢,你们看这配料,有茄子,有西瓜,还有西红柿和金橘,味道一定特别好,你们尝尝。"

毛豆子边说边热情地拿出了两枚早就已经熏黑了的金橘递给了沈括和锦瑟。

"不不不,不用了,你自己留着吃吧。"沈括和锦瑟不约而同地拒绝了毛豆子。

毛豆子并不气馁:"你们不吃这个没关系,我大不了以后做些别的给你们,我都想好名字了,有糖蒸鱼皮,蒜蓉炒金橘,还有糖醋百合花,到时候请你们来吃啊!"

光听这些名字,沈括和锦瑟就忍不住干呕起来,心里不停祈祷着毛豆子不要给自己送过去。

"怎么了?"毛豆子还觉得自己怪热情的,是不是哪里做得不太对了?

沈括听得毛豆子这问,赶忙止住了干呕,对着毛豆子摆了摆手:"不必了,真的不用了,如果我们想吃的话会主动来找你的,不用你

去请。"

"好吧,既然我们三个住在一个宫里,有难同当,有福也要同享嘛!你们两个千万不要不好意思,好吃的我这里有的是,知道吗?"毛豆子刚才因为厨房炸掉的惊诧一扫而光,转而跟个老大一样将两只手分别搭在了沈括和锦瑟的肩膀上,"我在这宫里,也不想争宠,就有这么点小爱好而已,你们可不能不赏光啊。而且说不定我以后还要找沈嫔你来借三尺白绫呢!"

"好好好,一定,一定。"锦瑟和沈括只能一直干笑来化解尴尬,心里想的却都是该怎么消失在毛豆子面前,最好自动隐形,这样以后就都不用吃她的黑暗料理了。

"你们答应就好。"

"告辞,告辞。"沈括和锦瑟好不容易听到毛豆子的告别,跑得比兔子还快,争先恐后地冲出了厨房。

毛豆子一个人还在原地纳闷呢:"怎么跑这么快?看来一定是我做的东西太好吃了,她们两个都自愧不如,急忙回去学着研究了!"

这话要是让两人听见,估计又得讪笑一阵了,还得为毛豆子的乐观主义精神举牌:苏轻鸾,你心态很好!

毛豆子被刚才沈括厨房里的爆炸味儿熏得不行,就想着出去转转呼吸一下新鲜空气,正好也能好好欣赏一下这宫里的美景。

可惜天有不测风云,毛豆子在御花园里还没走两步呢,就不知道被哪里冲过来的人一下子钳制住了手臂,动弹不得。

毛豆子一边挣扎还在一边埋怨,这宫里的安全系数也太低了吧?怎么随随便便就能冒出个刺客,还堂而皇之地在御花园里行凶。

毛豆子正在叫苦连天的时候,却没想到身后的女子竟然放开了自己:"唉,真是没意思得紧,你已经是这两天我在这里偷袭的第九个人了,可惜你们都不会还手,无趣无趣。"

毛豆子听到她的话后转过身去,女子在看到毛豆子面貌的时候似乎闪过一丝惊诧,斟酌着开口:"看你的打扮和样子,好像跟我之前擒住的八个宫女并不一样,你是什么人啊?"

"我叫苏轻鸾。"毛豆子无奈地说出了这五个字。

哪知面前女子忽然跪了下来:"是温淑女眼拙,淑女该死,无意冒犯鸾妃娘娘,请娘娘息怒。"

"你就是淑嫔吧?"毛豆子听着温淑女说出自己的名字,也就大概明白了一二,将她扶了起来。

"是。"

"我不怪你,有点个人爱好也是好事儿,但是以后就不要这么冲动了,万一伤到了人就不好了。"

"是,淑嫔明白。"

毛豆子扭了扭自己酸痛的肩膀,没有怪罪温淑女,倒是觉得她这名字和这个人的行事风格简直是截然相反。

毛豆子拖着疲惫的身子回到未央宫,不由分说便一头扎到了榻上。

"娘娘,您这是怎么了?"素问一直在忙活太医给风筝看病的事情,完全不知道毛豆子发生了什么。

毛豆子倏然起身,凝视着素问的双眸:"素问,我们这个皇宫里是不是就没有一个正常人啊?"

"奴婢不懂娘娘的意思。"

毛豆子站起来在屋子里来回踱步,一个一个分析道:"一枝独秀的锦贵人,天天做发明的沈嫔,每天观察着宫里所有人动向,堪比监视器一样的泠贵人,一言不合就大打出手的淑嫔,还有那个每天的生活作息跟上了发条一样的叶妃!我们这里就没有一个正常人吗?照这样看下去

啊,八成就连那个皇上都是个神经病!"

毛豆子话音刚落地,素问就一个箭步冲上去捂住了毛豆子的嘴:"娘娘,这种话可不能乱说,要杀头的!"

"其实娘娘你换个思路想想,这样也挺好的啊,每个主子都有自己的个性,如果您要是实在看不惯锦贵人一枝独秀,您也可以想想怎么夺得皇上的宠爱啊?"

"啊咧,"毛豆子一席肺腑之言下来,没想到素问居然完全曲解了自己的意思,毛豆子不免觉得自己头都大了,"素问,我不是这个意思,算了算了,和你说了你也不明白,你下去忙吧,我要睡一会儿,没准儿醒了这里所有的人就都正常了。"

毛豆子沉浸在睡梦之中,只见整个桌子上都布满了各色精致的菜式,可就在她要大快朵颐的时候,忽然之间沈括蹿了出来,命令下人将这些菜全部都撤了下去,改换了自己的新奇发明三尺白绫上来,还要求她必须试用。她在沈括的逼视之下躲躲藏藏,一不小心翻下了台阶。

随着"哎哟"一声,毛豆子睁开了双眼,原来刚才不过是自己做的一场梦。毛豆子料想一定是被沈括的不靠谱发明荼毒太深了,自己才会做这么不靠谱的梦!

可梦醒了还没完,毛豆子抬起头看见的就是叶妃那张放大的脸,她"啊"地尖叫了一声,二重惊吓差点连魂儿都没了。

"叶妃,你是存心要吓死我吗?"毛豆子感觉自己的灵魂早就飞出了躯体。

叶妃倒不以为意道:"太后娘娘召我们酉时觐见,现在都申时了,你居然还在睡觉!我都在这里等你一炷香的时间了!"

毛豆子睁眼算了算,顿时抓狂:"叶妃啊,现在明明离酉时还有半个时辰,你为什么要这么早叫我啊?"

"嘿嘿，不好意思，提前准备是我的习惯，不服就憋着。"

"你！"

毛豆子不想与她计较，倒头就想继续睡觉，却被叶妃无情地拽了起来："生前何必多睡，死后自然长眠！你看看你，插个尾巴跟猪还有什么区别？我们可是大家闺秀，千金小姐，是皇上的枕边人，未来皇子的母妃，照你这么睡下去，大炎迟早要亡！"

大炎？亡国？毛豆子本来还在睡梦之中，但听到叶妃这句话立刻从床上跳了起来："大炎不会灭亡的，一定不会，我们快走，与日月争朝夕。"

叶妃也不知道毛豆子忽然犯了什么病，嫌弃地看了她一眼："还争朝夕呢，现在早就没有朝，只剩下夕了。"

"有一个总比没有强啊，你说是吧？"

"真是服了你的歪理了，你赶紧收拾一下，我在外面等你。"

"好。"

毛豆子本来想差不多找件衣服穿就行了，奈何素问偏要说这是第一次觐见太后，一定要穿得非常正式，并且衣着都要突出大家典范，毛豆子拗不过她，只能任由素问给自己缠了一件又一件。

等再出来的时候，已经过了一炷香的时间了，要不是毛豆子准备出门了，可能叶妃把未央宫炸了的心思都有了。

等到了慈安宫的宫门前，离酉时还有不到一炷香的时间，门外内监瞧着毛豆子和叶妃来了，急忙迎了上去，告诉两位主子皇上正在里面，让两个人稍等片刻。

毛豆子应下，挥挥手就让内监去忙了，但叶妃却不是个能耐得住的主儿，说着就要冲进去："本来就是说好的让我们过来嘛，怎么又要在外面等着了？每个人都要守时啊，鸾妃你说对不对？我们一起进去评

评理！"

毛豆子看着风风火火的叶妃，急忙挣脱了她的手："尊贵的叶妃娘娘啊求求你饶了我吧，好汉一路好走，明年的今天我一定会给你烧纸钱的，烧很多很多。"

"鸾妃你居然这么怕事！"

听着叶妃对自己的控诉，毛豆子根本没有辩解。

可话说回来，毛豆子哪里是怕事啊？分明就是害怕冲进去了被皇上看见。毛豆子现在恨不得自己在皇上面前就是个透明人，一国之君身负天命，万不得已死就死了，可别拉上自己这个垫背的啊！

好在还没等叶妃数落毛豆子几句呢，刚才的内监便出来请她们进去了。毛豆子擦了擦脸上被溅上的唾沫星子，还小声问了内监一句："皇上走了吗？"

内监听着毛豆子问起皇上，喜笑颜开："哪能啊？听着叶妃和鸾妃过来，太后特地把皇上留下了，你们二位可要好好表现啊。"

内监这么大声音，叶妃当然也听得清清楚楚："亏我还以为苏轻鸾你多无欲无求呢，原来也是凡夫俗子一个，想跟我争皇上，时时刻刻等着皇上的垂青呢！"

"我没有！"毛豆子不想被误解。

叶妃显然已经不相信了，挥挥衣袖就踏进了慈安宫："有就有嘛，大家都一样，我又不会吃了你！"

毛豆子知道再多解释也无用，只好闭上嘴巴。

慈安宫里，太后坐在主位，皇上正坐在太后旁边。

看着叶妃的到来，太后分外欢喜，刚行完礼就拉着叶妃坐在了自己另一侧。

而毛豆子只能尴尬地随便找了个位置坐下，不过这样倒也乐得清闲，希望皇上千万不要看见自己才好。

"苏轻鸾,朕会吃人吗?"毛豆子低下头去,极力缩小自己的存在感,却听到皇上一句带着些许怒气的问话。

毛豆子赶紧抬起头摆手:"没有没有,皇上您福泽万民,宅心仁厚,怎么会吃人呢?"

"那你还坐那么远?"毛豆子这才认真算了算自己和皇上的距离,足足隔了差不多五尺远。

"我……"毛豆子不知道该说些什么。

"还不坐过来。"

"好好好,这就来。"毛豆子此刻是叫天天不灵,叫地地不应,鬼知道到底是哪里惹了这个皇上。

太后看着离秋的态度很是不满意,沉声:"皇上,我看这批进宫的秀女里,就数叶妃最乖巧可人了,你一定要好好照顾她啊。"

毛豆子听着太后的话这才忽然想起,虽说这叶家仅仅是个尚书府,远远没有丞相府尊贵,但要论亲疏远近,太后终归是叶妃的姑姑,是她的娘家人,单凭这一点,就是十个苏家也比不上的。

皇上对于太后的话明显不以为意:"母后若是喜欢,大可要叶妃每日来这慈安宫侍候,朕想要什么样的人,朕自会决断。"

"皇上你说的可是锦贵人?小门小户出身有什么好?连点宫廷礼法都不懂,再者说了,嫁入皇家就要为皇家开枝散叶,这么长时间了,她可有所出?"

太后怒不可遏,离秋却是气定神闲:"母后您错了,相比于叶妃而言,朕倒觉得鸾妃更胜一筹。"

毛豆子听闻皇上的话顿时满脸黑线,他在说什么啊?存心想挑起后宫争端还是巴不得自己背黑锅啊!自己难道什么地方又惹到他了?但毛豆子身在宫中总不能像在府里那么说话,当着皇上和太后的面,也就只

剩下干笑了。

"哦?这是为何?"太后果然问起。

"清新雅丽,超凡脱俗,朕认为鸾妃担得起'倾国倾城'这四个字!"

倾你个头啊!您老眼神是不是出问题了?该找宫里御医看看了吧,就连毛豆子自己都知道,虽然这副皮囊不差,奈何金陵美女如云,这个叶妃更是担得起第一美人儿的称号,现在把自己拉出来挡枪,算怎么回事!

"皇上,臣妾觉得您审美好像,和其他人不一样啊?"就连叶妃都看出了这一点。

"是又如何?"离秋好像特意在和太后较劲一般,只要能贬低叶家的,他就会去做。

太后听得离秋的话神色陡然一变,连放下茶盏的声音都重了几分。但碍于离秋毕竟是一朝天子,话已至此,太后也不好太过于阻挠皇上的喜好,最后只得平心静气:"哀家看着天色也不早了,皇上和叶妃、鸾妃就先回去吧,以后我们还有的是机会见面。"

"是。"毛豆子和叶妃起身离开。

毛豆子本想和叶妃同行,却没想到被叶妃恶狠狠地瞪了一眼。

毛豆子不解其意:"怎么了?"

"不要和我说话!你找皇上去吧!"叶妃不知道哪里来的这么大怒火,撇开毛豆子便独自一人向前走去。

听着叶妃愤愤然的话语,毛豆子这才明白,定是因为皇上办的好事。

你不喜欢叶妃没人逼着你,可你凭什么把我拿出来背黑锅啊?想到这儿,毛豆子就一阵愤愤不平。

天色已黑，毛豆子往寝殿方向走去，本以为叶妃早就回去了，却没想到在半路还是看见了她，此时的叶妃坐在地上一动不动。

毛豆子害怕叶妃有什么危险，急忙跑了过去，将她扶了起来："叶妃，你怎么了？"

叶妃谨小慎微地站起身子："我没什么大碍，就是、就是晚上看不清路而已。"

"你有夜盲症？"

"嗯。"叶妃点了点头。

"哈哈，怪不得你叫叶芒呢，你家里人真的是认真的吗，给你起这个名字？"毛豆子笑得乐不可支，直到看到叶妃的锐利目光才闭上了嘴。

"好啦，你放心吧，我不会说出去的。下次出门你记得带上宫女，别忘了啊！"

一路上，叶妃再次问起了毛豆子关于皇上的事情，经过毛豆子的连环解释，到最后嘴皮子都要磨破了，叶妃才算相信了毛豆子的说法。

Chapter 04
风水轮流转

处理完后妃之间的家长里短,毛豆子好不容易想歇上一歇,却没想到一大清早的就被素问喊醒了,毛豆子想装作没听见继续睡,却听到震耳欲聋的一声响。

毛豆子惊吓起身,发现正是素问拿着一面锣对着自己重重地敲出了"咚"的一声响,毛豆子此时此刻极为后悔为什么自己不是一个严厉的主子,否则就可以名正言顺地将素问拖出去砍了,可惜,这样的事情她真的做不出来,最后也只能想想作罢。

"大早上的,宫里着火了吗?"毛豆子睡眼惺忪。

"没有没有,只是今儿个皇上觉得各宫里宫人太少怕伺候不好,特意吩咐内务府拨来了几位公公和宫女,给主子挑选。"

毛豆子随意摆摆手:"就这事儿啊,你选就可以啦,我继续睡了!"

"娘娘,这可是皇上的恩典啊,您就算再累再困都得好好收着,之后再睡。"

"好吧，好吧。"毛豆子估摸着有素问在自己也睡不安稳，干脆洗漱一番打扮齐整正襟危坐，等待众人的觐见。

毛豆子本来昏昏欲睡，轻轻呷了一口茶水准备恢复精神，但看着几个内监跪在下面忽然没忍住一下子喷了出来。

"噗——哈哈哈！"毛豆子笑得不能自已。

"娘娘，娘娘，您这是怎么了？"素问虽然不知道发生了什么，但也急忙从旁提醒，毕竟不能失了体统。

毛豆子这才渐渐止住了笑声，轻笑开口，指着第一个内监："你，抬起头来，告诉本宫你叫什么名字？"

"奴才名小展子。"内监抬头，这不是老熟人战卿还能是谁？

毛豆子差点笑晕过去，挥了挥手就让其他内监宫女退了下去，殿内只留素问和战卿两个人。

毛豆子得意扬扬地撇了撇手里茶水的浮沫，心中满是快意，早就笑开了花，先前在宫外还和我装什么呢，原来不过是个宫中太监！还总是吓唬我，现在总算栽我手上了吧！

毛豆子光顾着笑了，没有看见战卿冷冽的目光，如果毛豆子能早点发现的话，估计肠子都该悔青了吧！

"说说吧，底细如何？怎么就进宫了呢？"毛豆子端着手中茶盏，满心想的都是怎么报之前被压制的仇。

"娘娘，这些事儿内务府都有记档，娘娘想看我这就拿过来。"素问也不知道如今这个苏轻鸾怎么忽然转了性，就跟满血复活了似的。

毛豆子将茶盏不轻不重地放在了桌子上，发出一声清脆的响声，素问识时务地不再说话了，毛豆子继续指了指："我要他自己说。"

"奴才打十岁进宫，一直在内务府当差，如今得了主上恩惠，前来

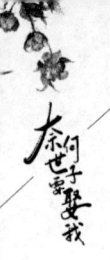

伺候鸾妃娘娘。"毛豆子似乎都能感觉到每一字一句都是从战卿牙缝里挤出来的。

"哦,这样啊,"可惜毛豆子的恶作剧显然还不打算结束,"那为什么独独来侍奉我了呢?本宫究竟有什么好让你这么惦记啊?"

"鸾妃娘娘样貌容姿天成,人又善良可亲,自然是宫中人的表率,是奴才们做梦都想侍奉的主子。"

"嗯。"毛豆子长长地"嗯"了一声,似乎极是满意。

依着战卿的性子,怎么可能落于下风,他适时进言:"娘娘,奴才正有一事要和娘娘回禀,还请娘娘屏退左右。"

毛豆子现下心情好得很,自然想不到那么多弯弯绕儿,想也没想就同意了,让素问退了下去。

没想到素问刚离开的下一秒,毛豆子整个人就被战卿按在了榻上。毛豆子始料未及,头上钗环还叮当作响,仿佛马上就要戳到自己头里去了。

"战、战卿,你、你不可对本宫无礼!"毛豆子随手摸到桌上一个陶器摆件,"你要是敢对我不利,我这就砸碎它把素问叫进来!说、说你非礼我!"

战卿看着毛豆子一脸视死如归的表情,这才稍微放开她,自顾自地坐在木凳上,还煞有介事地甩了甩手里的浮尘。

战卿轻笑出声:"非礼你?你觉得说出去会有人信吗?毛豆子,省省吧,这里就我们两个人,劝你还是把你那套心思收起来,别总想着怎么折磨我!"

"你……"毛豆子被气得不知道说什么好,"你在酒楼里待得好好的,怎么忽然进宫来了?还是个内监的身份!"

"我的目的,你不需知晓,"战卿抚了抚浮尘,"至于我是不是公公,你要验货吗?"

战卿凤眼一挑，询问的目光平添几丝妖冶，好像都能直直地扎进毛豆子双眸中去。毛豆子从来都是一个响当当的好汉，面对他人如此不屑一顾的挑衅，她当然选择……识时务者为俊杰，投降认输！和战卿打交道，多说一句话，都无非是与虎谋皮，毛豆子清楚自己根本占不到一丝好处，只得作罢。

　　毛豆子连连摆手："算了算了，本宫大度不追究，你有你的目的，我有我的信条，我们大路朝天各走一边，但如果你要是违背了我活过万年王八的愿望，有你好看的！"

　　"好好好。"战卿只是觉得，天底下哪儿来的这么傻的姑娘，好好的一个人不做，生生把自己比作什么乌龟王八的，真是搞不明白。

　　虽然毛豆子不知道战卿为什么笑，但既然他笑了，她就知道危机一定是解除了，从今往后不招惹便是。

　　毛豆子怀着美好的畅想将素问叫了进来，收获的却是素问喜出望外的表情："主子，你猜我刚才在外面得到什么消息了？今儿晚上皇上就要选新进宫的秀女们侍寝了，也不知道谁会那么幸运成为第一个，这可是在宫中扬眉吐气的好机会啊，象征着满门荣耀。"

　　听着素问说得兴起，毛豆子对这些可是避之唯恐不及："哦，就这破事儿啊，谁爱去谁去吧，不要叫我就好。"

　　战卿也听到了素问带回来的消息，但碍于人前也只能一言不发，恭谨地站在了一旁，不过那脸色，都能和黑煤灰一较高下了，就连毛豆子也不知道他的脸怎么会一瞬间黑成这样，不过此刻的她一点都不想招惹他，干脆没有搭理，准备继续去睡觉。

　　"哎呀，主子。"素问哪里还能允许毛豆子继续睡，一把将毛豆子从床上拽了起来，"就像叶妃泠贵人她们，一早就收拾得干干净净，又

沐浴又熏香的只等皇上召唤了,您也快准备准备吧,马上就要日上三竿了,再不起床,您就要和床长在一起了!"

"如果可以和床长一起的话,我真的不介意。"毛豆子虽然睡意大减,但还是不肯离开床榻一步,最后还是素问将毛豆子拉到了梳妆台前,精心梳着特色的发型,变着花样抹着不同的胭脂。

毛豆子这才认真地看了看镜子里的自己,这才几天啊,看看镜子里那个黑着两个大眼圈的人,还是那个先前天福酒楼里独一无二天生丽质的毛豆子吗?毛豆子忍不住为自己的命运感到悲哀,还得想办法补救:"素问,你知道这个宫里有什么美容养颜的秘方吗?"

"娘娘说的话,奴婢听不懂。只知道宫里关于保持容颜的各种药都是太医开的,要不奴婢去给您找?"

"不必了,我又没病,找什么太医?等有时间我去找沈嫔问问吧,她素爱发明这些。"

"是,娘娘。"

毛豆子就这样怀揣着担心度过了一日又一日,眼见叶妃、沈嫔、淑嫔、泠贵人都已经被传召侍寝了,唯独毛豆子从没有过,素问急得如热锅上的蚂蚁,可毛豆子倒是乐得自在,经常调侃素问是妃子不急宫女急。

这天刚用完早膳,沈嫔就迫不及待地踏进了毛豆子的寝殿,满面春风。素问还以为沈括是得了皇上的什么宠幸,巴不得自家主子也能开个窍:"沈主子,你给我家娘娘说说皇上是怎么对待你们的,一定特别温柔吧。我家娘娘也不知道怎么了,对这些居然一点都不上心,我都怀疑她是不是需要看看太医了?"

还没等毛豆子"教训"素问呢,沈括听着素问的话就先笑了一下:"你们还不知道吗?我们几个被传召那也都是太后的意思,而皇上自己呢,就一直在批阅奏折,好像故意折磨我一样,让我在旁边研墨,这一研就是几个时辰，我现在手臂还酸着呢，就这还不算完，研完墨连休息都不让就给送回来了，我打听过了，就连叶妃那里也是如此，看来我们这位皇上啊，没准儿是在向锦贵人表示自己的真心呢！"

"那我可不要去，还不如在宫里睡觉来得踏实呢！"毛豆子颇为得意地对素问挑了挑眉，果然还是自己英明神武，一看就不是个什么好差事！

"说得对！"沈括很是赞同毛豆子的话，"你上次不是和我提过什么美容养颜的秘方吗？我这次就是专程来带给你的，虽然我没试过，但我觉得应该很不错，精心做了七天七夜呢，你试试？"

毛豆子看着所谓的黑乎乎的养颜膏，就好像有个恶魔在冲自己招手，不停地对自己说着：快来用我啊，快来吧，用了我你就会变成这世界上最好看的人了！

毛豆子猛然眨眼，设想的一切才从眼前消失，但又不好意思打击沈括的自信心："谢谢你的好意啦。"

"不客气，你要是喜欢我还给你做。"沈括得到赞赏之后开心得很，看了看时辰，忽然想起来一件大事，"哎呀，不好了，我殿里的加大风力版的大风筝应该做好了，我要赶紧回去试试，再会。"

"好。"毛豆子总算是送走了这尊大佛。

毛豆子正准备趁没人的时候把养颜膏扔掉，结果素问风风火火地从外面跑了进来，一脸喜气洋洋："主子主子，你猜我听到了什么好消息？"

"什么？"

"皇上今儿晚上宣您侍寝了！"

毛豆子一口水一下子喷到了素问脸上。

"不好意思啊不好意思。"毛豆子急忙拿出手绢给素问擦干净。

"主子您赶紧收拾收拾，给皇上留个好印象吧，就算其他主子没得到皇上的垂青，没准儿您就行呢！"

毛豆子瞪了素问一眼,看着自己面前的黑暗养颜膏,二话不说就全部抹在了自己脸上。素问一脸蒙:"娘娘,你这是?"

"素问啊,你过一会儿赶紧召太医来给我看看,看我是不是容颜被毁中毒了,要是中毒了可就没办法去侍奉皇上了,还辛苦你传话,就说怕我的病气过给他,让他一个人好好休息。"

随后,毛豆子又觉得不保险似的,胡乱吃了好几样点心:"对了还有,我可能过一会儿胃也要不舒服了,你也一起告诉皇上吧。"

"娘娘,您这是何必呢?"

"素问,你不懂,深宫生存之道,就是远离皇上,你总不想你主子大好芳华就不声不响地去了吧?"

"当然不希望。"

"那你就按我说的做吧。"

"好吧。"

可毛豆子就这么等啊盼啊,好不容易熬到了大半个下午,居然发现自己一点事儿也没有,就连请来的太医都断定苏轻鸾身体康健,没有任何毛病。就连脸都是干净得很,连个红点都没有起。

毛豆子丝毫不肯气馁,眼见时间要到了,冲到院子里拿起一桶凉水就对着自己浇了下去,然而神奇的是,过了半天连个喷嚏都没打一个。毛豆子现在已经顾不得这一切是为什么了,只知道今天一定不能去,去了就是给自己找罪受。

毛豆子看着殿门,吃定秤砣铁了心,开足马力就往门上撞了过去,终于如愿以偿地昏倒在地。

迷迷糊糊间,毛豆子听到了内监和素问的对话,内监清清楚楚地告诉素问:"皇上吩咐了,今天鸾妃娘娘不管是晕了还是死了,都得抬过去,多有得罪。"

毛豆子仅存着的最后一丝意志力泄掉了，皇上是成心要和我作对了吗？早知道他这么坚决，自己何必这么自我折磨？

可怜的毛豆子还没等哀号出声呢，就已经昏了过去不省人事，不知道什么时候才能醒来。

等毛豆子再清醒过来的时候，发现自己已经躺在了榻上，可看着周围如此陌生的环境，她赶忙唤醒了自己的记忆，难道这是清央殿？

千躲万躲终究还是没逃脱这宿命，毛豆子本来打算翻身下床到床底下躲起来，不巧的是在此时传来了开门的"吱呀"声，毛豆子以为是皇上来了，急忙继续躺在床上装死，她可是心疼自己这双手，宁可躺一晚上都不要给他磨墨。

毛豆子紧闭双眼，似乎感觉到有什么东西往自己的方向移动过来，还探了探自己的鼻息。毛豆子视死如归，坚决没有睁开眼的意思，憋气憋得差点真背过气儿去了。过了好一阵才听到眼前身影离开的声音，毛豆子还以为皇上一定是放过自己了，喜从中来，正准备一夜好眠的时候，忽然听到一记催命符般的声音。

"王勤，鸾妃身子不适，命归西天，你带走埋了吧，记得朕要亲自监工。"

"是。"王勤会意，闻言就要去碰毛豆子。

毛豆子一个激灵坐起身来，讪笑着："不用了，皇上，皇上您会错意了，臣妾好得很，好得很。"

离秋对于毛豆子的突然惊醒倒没什么反应，反而是王勤被吓了一跳，要不是在御前伺候这么多年，估计王勤早就跳起来了。离秋斜斜瞥了一眼毛豆子，挥了挥手让王勤退了下去。

毛豆子审时度势，万事都以自己的性命为首要，急忙狗腿子似的跑到了离秋旁边，主动拿起了笔墨纸砚，恭恭敬敬地在离秋面前铺好，开

始老老实实地磨墨:"皇上,臣妾若有哪里做得不好的地方还请皇上指正,臣妾一定努力改正,绝对不给皇上添麻烦。"那谄媚的语调她自己听了都恶心。

"你是挺麻烦的。"离秋沉沉开口。

毛豆子在心里满是腹诽,幸亏你是皇上,要不我非要打得你满地找牙不可!

"嘀咕什么呢?"

"没、没有,臣妾是说啊,皇上您英明神武,生杀予夺,受万人敬仰,是天下万民之福,更是后宫之福。"毛豆子把自己能想到的好词全都用了个遍。

"嗯。"离秋几不可闻地应了一声。

毛豆子专心致志地给离秋磨墨,能不说话就不说话,更是目不斜视,不肯看离秋一眼。

离秋看了看紧绷的毛豆子,不禁觉得好笑,装作闲聊的样子:"鸾妃,你素来都是如此文静吗?"

毛豆子急忙回话:"是啊是啊,臣妾从小就是这副性子,也是爹爹教导有方,我们都循规蹈矩。"

"可是朕怎么听说,苏轻鸾知书达理,对于长辈布下的活儿不管多么艰辛都会努力去完成,就是为了给大家营造一个好印象。但你现在屡次拒绝侍寝,倒很不像?"

"怎么会呢?臣妾确实是病了,真的病了,怕传染给皇上,所以没有应下。"

"哦,是吗?"离秋问了一句,毛豆子就急忙答了七八个"是",离秋也没恼,自顾自地用毛笔蘸了蘸黑墨,可这一蘸不得了,毛豆子清楚地发现离秋抬起的手腕处似乎全是被树枝划过的痕迹。

毛豆子一阵纳闷："皇上，您怎么受伤了？日常养尊处优的，是哪个奴才那么不长眼的给你气受啊？"

毛豆子虽然话语里担心得很，但实际上总透露着幸灾乐祸的语气，真要好好感谢那个让皇上受伤的人，居然和自己藏着一样的心思。

"遇到一个不长眼的路人，朕不小心从假山上摔下来而已，你似乎很高兴啊？"

"怎么会呢？"毛豆子连忙摆摆手，"皇上受伤臣妾心疼还来不及呢，当然不会高兴了，恨不得这伤长在臣妾身上才好呢。"

"你很喜欢？"

"不不不。"毛豆子看着离秋阴森森的目光下意识回绝了。

"你不喜欢？"

"没有没有。"毛豆子怕自己说错了什么引祸上身。

"那既然鸾妃喜欢的话，朕也为你亲自刻上一些，方才显得夫妻同心，王勤，给朕拿把刀子过来。"离秋作势就要将殿外的王勤喊进来。

毛豆子一下子握住了离秋的手，痛哭流涕，还不忘在离秋身上擦擦鼻涕："皇上，是臣妾的错，臣妾不会说话，您的伤臣妾虽然感同身受，但身体发肤受之父母，臣妾万万不敢伤着自个儿，也损坏了皇上的颜面。"

"朕的颜面还不至于那么脆弱，"离秋继续气定神闲地写着字儿，"况且，前些年就有个嫔妃天天拿朕的颜面说事儿，你猜后来她怎么样了？"

"怎么样了？"毛豆子抖似筛糠。

"死啦！"

"啊？死了？"

"是啊，你猜怎么死的？五马分尸还是腰斩？"

"不、不知道。"毛豆子已经被吓得魂不附体。

"被推下山崖活活摔死了！"

"怎、怎么会呢？"毛豆子难以置信，"她可是嫔妃啊。"

"嫔妃又如何?这个吃人不吐骨头的深宫里,发生的意外还少吗?本来是说发配守陵的,可谁让押送的人一个不小心,手一松就掉下去了呢。唉,真是可惜啊。"

毛豆子被吓个半死,根本不敢起身:"皇上,皇上不会这样对臣妾的吧?"

"那自是不会了,毕竟朕也不是个不讲理的人,早先在宫外的时候就听说你的人生信条就是要当活过万年的王八,那朕怎么能夺人所好呢。起来吧,朕送你个礼物。"

毛豆子颤颤巍巍起身,离秋破天荒地将毛豆子按在了卧榻上坐好,拿起毛笔就冲着毛豆子额头画去。毛豆子虽然不知道他要画些什么,好几次都想起身暴走,但都惜命地忍住了。忍一时风平浪静,退一步海阔天空,为了活着,没有什么不能忍的。

毛豆子就怀揣着这样的信念任由离秋兴致高昂地画完了一整幅画。末了,他还邀功似的将镜子递到了毛豆子面前:"快看看,好看吗?"

毛豆子接过镜子,一只扭扭曲曲的乌龟正在自己额头上趴着。毛豆子霍然起身,就准备洗了去,却被离秋叫住了:"鸾妃觉得不配你吗?这可是朕给你的恩惠啊,藐视圣恩,可是要杀头的。"

毛豆子渐渐恢复理智,平息气息,微微一笑:"皇上说得对,臣妾谢谢皇上的恩典。"

"你喜欢就好,朕希望在未来三天里都能见到这只小乌龟,鸾妃,你一定不会擅自洗去的,对吗?"

"是,臣妾遵旨。"

"回去吧,王勤,送送鸾妃。"

Chapter 05
叫天天不灵

　　毛豆子怀揣着满腔的怒火回到未央宫,素问看见主子这副神态也不敢拦着,只能吩咐众人都退了下去,整个大殿里就剩下了素问和战卿。

　　"主子,您这是怎么了?"素问也很是纳闷,"这脸……"

　　"哼!还不是那个讨厌的皇上!仗着权势就欺凌弱小,本宫不过想多活些时日有错吗?谁知道前些年那些嫔妃都是怎么死的啊,本宫要是不学着自保,恐怕也早就死无葬身之地了!"

　　素问还没等毛豆子说完就急忙捂住了她的嘴:"娘娘,这些话可不能说啊,您说的这些在宫里都是禁忌,要杀头的。"

　　毛豆子没好气地看了素问一眼:"好了,你下去吧,对外就说,我身体抱恙,不宜出门吹风,更不宜见客,他让我不许擦,我不出门就是了!"

　　"是。"素问闻言退下。

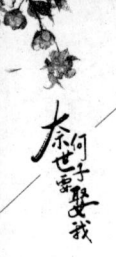

"你脸上怎么都是墨汁?"战卿看着素问出去,轻轻开口。

"哪有?"毛豆子现在连自己的脸都懒得再看见了。

战卿拿起丝帕,沾了水,轻柔地蹭了蹭毛豆子的脸颊:"人在深宫,总有些身不由己,他都跟你说什么了?我记得之前的皇上不该是如此的性子啊。"

毛豆子听着战卿略带关怀的话语,还以为他转了性,颇有几分感动,也就回答了战卿的话:"他有些莫名其妙,还跟我说什么之前的一个妃子因为触怒天威被不小心从山崖上推下去了。"

"山崖上推下去……"毛豆子不停地念着这几个字,还小声嘀咕,"怎么这经历听起来和那个顾轻狂那么像呢?他明明是离秋啊。"

"你说什么?"战卿没有听真切。

"没什么。"毛豆子不知道该怎么和战卿说起这一切,只得先将疑惑埋在了心底。

稍晚时分,素问传了晚膳进来,但毛豆子满心里还在想着顾轻狂和离秋的事情,一时之间也吃不下什么,草草用过便命人撤了下去。

毛豆子想了一晚上也没琢磨出个所以然,最后终于还是挨不住浓浓的困意沉沉睡下了。

然而第二天天才刚刚蒙蒙亮,毛豆子正在睡梦中和周公约会,就听到房顶上传来一声巨响,紧接着就是几个瓦片掉落下来。毛豆子向上看去,好巧不巧的是,整个房顶都被掀了个大洞,毛豆子被雷得不轻。

素问闻声赶到:"主子,没事吧?"

"还好掉的瓦片不在我头顶,要不真的就一命呜呼了。"毛豆子不禁感叹就连睡觉都不安生,"怎么回事?外面爆炸了?"

素问措辞良久后才答道:"还不是偏殿的沈主子,一大清早就拉着风筝非要试验什么飞天技术，说不用轻功寻常女儿家都可以飞天，结果玩砸了从屋顶上滚了下去，那个不知道叫什么的像桶一样的东西还在院子里躺着呢。"

"沈括有没有事儿？"

"那倒没有，掉下来的时候被风筝拉了一把，伤得不重，只是脚崴了，太医看过了说没什么事儿了，就是需要卧床休息。"

"赶紧带本宫去看看，要真出个什么事儿脑袋又该掉了。"毛豆子刚刚来到后宫不久，虽说和沈括等人谈不上多好的交情，但毕竟是一宫之主，万一这事儿传了出去，没关系的也要和自己扯上关系了，到时候皇上兴致一起，说不定自己就真的身首异处了。想到这儿，毛豆子二话没说披了件衣服就冲了出去。

偏殿，沈括正在床上躺着啃苹果，还时不时地寻找时机准备跑出偏殿，但是每一次都被宫女拦住了。

沈括看到毛豆子前来，就像抓到根救命稻草一般，急忙扑了上去："娘娘，她们不让我出门……"

"娘娘，不是这样的，沈主子刚刚受了惊吓，是太医吩咐不要轻易走动，更不允许再去碰那个什么飞天器了，奈何主子不听，我们怕主子受伤，只能拦着。"

毛豆子听着也就大概明白了是怎么回事，扶住了沈括说道："那个东西还在院子里放着没有人动，如果你喜欢，我可以一直给你留着，等你好了再去看看，不过你要是再折腾出什么病来，我们整个未央宫都要遭殃了。"

沈括听着毛豆子的话这才注意起她的额头，随之就是一阵爆笑。虽然毛豆子已经极力用各种胭脂去掩盖乌龟的痕迹，但收效甚微。

沈括笑得上气不接下气："娘娘，您这陪圣伴驾一晚上怎么还多了

个这个东西啊？哈哈哈，是不是皇上的杰作？"

"不是他还能是谁？"毛豆子提起这个就来气。

沈括如释重负地拍了拍毛豆子的肩膀："你看，我说的吧，好好去磨墨肯定不会出什么大问题，是不是你的小伎俩被他看穿了？"

"谁知道呢！"毛豆子叹了一口气，"我可是惨了！以后我要是再见到他啊，能躲就躲，躲不掉的我就跑，再和他待下去，说不准哪天小命就玩完了！"

沈括笑得满心欢喜，之前实验失败的懊悔也一扫而光："安啦安啦，不想那些不开心的，娘娘，你过来的时候在院里也看到我那个飞天器了吧？是不是能名垂发明史？"

"这个……这个，是不错。"毛豆子不知道该怎么回答，只能一味干笑着。

"可惜没有发射成功，娘娘你不知道，我今早上就是和风筝一起把它扛到了房顶，本来以为借着风力能带着我们飞出挺远呢，没想到居然中看不中用！"沈括叹了口气，"娘娘，你说是不是我和风筝两个人太沉了？压垮了它？我要不一个人再试试？"

"绝对不行！"这次轮到毛豆子严令禁止了，"你和风筝已经受伤了，等你们都好了再试也不迟啊！"

"好吧。"沈括只好无奈地点了点头。

毛豆子安抚好沈括，又吩咐素问去看了风筝，刚准备在床上再休息一会儿，就听见王勤公公来传旨说皇上中午要和锦贵人一起在未央宫用膳。毛豆子听了这个消息拔腿就跑，就连素问在身后都追不上毛豆子的步伐。

现在的毛豆子只知道，保命宗旨——上联：活过千年的王八。下联：熬死万年的乌龟。横批：远离皇上！

可惜天有不测风云，饶是素问失去了毛豆子的行踪，战卿却轻而易举地在长廊中发现了悠闲散步的毛豆子，然后神不知鬼不觉地跃下宫墙出现在了毛豆子面前，毛豆子险些被吓个半死。

"战卿，你从哪里冒出来的？是想把我吓死吗！"毛豆子拍了拍心口，缓了好久才能确保自己的心脏不会跳出来。

战卿不以为意："一会儿皇上要来未央宫用午膳，你一个正殿主子不去迎接成何体统。"

毛豆子听到战卿的话惊讶得半天回不过神来："战卿，你脑子被人重新组装过了吧？之前你明明是不会管我这些事儿的，甚至还让我跟皇上少接触，怎么？转性了？"

战卿一时不知道该说些什么，但想起前几日红羽收到飞鸽传书，信上说大炎后宫极大可能藏着燕国大殿下的细作，企图狐媚皇上干涉燕国政事，动摇世子的地位，还希望尽快查出此人。

战卿终究没和毛豆子道出实情："个中缘由你不必清楚，总之，老老实实回去等着就好了。"

眼看着战卿马上要上前强行带自己回去，毛豆子步步后退，又生一计，装作一脸惊恐并带着谄媚的样子对着战卿身后弯身福了福："臣妾给皇上请安，您是要去未央宫用膳吗？"

毛豆子就知道战卿听得自己这么说，一定会回头去看。不出所料，战卿果然中了自己的圈套。毛豆子趁战卿回身的刹那，撒腿就跑，满脑子都想着离皇上越远越好。

奈何战卿在身后紧追不舍，毛豆子一时情急，也没顾得上看是哪个宫殿，猛地冲了进去，还因为没掌握好力度，摔了个"狗吃屎"。

毛豆子正满心欢喜地以为战卿没追上来，逃脱了魔掌呢，就忽然听到一阵大笑："鸾妃妹妹，这还没过年呢，你就给本宫行这么大的礼，

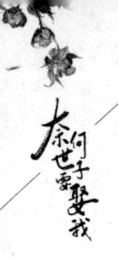

本宫都不知道要送还些什么给你才好呢！"

毛豆子听着这熟悉的声音才恍惚抬起头来，面前这位不是叶妃还能是谁！毛豆子一直以为叶妃对自己早就没有敌意了呢，可此番看来，她对自己估计还是厌恶得紧，只不过，自己又是哪里招惹她了呢？

这时，战卿也追了过来，规规矩矩站在了毛豆子身后。这下毛豆子要想脱身，可就难了。毛豆子只得缓缓站起身，这才注意到前面"长乐宫"三个大字，原来自己慌乱间居然躲到了这里！还真是冤家路窄了。

"还礼就不必了，在这宫里你我地位相同，轻鸾还怕姐姐因为受了我的这份大礼而折寿呢，这下倒是轻鸾的不是了。"毛豆子虽然不知道叶妃究竟为何讨厌自己，但这窝囊气却是绝对不会受的。

"苏轻鸾，你！"叶妃很是愤怒，如果这时候她可以咬人的话，恐怕毛豆子早就被剥皮食肉了。

站在叶妃身后的温淑女和佟泠显然无意于插手此事，齐齐行了个礼：" 鸾妃娘娘，叶妃娘娘，臣妾先行告退。"

"站住！淑嫔先回去吧，泠贵人你过来。"叶妃素来就是个风风火火的性子，能一炷香时间说清楚的事情绝对不会拖到半个时辰。

温淑女如蒙大赦地离开了，还对毛豆子做了个保重的手势。

"泠贵人，说说你这几天知道的事情吧。"

毛豆子还一头雾水呢，就听到佟泠如数家珍般地谈起了自己的行踪："昨日亥时一刻到丑时三刻，鸾妃娘娘与皇上在清央殿。寅时到卯时安眠，卯时三刻被吵醒，与沈嫔在一起。巳时二刻，鸾妃娘娘从未央宫跑出，途径御花园但并未注意到远处的皇上，而皇上注意到娘娘的背影笑了笑。就是这些。"

毛豆子听完佟泠的"报告"，忍不住感叹："佟泠，你真不愧是宫中的侦探啊！日日眼睛瞪得像铜铃一般！"

"好了，泠贵人，你走吧。"叶妃挥了挥手示意佟泠离开，佟泠未再多言。

"叶妃，你从哪里弄来这么一个机器人？哪天也送我一个呗，或者你告诉沈嫔怎么做，我们后宫人手一个啊！"毛豆子心里对佟泠这个人越发好奇，又忍不住调侃。

"少给我岔开话题！苏轻鸾，当初是你信誓旦旦地跟我说对皇上无意的，如今皇上却三番五次地注意到你，你还敢藏着你那些小心思继续骗我吗？"叶妃对皇上的爱慕之情还真是天地可鉴。

毛豆子对于叶妃无端的指责很是无奈，更不知道该从何说起，干脆转身准备离开长乐宫。

叶妃赶忙拉住了毛豆子的衣袖："你做什么去？要背着我和皇上卿卿我我吗？"

毛豆子无奈地叹了口气："是啊，叶妃娘娘，我和皇上情比金坚，琴瑟和鸣，马上就可以双宿双飞了……"

毛豆子正掰着手指头满肚子搜刮这些成语的时候，丝毫没注意到叶妃越来越难看的脸色。再加上叶妃本身就是个大小姐脾气，听毛豆子这样说，不免控制不住一时的怒火，扬起手就要对着毛豆子落下去。

说时迟那时快，毛豆子还没反应过来的时候，站在身后始终一言未发的战卿手疾眼快地攥住了叶妃的手腕。从叶妃龇牙咧嘴的表情中，毛豆子已然明白，表面上云淡风轻的战卿内心肯定是气极了。

叶妃挣脱不掉战卿的束缚，满院的内监侍女又看着剑拔弩张的两位妃嫔不敢上前，一时之间僵局难解。

"你放手！你一个奴才也敢对本宫动手！"

战卿不予理会："大炎素来以礼治国，但法度依旧不曾荒废，奴才只是不想娘娘因为一时冲动毁了自己的大好前程。况且，有奴才这

个人在,也断然不会让你伤了自家主子一分一毫!"

战卿话音落地,狠狠地松开了叶妃的手,叶妃的手腕早已红肿一片。而此时的毛豆子望向战卿清冷的侧脸,不知怎的,忽然感觉他的形象在自己心里高大了几分,仿佛既冰冷又毒舌的他也没有那么讨人厌了。

叶妃甩了甩自己酸痛的手腕,看了看战卿,略带疑虑:"你是未央宫里新进的内监?"

"是。"战卿装模作样地甩了下手中的拂尘。毛豆子在旁看着这副模样的战卿,憋笑憋得很辛苦。

"看着很面生啊。"

"奴才原先一直在内务府洒扫,主子们进了宫才得幸被分去伺候鸾妃,叶妃娘娘若有什么怀疑的,尽可以去查内务府的记档。只是奴才既然食君之禄,自然就得忠君之事,看护鸾妃娘娘是奴才的本分,还请叶妃海涵。"战卿进退有度,让人挑不出一丝错处。

叶妃眼见在战卿那里讨不到一丝便宜,便可怜巴巴地朝着毛豆子而去:"苏轻鸾,你欺负人!连带着底下的人都欺负我!"

毛豆子看着叶妃不再盛气凌人,又觉得她本身也并没有什么坏心思,只得再次好言好语:"叶妃,我早先便与你说过,我入宫本非自愿,自然对皇上没有半点心思,也请你信我。"

战卿在一旁听到毛豆子话语中"本非自愿"四个字,眼中不知有什么东西忽然动了一下,但旋即恢复正常,不肯被任何人看出端倪。

"那皇上一会儿还去未央宫用午膳?"叶妃委屈得很。

"皇上是要去找锦贵人,所以我才躲出来的啊。"毛豆子解释了事情缘由。

"那……你能不能带我去?"叶妃果然还是存了要凑到皇上跟前的心思。

"不……"毛豆子还没来得及把"不能"两个字完完整整地说出口,就已经见得叶妃在自己身边泫然而泣。

毛豆子又想起之前泠贵人说的话,离秋早就在御花园见过了逃跑的自己,那如果现在还和皇上称病的话,恐怕"打死离秋"他都不会信,弄不好还会引火上身。

毛豆子思前想后,最终还是答应了叶妃:"好吧,我带你一起去。"

"轻鸾,你最好了!"得到允许的叶妃马上像变了个人一般。毛豆子也就只能感叹一下叶妃对离秋痴心至此,万望离秋不要负了叶妃才好。

毛豆子正准备带着战卿一起回未央宫,却被战卿拒绝了:"主子和叶妃娘娘先行一步即可,奴才想起宫中还有些摆件未添置整齐,要去一趟内务府。"

"那你去吧。"毛豆子未在意,跟着欢呼雀跃的叶妃一起走回了未央宫。

那厢,战卿独自一人行至某个僻静角落,轻叩宫墙三声,红羽便从外一跃而下,站在战卿面前。

红羽递上一张字条:"殿下,经过红羽这几日的查探,大殿下布下的细作并不在内监和宫女们中间。由此看来,应该就在几位嫔妃当中了。新进宫的几位身世大多清楚,剩下的宫中旧人也只有锦贵人风头正盛,您一早便对她有些怀疑,又想办法让毛豆子接近锦贵人,当真是妙策。"

"我知道了。"战卿应下,"继续看看宫中还有什么可疑之处,切记不要打草惊蛇。"

"是。"红羽应下并未离开。

"还有什么事吗?"战卿问起。

红羽踌躇一下还是开了口:"红羽刚刚在等殿下的时候,看到殿下为毛豆子挡下了叶妃娘娘,主子之前可从来不会如此行事,这过于明显,

属下担心叶妃怀疑您的身份。"

"当时只是下意识罢了,叶妃对离秋痴心一片,所言所行皆系于离秋一人,应当不会注意这些微末小事。"有时候就连战卿自己都想不明白怎么会在毛豆子有危险的时候屡次出手相助。

"主子思虑周全,"红羽不再多言,"只是属下还有一事不明。"

"你说。"

"大殿下明明已经准备将毛豆子作为他的一颗棋子,那为什么还会在宫中安插其他细作呢?"

"王兄做事从来缜密,不允许有一丝一毫的差错,多重保险是他一贯的行事风格。所以哪怕忠叔在燕国那么多年,至今也未曾拔除他的全部眼线。"

"忠叔做事一向牢靠,听说已经拔除了大半,主子不必忧心。"

"嗯。"

红羽似乎还有话没有说完,犹豫得很。

"你与忠叔都是我最信任的人,有什么话都可以直说。"战卿明了,先行开口。

"是。"红羽说出自己的担忧,"虽然眼下大殿下安排的毛豆子已经被我们先行截下为主子所用,但如若大殿下还未知晓,那么一定会想尽办法联系这个冒牌的苏轻鸾并继续安排行动,甚至要她与之前的细作联手,那我们到时该如何对毛豆子说明这一切呢?"

红羽问的事显然是战卿疏忽了,自从毛豆子入宫,周遭事一直如波澜不惊的湖面,连波纹都未曾泛起,长久以来的平静甚至让自己忽视了这湖底的暗流涌动。

战卿沉默好久才复言:"之后若有关于王兄的一切行动消息,你小心拦截下来,记得不要惊动传信之人,之后我会将需要做的事情传递给豆子。"

"是，属下明白，属下告退。"红羽交代完所有的事情与战卿告辞。

而此刻身在未央宫中的毛豆子对战卿和红羽的对话一概不知，只是一直被叶妃缠着问同一个问题："轻鸾，你说皇上怎么还没来啊？他今天中午不会是不来了吧？"

"不来倒好呢！"毛豆子心里巴不得和离秋"不复相见"。

可怜毛豆子话音刚落地，就听得素问的通传："皇上驾到！"

毛豆子刹那间都有掐死自己的冲动，怎么说什么不来什么，不盼望的事情倒来得快。

叶妃对离秋的到来欣喜万分，拉着毛豆子就从正殿冲了出去，拜倒在离秋面前："臣妾恭请皇上圣安。"

"叶妃？你怎么在这儿？"

"我……我……"叶妃"我我我"了半天竟然是一个理由都没有说出来，只能求助于毛豆子。

"回皇上的话，叶妃刚给我送了一味点心来，好吃得很，没想到刚吃完您就过来了，可见您与叶妃的缘分啊！"毛豆子打心眼里佩服自己编瞎话的本领，只是……这谎话说多了，以后不会遭雷劈吧？想到这儿，毛豆子还不免打了个激灵。

岂料恰好被离秋看在眼里："鸾妃，你怎么了？"

"回皇上，臣妾没事儿，只是忽然有点冷罢了。"

"冷啊，朕没觉得啊，看来是爱妃身体不太好，"毛豆子看着离秋一笑就知道准没好事，果然下句话便遭了殃，"来人啊，把未央宫正殿的所有窗户用木板钉一下，进了风拿你们是问！"

"是。"离秋话刚说完，便有几个太监就要去钉窗户。

毛豆子急忙喝了一声："慢着！"

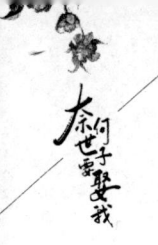

毛豆子还是决定好汉不吃眼前亏，一下子扑到了离秋面前，装作一把鼻涕一把泪的样子："皇上，臣妾自知您待人宽厚，广布恩泽，您对臣妾的关心也犹如滔滔江水，连绵不绝。但臣妾这病体吧，虽然孱弱，也得适当吹吹风见见太阳不是？您的好意臣妾心领了，真的不用这样麻烦。"

叶妃看着毛豆子态度诚惶诚恐还要不断恭维皇上的样子，忍不住笑出声来，但又怕皇上怪罪，只得拼命憋着，脸像个大红苹果一般。

离秋似乎对毛豆子的这番"夸赞"满意得很，点了点头算是将此事压下。毛豆子松了一口气，总算又逃过了一劫。

"好了，收起你那副小人兮兮的样子吧，朕去偏殿和锦贵人用膳，叶妃，看好苏轻鸾，别让她一天到晚胡闹。"

毛豆子一阵嘀咕，免不得对离秋暗自吐槽一番。

"鸾妃，你在说什么？"离秋的耳朵居然那么好用，还听到了毛豆子的小嘀咕。

毛豆子急忙继续那副笑眯眯的样子："我是在夸皇上您想得周到啊，而且臣妾一定会听话的，一定。"

"那就好。"

自从她入宫以来，离秋似乎就以"折磨"她为乐，这点让毛豆子百思不得其解，只能暗暗记在心里，以求来日得到答案。

毛豆子思绪正飘忽着呢，就被身旁的叶妃猛地拽了一下："轻鸾轻鸾，皇上要走了！怎么办啊？"

"走就走呗，有什么大不了的。"想必以毛豆子大大咧咧的性子，肯定是把之前答应过叶妃的事情抛到九霄云外去了。

"你答应过我让我和皇上一起用膳的！苏轻鸾，你要是敢临时反悔的话，我就去告诉太后，你那个叫什么小展子的奴才对本宫无礼，我倒要看看姑妈会不会帮我出气!"

毛豆子本来没当回事,但听到叶妃提到战卿,猛然一惊,怎么说人家也是为了自己出手相助的,可千万不能拖人家下水。

毛豆子想到这儿,赶忙答应了叶妃的请求,奈何离秋已经前脚踏进了偏殿大门,她也只能拉起叶妃不由分说便一起冲进了偏殿,离秋和锦瑟看着两个忽然闯进来的人一脸蒙。

"叶妃娘娘,鸾妃娘娘,请问二位姐姐还有什么事儿吗?"锦瑟素来性子温和,从不吵闹。

"本宫没事就不能来了吗?"叶妃还是掩盖不住大小姐脾气。

"叶妃!"离秋果然沉了脸色。

叶妃虽然不敢再说话,但也并没有说什么和解的话。毛豆子在一旁看着就不免替两个人心累,满肚子腹诽:皇上和叶妃压根儿性格不合啊,我这中间人是不是就要下岗了?

可怜毛豆子怀揣着一颗"愿天下有情人终成眷属"的心还要从中调停:"皇上息怒,我们两个过来其实是想问问还有没有需要帮忙的地方,而且叶妃的小厨房刚才居然炸了!我那里又没有做什么好吃的,这才冒昧带叶妃来了。"

"哦,这样啊……"离秋长长地"哦"了一声,毛豆子还以为离秋相信了自己的说辞,正沾沾自喜的时候,离秋下一句话便打破了毛豆子的幻想,"苏轻鸾,你知不知道谎话说多了鼻子会变长啊?"

"我……"毛豆子不知道该说些什么好,还下意识地摸了摸自己的鼻子,还好还是原大。

"行了,想一起吃就一起吧,王勤,多备两双筷子。"

"是。"王勤刚应下准备去拿,毛豆子就看到叶妃对自己投来了犀利的目光。

毛豆子赶忙会意:"皇上,我不用了,就叶妃和你们一起吃就好了,

我回去还有事儿。"

毛豆子撒腿就想跑,可惜被离秋制止:"站住!"毛豆子只得认命地站在了原地。

"朕和锦贵人用的午膳有毒吗?"

"没有啊。"毛豆子尚不明所以。

"那是和朕在一起吃不下?"

"那倒是。"毛豆子不慎说出了内心真实想法。

"嗯?"毛豆子现在感觉离秋看自己的目光都是一种"凌迟"。

"没有没有,绝对没有,跟您一起用膳是臣妾的荣幸。"毛豆子急忙补救。

"那就好,一起坐下吧。"

"是。"此刻的毛豆子叫天天不灵,叫地地不应,只觉如坐针毡,食之无味。

整个午膳间,就只见叶妃对离秋处处殷勤,不是为离秋夹菜就是为之斟酒,忙得不亦乐乎。而锦贵人呢,又是个安稳性子,什么都不会多说。可怜毛豆子想吃点什么菜,还屡屡被叶妃用筷子打下,低声警告毛豆子皇上还没吃够呢,毛豆子只得可怜兮兮地饿着肚子陪完了这顿午膳,回到正殿叫苦不迭。

Chapter 06
谁比谁尴尬

———◆———

"娘娘,您午膳没用好吧?奴婢这就下去给您做点吃的。"素问惯来是个机灵丫头,对任何事都细致入微。

毛豆子虽然还有点饿,但心情显然已经被离秋搅和得差不多了:"没事,算了吧,我现在还吃不下。"

"是。"素问应了。

说话间,战卿端着一盘如意糕和一碗合欢汤走了进来,自然而然地放到了毛豆子身边:"娘娘刚才没吃好,现在心情又有些烦闷,用些糕点想必是极好的折中之策。"

毛豆子看着如意糕这才来了食欲,忍不住拍了拍战卿的肩膀,甚是欣慰的样子:"果然还是战……小展子你知道本宫的喜好啊!"

"主子喜欢就好。"战卿低眉顺眼装得倒真像那么回事。

战卿眼看着毛豆子开吃后也不准备离开,毛豆子就知道他一定是有

什么事儿要和自己说,便让素问下去了。

内殿四下无人,战卿才恢复正常,大大咧咧地坐在了毛豆子身边:"刚才和锦贵人一起用膳,有觉得哪里不对的地方吗?"

毛豆子对战卿的话不明所以:"什么不对的地方?我觉得都挺好的啊,锦贵人素来性情温和你又不是不知道。"

"她就没有和皇上说起什么朝堂或后宫之事吗?"

毛豆子还在专心致志地往自己嘴里送着如意糕,对战卿所问之事并没有重视:"没有啊,一直都是叶妃不停地和皇上说话,锦贵人都没插上嘴。"

"你好好想想,真的没有吗?"战卿无情地把如意糕从毛豆子手边尽数端走。

"我的如意糕!"毛豆子惊呼一声后,这才重新重视起战卿的话来,"战卿,叶妃平素对皇上的感情有多深,锦瑟素来的言语有多少,你又不是不清楚,真的没有在午膳的时候说什么关于朝堂或者后宫的事儿。"

战卿看着毛豆子认真起来的样子,这才选择相信了她的话:"如此便罢,你与锦瑟同住一宫,以后也要多注意一下她的一举一动。"

毛豆子虽然心大,但绝对不是傻的,听得战卿这么说,本能地便有些怀疑:"战卿,你为什么要我注意锦贵人的行踪?你是在怀疑或者知晓了什么事?我其实早先便好奇,你气度不凡,初见时便衣着华贵,定然不会是这宫中内监。你先是把我送进宫,而后自己蒙混进来,究竟所为何事?"

战卿面色凝重,未有半分言语,但毛豆子既然问出了口,就势必要弄清楚答案:"之前在酒楼的时候,我就偶然听到什么王兄公主的,虽然到现在我都没有明晓你的身份,可我总要知道,你要做的事究竟是好事,还是坏事。"

"何为好？何为坏？"战卿忽而无比认真地凝视着毛豆子的双眼，似乎他也在迫切地寻找一个答案。

"忠孝仁义是好，背德宵小是坏。"

"背德宵小何解？"

"背弃君上不仁不义，干小人行径是为宵小。"毛豆子虽然自小在市井长大，但胸中的正义之气绝不比江湖之士少半分。

"我自问仰不愧天，俯不愧地。我所行之事，皆为忠孝仁义。于国为忠，于民为仁。不知这个答案你是否满意？"战卿的每个字眼都咬得极为清楚，似乎是怕挫伤一丝毛豆子的纯净之心。

毛豆子定定地凝望着战卿的眼睛，澄澈而清明，让人不由自主地就陷了进去，并且对他所言之事深信不疑："既是如此说，那我便信你，不论将来有多少危险，甚至性命……"

"不会的！"毛豆子还没说完，战卿就急急截下，"有我在，你不会有性命之忧，定然不会。"

自从进宫以来，这还是毛豆子第一次看见他在自己面前这么认真而焦急，她忍不住起了逗乐的心思："真的？"

"自然是真的。"

"可我现在就觉得马上要性命不保了。"

"为什么？哪里不舒服吗？"战卿果然紧张起来。

毛豆子终于憋不住笑了起来，一下子夺过了战卿手里的如意糕："再不吃点东西，我可不是要饿死了？"

战卿看着毛豆子继续大快朵颐的样子，这才明白过来她刚刚不过是玩笑之话，心情瞬间放松下来，宠溺地笑了笑："你啊！"

战卿难得和毛豆子享受一会儿二人时光，却不料在这个时候收到了

宫外的飞鸽传书，纸上说"苏家布庄，速见"。

战卿眉宇微蹙，毛豆子不知道发生了什么，急忙问："怎么了？是有什么事吗？"

"不是什么大事，只是有个故友想与我见一面。"战卿并没有告知毛豆子真相。

"那你就赶快去吧，别耽搁了，出宫令牌给你带上，早去早回。"毛豆子信以为真，将令牌交到战卿手上。

"好。"战卿没再多说什么，转身离开。

布庄中，苏轻虞早已备好茶点，战卿疾步踏进正厅，未有多言："找我来有什么事吗？"

"殿下何必这么匆忙？轻虞还以为这么久不见殿下您都不记得我是谁了呢。"苏轻虞此番的态度与上次初见大相径庭。

战卿还没说话，红羽就已经上前一步将长剑横在了苏轻虞脖颈之上："苏轻虞，你只是殿下在金陵的一个眼线罢了，哪来的这么大胆子阴阳怪气？"

苏轻虞觑着红羽只是冷笑一声，毫不在意地拨开了红羽的剑尖："红羽，你别忘了，眼线也是会成长的。我手握着苏家布庄钱庄当铺所有的生意往来，金陵城所有商家皆以我为尊，你觉得，收复金陵所有眼线为我所用是件很难的事儿吗？"

"你……"身为战卿的贴身暗卫，自然职责所在不可能让任何人威胁到战卿，红羽下意识就要解决了苏轻虞的性命。

苏轻虞看着盛怒的红羽，却没有半分惧怕的神情，反而坚定地用手掌握住了红羽的剑刃，鲜血滴落面不改色："殿下，我此番相邀，定然也不是为了这些微小事，与其说我对殿下不忠，倒不如说我收复所有眼线是为了殿下以后更好地收集情报，提高效率。要想从殿下手中活命，我自然也不会打无准备之仗，还请殿下听完我收集到的消息，再下定论。"

战卿眉峰紧锁，但最终还是放弃了一时杀意，示意红羽退下让苏轻虞说下去："你说。"

"从这段时间我在各方查探到的消息，基本可以断定，苏轻鸾入宫后，燕国大殿下在前不久曾装作生意人潜入过金陵都城，并且设计救下我大姐苏轻歌，苏轻歌对大殿下一见倾心，盼望嫁之为妻，但被爹爹拒绝。而且据燕国消息，大殿下近来有作为使臣来访金陵的打算。"

看着战卿依旧未说话的样子，苏轻虞继续开口："轻虞是在担心，若大殿下屡次接近苏轻歌，甚至娶她为妻，可能对殿下和苏轻鸾不利。我在府中也明里暗里提醒过苏轻歌多次，但并未奏效。"

"兵来将挡，水来土掩，苏轻歌倒不足为惧，只是王兄此次忽然来访所为何事，需要额外注意。"

战卿的心绪不宁被苏轻虞看在眼里："殿下如此敷衍可是在着急回宫？您在担心苏轻鸾？"

"与你无关。"战卿不予置理。

苏轻虞的心里对毛豆子的嫉恨又多了一分："殿下与三妹之间的事我自然是无权过问，但既然轻虞已经接手了整个金陵的眼线网，有些话还是不得不提醒殿下，王权储位庶民荣辱当重于儿女私情。您总要时刻记着，殿下如今已不是孑然之身，而是三十万陈林军与不计其数眼线所众望的储君。"

"本王所行之事，自不必你来提点。"战卿断然回绝了苏轻虞的话。

"轻虞只是食君之禄忠君之事罢了，既然殿下不爱听，轻虞自不会多说。希望我们今后还能合作愉快。"苏轻虞微微一笑，对着战卿伸出未受伤的手。

战卿心绪杂乱，看着苏轻虞步步为营的样子更是厌烦，不肯多言更没有与苏轻虞握手，转身决绝而去。

而在战卿身后的苏轻虞却是会心一笑，把真实目的尽数藏于心中："待来日殿下大计已成之时，便是我凤临天下之日。"

此时的未央宫中，毛豆子刚刚吃完糕点准备小憩一阵，就被风风火火闯进来的叶妃搅扰了一切："轻鸾轻鸾别睡了，快起来。"

"怎么？天亮了？"毛豆子懒洋洋地被叶妃从贵妃榻上拉了起来。

"什么啊，都没入夜呢！我来是有件好事要告诉你！"叶妃兴奋得很。

"什么好事？皇上要放我出宫了？"

"怎么可能！"

"那是皇上驾崩了？"

"闭上你的乌鸦嘴吧！有我在一天，都不会允许你对秋秋有任何不轨的行径！"

毛豆子听了叶妃的话一口茶差点没喷出来，撇了撇嘴："叶妃你没事吧？这刚和皇上见了几面啊？你就叫人家秋秋了，你是想恶心死我吗？"

"我看这满宫里啊也就你不开窍，不懂情趣！真不知道老天让你做个人有什么用？还不如让你做个牛啊猪的，正好可以每日睡天天吃，什么都不想！"叶妃数落起毛豆子来就没完。

"得得得！我的叶大小姐，我说不过你认输行了吧？到底什么好事儿啊？"毛豆子其实也很想知道叶妃有什么好事儿值得这么兴奋。

"太后姑妈点名要召见你了！你知道我是在太后面前说了你多少好话，老人家才同意的嘛！你就美去吧！"

叶妃的话吓得毛豆子差点从榻上摔下来："叶妃！我的小祖宗，

我真的不想见太后，你要不跟老人家说我也没帮多大的忙，就放过我好不好？"

"苏轻鸾！你能不能有点志气？"叶妃感觉毛豆子就像是烂泥扶不上墙，"你也知道，上次我们合宫觐见的时候，就是因为秋秋特意提到你，姑妈就对你很是反感，现在好不容易姑妈对你的看法改观了，你就不能去亲近亲近？也显示一下自己在后宫中的地位吗？"

"如果可以的话，我真的很希望皇上把我贬去冷宫远离这些是是非非，只要一日三餐能吃，其他的我都不在乎。"毛豆子已经开始哀号了。

"好啦，打住！你现在反悔也没有用，快走吧，一会儿姑妈该等急了。"毛豆子还没来得及缓和一下这突如其来的"惊吓"，就被叶妃匆匆带去了太后寝宫。

"臣妾参见太后娘娘，太后金安。"毛豆子恭恭敬敬地行了个礼，就想赶快缩小自己的存在感。

"哀家听芒儿说你始终逃避圣宠，还三番五次地帮她促成了和皇上在一起的机会？"太后目光中渗透着与生俱来的威严。

"不过是些微末小事，太后不必挂在心上。"

太后这关哪里是那么容易过的，只见她重重地拍了一下桌子："苏轻鸾，你身为后宫嫔妃，侍奉皇上本是应尽之责，你屡次逃避恩泽，如何堪为后宫表率？还不知罪！"

毛豆子心内一慌，又不知道太后葫芦里卖的什么药，只能先自保为上，跪拜在太后面前："臣妾知罪。"

"姑妈……"叶妃显然没预料过会是此番景象，急忙要为毛豆子求情，却被太后制止："你不必多说话！"

叶妃只得站在一旁，满是担忧。

"太后娘娘，臣妾身为宫妃，侍奉主上不周确实是臣妾的过错，

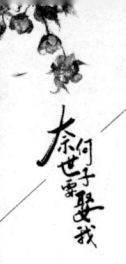

但奈何臣妾自小便闲云野鹤惯了，入宫也只是阴错阳差，对皇上只有恭敬却没有半分情意。且叶妃对皇上的心臣妾都看在眼里，臣妾自然乐于帮助有情人终成眷属，也乐于帮助太后解这一大心事。"毛豆子娓娓道来，既是为自己争得一线生机，也是要向太后表明自己并无与叶妃争宠之心。

"呵，你这张巧嘴倒是会说话！"太后语气有一丝缓和，"也罢，你既无情意哀家也不会强求，起来吧。"

"谢太后娘娘。"

"只是哀家怎么听说丞相府三女从来都是最守规矩的那一个，你的个性似乎并不一样啊！"太后试探着毛豆子。

毛豆子自然也早早准备好了说辞："人都有多面性的，再者说了，臣妾既然入了宫，为求自保，只得换种生活态度。"

太后淡淡地点了点头，也不知道是否相信了毛豆子的话，只当暂且搁下，重启话头："昨儿个皇上来给哀家请安，说起燕国寒王递了文牒，为修两国之好，不日将来访金陵的消息。鸾妃和芒儿你们两个是现在宫中仅有的妃子，一应后宫打点事宜就交由你们去办吧。听闻寒王性子豪爽不拘小节又喜爱赛马骑射之事，到时前朝后宫一齐围场狩猎的事儿你们一定要办得圆满。"

"是，臣妾明白。"毛豆子与叶妃一同应下。

"哀家这里无事了，芒儿你先留下来陪哀家待会儿，鸾妃你先下去吧。"

"是。"毛豆子行礼，退出了大殿。

毛豆子独自一人走在回未央宫的路上，却不料忽然不知道从哪里飞来一枚暗器直冲毛豆子命门而来，毛豆子三脚猫的功夫显然躲闪不开。

千钧一发之际，刚刚回宫途经此地的战卿恰巧看到这幕，不顾安危飞身上前将毛豆子抱起，飞离原地，自己却不慎被暗器划伤了。

"战卿！"毛豆子惊呼一声，同时看到战卿的伤势，"你没事吧？"

"无碍。"战卿摇了摇头。

发射暗器之人眼看行迹败露，不敢多留，准备飞身逃窜。战卿眼疾手快，暗器准确无误地扎在了蒙面人的背部，蒙面人应声倒地。

毛豆子与战卿上前揭下了蒙面人的黑巾，毛豆子满是惊诧："是太后的人！我刚去请安在太后身边见过这个宫女！"

"太后？"战卿很是疑惑，"她为什么会对你下如此狠手？"

"我不知道。"毛豆子也百思不得其解。

"算了，先回宫吧，红羽会把这个人处理掉。太后派人暗杀你本就不合宫规，想必也不会拿到台面上去说。"

"好。"毛豆子应下。

毛豆子和战卿刚起身准备回宫，却没想到战卿忽然一个趔趄歪倒在地，毛豆子始料未及，急忙将战卿扶了起来："你怎么了？"

"暗器有毒……"战卿强撑着说出这四个字。

毛豆子顺着战卿的目光看过去，果然刚刚被暗器划过的伤口已经变成了黑色，毛豆子既担心又害怕，急忙撕下了一块自己的衣摆，先为战卿包扎住伤口。

"你先忍一下，我们马上就回宫了。"毛豆子扶起战卿，再也不敢在此地多留，生怕引人耳目，赶紧走回了未央宫。

素问看到毛豆子扶着神智迷离的战卿回到正殿，满是惊讶："娘娘，这是怎么了？"

"来不及细说了，你先去找个御医过来，就说本宫吃错了东西中毒了，切记，一定要找信得过之人。"

"是，我这就去。"素问急忙跑开。

不消多时,素问便带着御医走进了正殿,在毛豆子的吩咐下为战卿医治。

毛豆子很是焦急:"他怎么样?"

"请娘娘宽心,他只是轻微中毒,所幸伤口不深,微臣已经为伤口敷了药,再加上微臣一会儿开出的药方,想是几日后便可痊愈。"

"真的没事吗?"毛豆子的担忧溢于言表。

御医会意:"微臣稍后会让徒弟黄芪前来照看着,定然无虞。"

"好,那便谢过张御医了,本宫也会给黄芪安排个清静住处。"

"微臣替小徒先行谢过娘娘,若娘娘无事的话,微臣便告退了。"

毛豆子心中还有不安,赶紧叫住了御医问:"等等,张太医,你知道本宫为何会请你前来吗?"

御医浸润御医院多年,对主子们的心思自然明了得很:"娘娘之所以叫微臣来,除了信任微臣的医术之外,自然是因为微臣是整个御医院中口风最紧之人,今日出了这未央宫的门,若有他人问起,微臣自然也只会说是娘娘身体不适,对于不该提到的人,绝不会对外人吐露半个字,还请娘娘放心。"

毛豆子满意地点了点头,拿出一锭金子放在张御医手上,语气不轻不重:"张太医在乡下上有老下有小的,这也是本宫的一点心意。"

"是。"张御医诚惶诚恐地接过金子,擦了把汗告辞离开了。

看着张御医完全退出大殿,素问才问起毛豆子的想法:"娘娘,既然张御医已经表明了不会对任何人说,您为什么还要用他乡下的妻儿老小叮嘱呢?"

"多一份忠告,让他的嘴更严实一些,总不是坏事。"毛豆子对于和战卿有关的事情素来慎重,甚至不允许有一丝差错,这一点可能她自己都未曾注意到。

"主子似乎对小展子很是上心？"素问按捺不住问出了口。

毛豆子听到素问的问话思绪才立刻从关心战卿中挣脱出来，微微一笑："素问，你与他都是我在这宫里最亲近的人，自然要比旁人关心得多。"

"主子恩典，素问铭记于心。"

"好啦，你也累了，下去歇着吧，这里我看着。"毛豆子对战卿的伤势放心不下。

"是。"素问依言退下。

几个时辰过去了，战卿虽然呼吸平稳，但依旧没有苏醒的迹象，毛豆子放心不下，只得俯身趴在了战卿榻边，将就小憩一阵。

毛豆子刚刚睡去没多久，战卿便悠悠转醒了，睁开眼便看到守在自己身边的毛豆子，嘴角不由得扬起一个极为好看的弧度。但战卿依旧不忍心打扰毛豆子，静静凝视着毛豆子的睡颜，不吵不闹安静起来的她，着实惹人怜爱得紧。也许是因为先前的紧张和担心，毛豆子的眉心依旧微蹙，似有无数的烦心事藏于心头。

战卿不由自主地伸出手去，轻轻抚上毛豆子的眉目，想替她舒展开来，却没承想这一碰倒是惊醒了毛豆子，战卿急忙收回了手，还要装作什么都没有发生过的样子。

毛豆子犹自未觉："你醒啦？"

"嗯。"战卿轻轻应了一声。

"怎么不多睡一会儿？"

"我还以为你不在，怎么能睡得踏实？要是早知道你在的话，我就要晚些再醒过来了。"

"不许胡说！"毛豆子情急之下上前捂住了战卿的嘴，"你要是真因帮我挡了暗器出什么事儿的话，我岂不是会愧疚一辈子？"

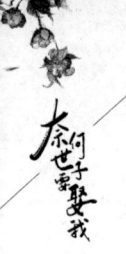

"好啦,这不是没事了嘛。"此刻受了伤的战卿仿佛一只虚弱的小绵羊,拿下毛豆子的手握在掌心,以往的盛气凌人荡然无存。

而毛豆子一直在担心战卿的伤势,显然并没有察觉到战卿此刻的柔情蜜意,很快就把自己的手从战卿掌心中抽了出来,将药碗端到了战卿面前:"把药快喝了吧,一会儿该凉了。"

"我胳膊抬不起来。"战卿可怜兮兮地望向毛豆子。

"用另一只手啊。"毛豆子眨巴着两个天真无邪的大眼睛,显然还没有意识到战卿的"套路"。

"我另一只手也有点麻,不知道是不是毒素蔓延了啊?"战卿装作手疼的样子。

毛豆子果然上当:"不会吧?我去叫黄芪给你来看看。"

毛豆子转身欲走,却被战卿一下子拉住,毛豆子险些扑进他怀里。战卿复开口:"不用那么麻烦,我只要不用手就好了。"

"你不用手?难不成你想让我喂你喝?"毛豆子总算是恍然大悟。

战卿奸计得逞,坏笑着:"是啊,这可是你主动说的啊!"

"我……"毛豆子霎时哑口无言。

可谁让他此刻是个病人呢?毛豆子只得"忍辱负重",用勺子小心翼翼地一口一口喂给他喝。

然而就在还剩最后半碗药的时候,温淑女忽然没得通报便冲了进来,恰巧看见这"不堪入目"的场景,整个人都惊呆在原地。

素问在身后追了过来,很是虚弱的样子,就连脸上都不知道从哪里蹭的灰尘,整个人灰头土脸的。

"淑嫔娘娘,我们主子还病着,实在是不宜见客,您就算是把我们都打趴下了,您也不能进来啊!"

听着素问的疾呼,毛豆子才缓过神来,尴尬地问了一句:"她这不是已经进来了吗?"

"对哦,"素问可能是刚才被温淑女打傻了,"娘娘,实在不是奴婢的错,奴婢和宫里的人已经百般阻挠淑嫔了,但合力还是打不过淑嫔娘娘,奴婢们尽力了,但还是功亏一篑,请娘娘责罚。"

温淑女也从刚才的震惊中脱离出来,慌忙致歉:"鸾妃姐姐,是臣妾不好,臣妾看到有人拦着就控制不住要一较高下,是臣妾唐突了,臣妾什么都没有看见,你们继续,臣妾告退。"

毛豆子深深地知道现在放温淑女离开是下下之策,急忙叫住了她:"等等!素问你下去吧,给大家去御医院拿点跌打药。淑嫔,我们去正殿谈。"

"是。"温淑女就算再尴尬,听得毛豆子这么说,也只得留了下来。

毛豆子前去收拾残局,本来想叮嘱战卿好好休养,却不想战卿还对着自己幸灾乐祸地笑了笑,她的满腔关心尽数化为一个大大的白眼。

Chapter 07
脸还是要的

正殿中,温淑女正襟危坐,毛豆子想了半天也不知道该从何说起,怎么解释,只能问起了淑嫔:"淑嫔,你来找我有事吗?"

"也没什么事,就是听御医院说娘娘病了,就想着来探望一下,没想到娘娘正有事忙着,呵呵呵呵……"温淑女一阵干笑。

"也不算什么大事,只是本宫不小心吃坏了东西,胃里有些不舒服,可能是食物相克中毒了,就请御医来看了看。小展子因为替本宫试菜,也出现了些症状,本宫不放心,这才多照看一下。"毛豆子总算找出了合适的理由解释刚才淑嫔看到的一切。

"原来如此。"温淑女点头相信了毛豆子的话。

"不然你以为呢?"毛豆子乘胜追击。

"娘娘体恤下人,臣妾自然不敢多想。"

"嗯,那就好,本宫自然也希望后宫和睦,对待下人也要有包容和关怀之心。"毛豆子一席话总算是圆了回来。

"娘娘心胸，臣妾望尘莫及。"

毛豆子正要和温淑女说两句客气话送她离开时，忽然听到外间庭院里传来"咚"的一声巨响，毛豆子和温淑女吓了一跳，急忙跑出去看。

庭院里，沈括和侍女风筝正拿着火把不亦乐乎地点燃了面前像个纸箱子一样的东西。

毛豆子还没来得及说话呢，便又传来一声巨响，纸箱子已然尽数炸碎，如天女散花般散落在了众人面前。

沈括这才看到站在身后的毛豆子和温淑女，热情地跑上前来："鸾妃娘娘，你看我这个新发明怎么样？"

"这……是什么？"毛豆子不得其解。

"炮仗啊！"

"炮仗！"温淑女惊讶不已，"咱这宫里不是有烟花吗，为什么还要自己做呢？"

"淑嫔你不懂，看别人的哪儿有自己做的开心啊！可惜我这儿只有最后一个了，风筝，你去点了吧，正好大家都在，一起看！"

"好。"风筝应下上前。

然而这次风筝点燃了引线，不知为何好久都没有响声，沈括百思不得其解，更不容许别人质疑自己的发明，走上前去左看看右看看，愣是什么端倪都没有看出来，只得退回原地继续等着。

温淑女显然也失去了耐心，大踏步走上前去，站在炮仗旁边，左瞧右看也不知道是个什么原理，不禁笑了笑："沈嫔，依我看，这东西根本就是个失败的发明吧！它……"

可怜温淑女话还没说完呢，炮仗"咚"的一声就在她眼前炸开了，瞬间浓雾缭绕。

毛豆子和沈括好不容易拨开面前的浓烟想去看看温淑女有没有受伤，就见得温淑女从层层浓烟中缓缓走了出来，衣衫破烂，就连头发都跟刚被雷劈过一般，乱蓬蓬的样子都能做鸟窝了。

"淑嫔，你没事吧？"毛豆子很是担心，又不敢去触碰她。

"呵呵，呵呵，呵呵呵……"温淑女一阵干笑，随后恶狠狠地看向沈括。沈括还以为温淑女魔障了，被吓得不轻，急忙躲在了毛豆子身后。

"苏轻鸢，我温淑女这辈子都不会再进你未央宫了！"温淑女话音刚落地就直挺挺地倒在了地上，昏了过去。

沈括急忙吩咐风筝："风筝，快去叫御医。"

"是。"风筝急忙跑了出去。

听到"御医"二字，毛豆子才反应过来，现在这个时候黄芪不就在宫里嘛，毛豆子赶忙告诉了沈括，与素问三人合力将温淑女抬进了殿内。

几个时辰后，温淑女才悠悠转醒，浑身上下缠满了纱布，刚艰难地转过身子就看到一个陌生男子手里不知拿着什么朝自己走了过来："娘娘，您醒了？"

"你……你是谁？"

"微臣是张御医的徒弟黄芪，奉鸾妃娘娘的旨意专门来给娘娘医病的。"

"我怎么没见过你？"温淑女还是一贯的戒备，挣扎好几下也没能坐起身。

黄芪见温淑女难以起身，出于医者仁心疾步上前就想帮忙，却没想到温淑女还以为黄芪是什么歹人，顺手拿起身边的一粒药丸掷向了黄芪脚边，黄芪始料未及踩了上去，脚下一滑，手里的药粉也没有拿稳，瞬间飞出,不差一毫地全部盖在了温淑女脸上。

温淑女顿时气愤难当,胡乱抓了一把脸:"御医院从哪里找的你这个毛头小子?你是要毒杀我吗?"

黄芪很是惶恐:"娘娘,微臣不敢,您昨儿个被炮仗炸了昏迷过去,是微臣一直在照顾你啊。"

"什么炮仗?"温淑女显然是还没缓过神来。

黄芪上前一步:"您不会是失忆了吧?"

"你才失忆了呢!"温淑女气鼓鼓的。

黄芪并未多言,抬起手就想将温淑女脸上的药粉擦干净,却没想到被温淑女一记反攻钳制住,黄芪"哎呀呀"地求饶,感觉胳膊都快要断了。

"娘娘,娘娘饶命啊!"

"我都没用力,真有那么疼吗?"淑嫔忽然被黄芪的样子逗笑了,还故意用力地拧了拧黄芪的胳膊。

黄芪没办法,只得呼喊求救。毛豆子听得黄芪的呼叫声,急忙跑了进来,把黄芪从温淑女的挟持中解脱了出来:"淑嫔,你醒啦?"

温淑女看到毛豆子这才算全部想起来:"沈嫔呢?我要她赔我!"

毛豆子赶忙安抚住了闹腾的温淑女:"好啦,沈嫔也知道错了,一会儿就过来了,你放心吧。"

"好吧,"温淑女暂且应下,"但是后天就是燕国寒王来访的日子了,听说还会有围场狩猎呢?我也想去!"

"黄芪,淑嫔的伤势如何了?后天能去围场吗?"毛豆子选择了"谨遵医嘱"。

黄芪揉着自己快要断了的胳膊,对毛豆子和温淑女行了个礼:"回禀娘娘,依微臣看来,淑嫔的伤势还是比较严重,至少需要七天的时间才能痊愈,所以后日的围场狩猎,定是无法前往了。"

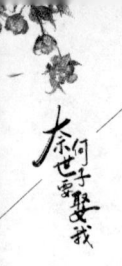

"我能……"温淑女说着就要站起身来,却险些栽倒,幸好被毛豆子和黄芪及时扶住,"围场狩猎可是难得的盛景啊,我一个习武之人,怎么能不去看呢?就算不骑马射箭,去看看也不行吗?"

"不行。"黄芪坚定地拒绝了温淑女的请求。

温淑女气不过,对着黄芪又比了比拳头,但这次黄芪似乎有了很足的底气:"医者父母心,微臣自然是处处为娘娘着想才不肯让娘娘以身犯险,若是娘娘真的很想知道当日的盛况的话,微臣可以回来讲给娘娘听。"

"真的吗?真的吗?"温淑女的星星眼都要将一旁的毛豆子闪瞎了,她紧紧拉住了黄芪的衣摆。

"嗯,真的。"黄芪如蚊子般的声音应了一下,虽然温淑女还在兴奋之中没察觉出什么,但一旁的毛豆子却看到黄芪的脸庞显而易见地红了起来。

毛豆子识时务地退了出去:"你们继续聊吧,本宫想起还有些事儿没有做完先告辞了,淑嫔有事叫我。"

"好。"

经过这几日的匆忙准备,马上就到了燕国寒王觐见的日子。毛豆子本以为战卿的身体已经恢复得差不多了,便赶来询问战卿的情况,却没想到还是被战卿以未休养好回绝了,她只能独自一人带着素问前去围场狩猎。

眼看毛豆子走远,红羽这才悄无声息地从墙外翻到殿内,出现在战卿面前:"主子,有何吩咐?"

"我身份不便,不适宜与王兄见面,你时刻跟在豆子身边,以防有任何突发情况出现,有事随时向我汇报,注意不要在王兄面前暴露你的行踪。"

"是，属下遵命。"红羽依言离开。

后宫嫔妃并没有被许可参加宴席，等后宫众人及朝臣家眷见到寒王的时候已经是在皇家围场了。

毛豆子独自站在远处，静静地望着这一切，丝毫不想掺和进任何事，无奈叶妃却眼巴巴地找了过来："轻鸾，你怎么在这儿啊？皇上那边都已经开始拉弓试箭了，我们也去试试吧，听说拔得头筹还会得到皇上一份赏赐呢！"

"我骑马还凑合，但这射箭真的没有练过，你自己去吧。"毛豆子对任何事都不甚在意。

"那怎么行呢？你帮了我那么多回，我可不能让你一个人孤零零的，走吧走吧。"叶妃不由分说就将毛豆子拉了过去。

这还是毛豆子第一次见到所谓的燕国寒王，风神俊秀，星目剑眉，但透过他的身影毛豆子似乎总能想起另外一个人，一样的容色洒脱，风姿俊逸。唯一不同的是，面前之人眸中多了几分杀气腾腾，似乎万事万物都被之玩弄于股掌之间。

"见过皇上、寒王。"毛豆子恭谨地行了宫礼。

"起来吧。"离秋示意毛豆子起身。

寒王斜觑着毛豆子的身影，忽而赞了一句："早先便有耳闻，陛下后宫中的鸾妃娘娘容姿天成又行无章法，今日一见果然气度不凡。"

"寒王说笑了，本宫也不过是这后宫中的泛泛之辈罢了。"在还没摸清这个寒王虚实的情况下，毛豆子选择了中规中矩的回答。

寒王显然并没打算就此放过毛豆子，或者说他早已起疑，因为在今日的毛豆子眼中，他并未看到如往日回信笔迹中的那份谨小慎微甚至是担忧惧怕，此刻的她带给人的感觉是充满欢心和无忧无虑的。

自从寒王埋下毛豆子这个伏笔开始，让毛豆子顶替苏轻鸾的身份回

到丞相府是第一重任务，进宫又是第二重，以往每次回信的时候，毛豆子的话语几乎都是惊慌失措的，生怕哪里做错了惹怒了自己。

可此番真正见到毛豆子的第一眼，寒王便可以断言，那绝对不是毛豆子的本性，甚至那些信件可能都不是出自毛豆子之手。若是如此，这条线是不是就意味着断掉，或者已经被人利用了呢？

寒王心中早有了谋算："本王远在燕国的时候就知道大炎的女子巾帼不让须眉，一会儿赛马比试，鸾妃娘娘可千万不要手下留情啊！"

"能有幸与寒王一比高下，当是本宫的荣幸才是。"毛豆子不紧不慢地回复了寒王的话。

"既然鸾妃有巾帼之心，那接下来的比试便都由鸾妃替朕出场，各位无须顾忌，玩得尽兴才好！"

毛豆子听着离秋的话震惊得半天回不过神来，这离秋葫芦里究竟卖的什么药？怎么这么轻而易举地就把比试的事情推给自己了？难不成他是准备等自己输了再找由头惩罚自己？

毛豆子怎么想也想不明白，但又真的怕在这样的场合失了大炎体面，趁着比试还未开始，她偷偷溜进了离秋的营帐。

"臣妾与皇上有要事相商。"不知道离秋在案前忙着写些什么，毛豆子一进去倒把离秋吓了一跳。

离秋见得毛豆子进来，急忙把刚才自己写的东西藏了起来："说吧。"

"臣妾对赛马只是略知一二，您让我代替您去比试，臣妾担心失了我大炎的体面，若是败了，那更是丢了您的颜面。"毛豆子将自己的担心和盘托出。

"无妨，你随意即可，不用放在心上。"离秋云淡风轻地说。

"恕臣妾直言，若是如此，您为何不亲自上阵呢？君民同乐岂不是更好？"

"朕……"离秋沉默好久才继续开口,"朕前几日朝事繁忙身体欠安,不适合赛马。"

"可皇上您刚才射箭明明也是心不在焉的,还拿叶妃在旁捣乱说事儿。"不知怎的,毛豆子总觉得这个离秋哪里有些不对劲儿。

"确实是叶妃在一旁的欢呼声打扰了朕的发挥。"离秋坚持着自己的说法。

毛豆子没有得到自己想要的答案,只能告辞离开。但趁着转身离开的间隙,她还是忍不住回望了一眼,这才看清刚刚离秋藏起来的是一幅绘好的字画,从青松到溪流,惟妙惟肖。

毛豆子离开之后越发好奇,很早之前在酒楼的时候便有听说过这位皇上的喜好传闻,几乎所有说书的都会谈到的一点便是当今圣上以铁血手腕治国,对琴棋书画从来不甚在意,甚至可以说是极为不喜。据传曾有一位朝臣进献过名人字画,当即便被皇上撕毁并遭到斥责,用皇上的话来说便是"武以立,文废国"。

如此说来,离秋应当是与毛豆子先前在青楼所见之人一般,佩剑从不离身,杀伐予夺从不手软。可如今面前的这位皇上,似乎有些不同,这让毛豆子心里不禁起了几丝疑虑。

而与离秋容貌一模一样的顾轻狂自从上次不慎被自己连累掉落山崖后至今音信全无,这两件事之间会不会有什么关联呢?毛豆子现在是一个头两个大,实在想不出什么头绪,只得暂且作罢,先行应付起赛马之事。

寒王看到毛豆子戎装上马的样子眸中带着几分惊讶:"鸾妃娘娘果然与那些深闺大院里的女子不同,倒有一种可以比肩男子的豪爽气。"

"寒王见笑了,本宫也不过是略懂一二罢了。"毛豆子拉紧了缰绳,满心里想的都是不能给离秋丢脸,更不能失了大炎的颜面,此时的她

俨然已经忘记了面前的寒王分明是醉翁之意不在酒。

"本王虽是与娘娘初见,但恍惚间似乎总觉得似曾相识,仿佛早前便有些什么联系一般。"寒王步步为营,分明是设计好了一个个的陷阱等着毛豆子往下跳。

毛豆子从不知道以往那些信件的事情,只是秉持着一个宫妃的礼仪回应了寒王的话:"本宫一深宫妇人,深居简出,实在当不起寒王'似曾相识'四个字。"

"那倒是本王唐突了。"寒王话音落地,恰好有内监宣布赛马开始,寒王心内早有了计较,一马当先冲了出去,但和身后的毛豆子总是保持着一定的距离,不远不近,似乎已有对策。

红羽潜伏在围场不远处,对所发生的一切看得真切,虽然并不知道寒王和毛豆子之间究竟说了什么,但看着寒王故意接近毛豆子的样子,总觉得他另有所图。

红羽刚蹑手蹑脚离开准备去通报战卿,却没想到和恰巧赶来的战卿撞个正着。

"殿下,您怎么来了?"

"我……"战卿居然难得在红羽面前有些结巴,"我担心你办不好,所以还是决定自己来看看。"

"属下办事从来没有过一丝纰漏,主子无须担心。"红羽天真地相信了战卿的理由,还规规矩矩地表示了一番自己的忠心。

"这个我自然明白。"

"殿下您不会是在担心毛……"红羽难得开了一回窍。

红羽还没说完话,便被战卿立刻打断:"我谁都不担心,只是怕王兄看出端倪斩草除根,有碍大计罢了。备马,我们去看看。"

"是。"

毛豆子虽然对骑马之事并没有手到擒来，但毕竟混了那么多年的江湖，终归是比一般后宫中人及朝臣命妇略胜一筹，没多久的工夫，便远远地甩下了众人，只剩下前面离自己不远的寒王。

毛豆子快马加鞭追了上去，渐渐与寒王平齐。

寒王见离终点不远了，四下无人，干脆优哉游哉地跟在毛豆子身边，还想做最后的确认："毛豆子，这里已经没有其他人了，你还是不打算与本王说实话吗？"

毛豆子听得寒王知道自己的真实身份，不由得一惊："什么实话，我不知道你说的毛豆子是谁。"

"早在你还是个厨娘的时候，真正的苏轻鸾就已经在我的手里了。"

毛豆子半天没反应过来寒王的话，寒王心中的猜忌越发明显："要不是苏轻鸾早有所爱，誓死不肯入宫，本王又何必如此麻烦在一个与她面容极其相似的你身上下功夫！可如今看来，本王当初的满盘谋算倒是为他人做了嫁衣！"

毛豆子听着寒王的话，大抵也猜出了一二，但此时此刻最重要的绝对不是理清这一切，而是想方设法逃出寒王的掌控，保命要紧。

毛豆子微微一笑，决定暂时稳住寒王："是我眼拙，与寒王第一次谋面竟然有些惶恐，慌乱之下都忘了之前那些事，还请寒王见谅。"

毛豆子凭借着自己刚刚的猜测说出了一席话，但手下却不肯松弛，一直快马加鞭，只盼望着能拼尽全力将寒王甩下，赢得生机。

寒王哪里那么好糊弄，对毛豆子准备逃走的举动一丝不差地看在眼里，始终跟在毛豆子身旁，一步未曾落下。

"既是如此，那倒是我心急了，但你既然为本王办事，那本王上次所说的皇上喜好之事为什么这么久了还没给本王飞鸽传书呢？"寒王目

光精明，故意拿没有的事情出来试探，"这次贸然来金陵，幸好没触了皇上的霉头，否则你让本王回去如何对父王交代？"

毛豆子对这一切懵然不知，只得接着寒王的话说了下去："宫内素来戒备森严，虽然本宫也很想给您递出消息，奈何时刻被人包围监视，实在是力所不能及。但还请寒王放心，本宫下次定能圆满完成您给的任务。"

毛豆子也顾不上自己回答的话是否让寒王满意，看着还有几个弯就要到达赛马终点了，猛然拍了一下马背飞奔而去。

但此刻寒王已然明白了全部的前因后果，现在的他只知道，无论这个毛豆子究竟是被何人收买，都定然不能再留。

寒王下定决心要斩草除根，手里一枚暗器划过毛豆子的马背。

马儿吃痛，脖颈高高扬起，毛豆子始料未及，重重摔下马来，趴伏在地，许久不能动弹。

寒王看到毛豆子虚弱不堪，再也无法逃走的样子，似乎很是满意，干脆利落地跳下马来，走到毛豆子面前，俯下身去，轻笑一声："早知今日，何必当初。你若一直老老实实为本王做事，又何苦落得此番下场？"

"我听不懂你在说什么。"毛豆子支起身子想要站起来，却发现根本无济于事，只能撇过头去，不愿意再看一眼寒王。

寒王依旧没有善罢甘休，反而恶狠狠地攥住了毛豆子的下巴，迫使毛豆子直视自己："说，究竟是谁打乱了本王的计划？你又在为谁办事？"

毛豆子虽然不太明白寒王在说些什么，但想起这些日子以来战卿的特意接近、战卿和红羽之间鬼鬼祟祟的谈话、自己又被战卿不明不白地送进宫，本能地便把战卿这个人同这件事联系到了一起。

寒王冷笑着看向毛豆子，拿出一颗药丸在手指间打转："你不说也可以，本王也不是那么绝情的人，本王可以再宽限你七天的时间，七天之内，若你还是不能告知本王真相，那么这药丸化开后的蛊虫定会告诉你该去向何方！"

寒王用力抓住毛豆子的下巴，正要给毛豆子灌进去的时候，忽然一柄长剑横在寒王与毛豆子中间。寒王始料未及，药丸撒落在地，一时失手放开了毛豆子。

"你是谁？"来人虽然蒙着面，但看着此人身形，寒王总觉得或许是位熟人。

蒙面人并无多言，转头以眼神示意另一人带走毛豆子，孤身一人与寒王抗衡。

寒王怎么可能放过一个如此好的机会，飞身上前便要夺回毛豆子，却始终被蒙面人阻拦，不能得手。

就在双方持剑僵持之际，苏轻歌忽而骑马赶了过来，急急冲到寒王的身边："战寒，真的是你！我在围场很远的地方看着就觉得像你，原来真的是！既是如此，当初为何要骗我你是个生意人呢？"

寒王没有搭理苏轻歌，苏轻歌这才注意到剑拔弩张的场面，弱弱地嘀咕了一句："这是怎么了？"

寒王看着苏轻歌执意不肯离开的样子，想着这件事闹大了定然是不好，只得暂时放下了长剑，准备先安抚住苏轻歌，却见蒙面人趁机飞身离去。

红羽将毛豆子先行带到了一个隐蔽的竹林处，他摘下面纱，毛豆子才明白那另一个人定然是战卿无疑，虽然身体因为坠马还虚弱得很，但勉强能走路。

毛豆子想起自己无端被卷入这场风波还险些丧命，就不禁气从中来，狠狠地甩开了红羽的手，独自一人慢慢向前挪去。

战卿不久后便赶了过来，看着毛豆子孤身一人走开的背影，也就明白了大概，她一定是知道了什么所以很不开心。

战卿还是想把这一切解释清楚，便试探着走到毛豆子身边。哪知道还没开口呢，毛豆子就喊了一句："不要让我看见你，我自己走！"

战卿不知道该说些什么，只能委屈巴巴地退了回去，和红羽一起跟在毛豆子身后，放慢脚步亦步亦趋。

毛豆子满腹怨气："呵，战卿是吧？我发现自从遇见你我就没有过一天舒坦日子！这下倒好，直接差点命归西天！那个寒王居然还问我在为谁办事？是谁搅乱了他的所有计划？我怎么知道……"

"是我。"战卿忽然悠悠地应了一句。

毛豆子无言以对。

"说好了的，我是个要与万年乌龟比寿命的人！现在可好，一天到晚不是被太后暗杀就是被寒王威胁，天晓得我惹了寒王什么？"毛豆子顿时觉得自己是这个世界上最委屈的人。

"他是我王兄，要夺我世子之位。"

毛豆子极其哀怨，也不知道该说些什么，只能继续漫无目的地向前走去。

跟在身后的红羽却为自家主子心急，悄声道："殿下，您都告诉她了万一有什么变数怎么办？"

"不会的，我信她。"战卿声音也压得很低。

"可属下看毛姑娘情绪不稳，似乎并不信您啊。"

"她只是一时委屈，以后会好的。"

毛豆子喃喃自语，委屈得连眼泪都要掉出来："按理说，你们两个来救我，我确实应该感激你们才是，可若不是你们把我带入这乱局，我明明还是酒楼一个潇洒自在的厨娘！可恨我这张和苏轻鸾一样的脸，还不如不要的好！"

"脸还是得要的，要是扔了，不就成不要脸了吗？"战卿不知道脑子里哪根弦崩坏了，忽然接了这么一句话。

红羽不愧是战卿调教出来的人，居然也想当然地跟了一句："姑娘您就算还留在酒楼，黑暗料理也是能熏死人的。"

毛豆子没想到自己正刺痛的心又被猛地扎了一下，赫然回头凶狠地盯住了战卿和红羽。两个人这才觉得自己说错了话，急忙闭上嘴不再说了。

此刻的毛豆子宛如一个怨妇，一直碎碎念："真不知道我毛豆子上辈子是造了什么孽，居然沦落到此番境地。"

偏偏这时，红羽还不识趣，一直纠结着刚才战卿对毛豆子和盘托出的问题，低声问："殿下，你确信毛姑娘会站在我们这一边吗？可我……"

红羽不停的问话把战卿一下子惹急了，忍不住对着红羽怒吼了一句："别再说了！闭嘴！"

毛豆子走在前面，听到战卿的吼声吓了一跳，又顿感委屈："战卿，你还吼我？"

"我没，"战卿不知道该如何解释这一切，只能用手指了指红羽，"刚才是他，我……"

"毛姑娘，你可听到了，我刚才什么都没说。"红羽却在这时撇清了自己的"嫌疑"，尽数推给了战卿。

毛豆子心内郁结，伸出手指了指战卿："果然是你！"

战卿刚要继续解释，却没想到毛豆子忽然晕了过去，战卿急忙眼

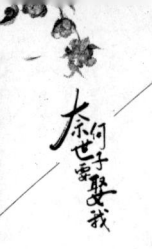

疾手快地扶住了她。刚要抱起的时候，却看到远处一队侍卫骑马寻来的模样，为首那个明黄色的身影像极了皇上。

"主子，看样子是皇上知道毛姑娘失踪的事出来寻了，我们怎么办？万一被皇上和侍卫们发现可就解释不清楚了。"

战卿此刻并未穿着内监服饰，红羽也是惯常打扮，若是与他们撞上，定然要费一番口舌，还不一定能瞒天过海。

战卿深锁眉头，最后只能当机立断，将昏迷的毛豆子轻轻靠在了一棵树旁，与红羽两个人悄悄走开，躲在不远处。

"鸾妃？鸾妃？"皇上发现毛豆子的身影，急忙下马，跑到毛豆子面前，晃了她几下。

看着毛豆子依旧没有苏醒的迹象，皇上只得俯身将毛豆子抱起，置于马上："回宫，请太医！"

"是。"侍卫们依言跟上。

直到皇上和侍卫都走了，战卿和红羽才再次现身，这次就连红羽都瞧出了端倪："主子，我看这皇上对毛姑娘好像还挺关心的，并不像外界所说的那样冷酷无情啊。"

红羽好久没听到战卿的回话，忍不住再次问道："主子？"

"啊？"战卿一脸懵然，"你也觉得皇上抱豆子不合规矩是吧？明明男女授受不亲。"

"主子，我刚才不是这意思啊。"

"哦，那是我会错意了，回去吧。"战卿不想再让红羽看出什么，急忙离开。

"是。"

等毛豆子再醒来的时候，已经回到了未央宫中，内殿四下无人，只有战卿看着毛豆子醒来后喜形于色，急忙将毛豆子扶着坐起。

"刚才太医来看过了，说并没有什么大碍，只是因为坠马受了些伤，静养几日便无妨了。"

毛豆子心里还有些怨气，"哦"了一声不再说话了。

"刚才确实是红羽一直在旁边乱说话，我情急之下才吼了他，真的没有对你发火，我已经罚他回去了，你，是不是可以消消气了？"

"少拿红羽来做替死鬼！"

毛豆子虽然心中有怨，但终究也是懂理之人，叹了口气复开口："你们三番五次救我的恩情，我铭记在心。之前我是一时生气，但现在我也想明白了，就算你们不把我扯进来，我终归还是要被寒王带进这浑水里，这可能是我注定了的命运，躲也躲不掉。和你们为谋，总好过与寒王那般与虎谋皮。"

战卿听闻毛豆子的一席话，心内也舒展不少，伸出手去轻轻捋了捋毛豆子耳边的乱发："初见你时我便说过，我会竭尽全力许你一个太平盛世，这句话，至死不渝。"

"我相信，一直都信。"从毛豆子答应战卿的这句话开始，她便知道，往后的路，决然再无法回头。

Chapter 08
喝凉水塞牙

自从毛豆子受伤之后,皇上派来送补品的人简直踏破了未央宫的门槛,美其名曰鸾妃替朕上场,却不慎坠马,这份心思和艰苦乃是后宫表率。

素问收下了御医院送来的所有补品,但还是纳闷得很:"娘娘,您坠马这么大的事儿,皇上自从那日送您回来之后就再没来过了,您说他会不会是厌烦您了啊?"

毛豆子打小身子皮实,摔摔打打的各种伤势也好得很快,没过三天就已经开始在宫里蹦跶了,满不在意地接过素问手里的药碗,还得捏着鼻子喝下去。

"不来倒清静了呢!本宫真的巴不得他厌烦我!"

"呸呸呸,娘娘不许说这丧气话!"

这天，毛豆子正准备休憩一下，素问火急火燎地跑了进来："奴婢听说皇上这几日一直在宣召锦贵人，其他娘娘一次都没宣过呢。太后都叮嘱好几次了，要皇上雨露均沾，但皇上每次都能把太后气个好歹。"

"喜欢谁是皇上的自由，谁都管不着。"毛豆子不甚在意。

"主子，您是无所谓，可太后也架不住叶妃在一旁哭闹啊，太后有一次被叶妃闹得厌烦了，甚至说了句要给皇上找个国师看看病，说怎么好好一个广布恩泽的皇上，自从围场回来之后就又独宠锦贵人了呢！而且脾气还反复无常，满宫里的字画都不知道被烧掉多少了。"素问兴致勃勃地说着这几日自己的所见所闻。

素问的话让毛豆子再次想起了先前在围场的疑惑事儿，又或者说现在的这个皇上才是符合宫外说书人口中的那副做派？而自从毛豆子入宫以来到前几日的围场之行的皇上全然是另外一个人？

毛豆子被自己的想法吓得不轻，急忙止住了纷飞的思绪，不敢再继续琢磨下去。毕竟对她来说，好好在这宫里活着才是最主要的，至于这位皇上究竟是怎么回事，她不想管，也不愿意管。

虽说毛豆子置身事外，但叶妃根本不想就此罢手，眼见找太后哭诉也百无用处之后，只得准备了厚礼来找毛豆子。

"叶妃，我知道你对皇上一片真心，但今时不同往日，他现在对那个锦贵人如此疯魔，你又何苦要去惹他不开心呢？"毛豆子劝说着。

叶妃哭丧个脸："我不信皇上已经忘了我了！明明去围场之前还好好的，他当时对我们所有人都是好好的，虽然说不上多亲近吧，可也算是相敬如宾，本宫绝对不能容许锦贵人独得圣宠！"

"轻鸾，你就帮帮我吧，"叶妃不停地哀求着，"你看我都给你带了这么多好东西了，吃的喝的、摆件等应有尽有，只要你喜欢，我都能给你拿来！"

"叶妃，这不是你送我东西就能办的事儿。"毛豆子为求自保，还是不想答应叶妃的请求。

正说话间，全副武装带好防毒面具的素问便把毛豆子在小厨房吩咐的金橘炒韭菜端了上来："娘娘，您吩咐的菜炒好了，请您慢用。"

"知道了，下去吧。"毛豆子颇为得意地看着自己做好的这一盘"黑暗料理"。

"叶妃，你先消消火，吃点这个。"毛豆子热情地将盘子里黑乎乎的金橘给叶妃递了过去。

叶妃闻了一下，下一刻险些吐出来，急忙摆手："不必了，不必了。"

"跟我这么客气做什么，说好的好姐妹呢？"毛豆子犹自不觉，还以为叶妃只是在客气。

叶妃急忙推拒："轻鸾，如果你不喜欢我送的那些物件的话，我可以直接换成银子送给你，你看你日常需要做这么多好吃的菜，哪里不需要钱啊，对吧？"

毛豆子本来对钱财也没什么兴趣，但听着叶妃说自己需要做菜，想想也就觉得颇有道理。毕竟这段时间，皇上可是甚少给各个后宫花销，就连太后宫里去申领银子都被斥责好几回，可是节俭得很。

毛豆子想，既然皇上不肯召见叶妃，那就只有让叶妃想办法吸引皇上的注意力，一旦皇上对叶妃再起了兴趣，那么一切事情便水到渠成。

不过四五日的工夫，毛豆子就仿照着民间杂耍的样式给叶妃如法炮制了一双脚下带着四个用木块做成的轮子模样的鞋，并且与叶妃约定了在午后的御花园装作与皇上巧遇，重燃旧情。

叶妃千恩万谢毛豆子的"好主意"，便开始穿上练习起来，而毛豆子也时刻准备着去请皇上到御花园散步。

午膳过后，王勤通报"鸾妃娘娘求见"。

得了允许后，毛豆子便走进了殿内，这还是自从围场分别后毛豆子第一次见到离秋，可她总觉得有哪里不太一样了，又说不上来。

"鸾妃，有什么事吗？"离秋语气疏离。

"回皇上，倒不是什么大事，只是臣妾过来的时候瞧着御花园的花儿都开了，特别好看，想请皇上过去一观。"

"朕没兴趣。"

毛豆子并不气馁，又生一计："臣妾想请皇上过去自然也不是为了臣妾自己，是臣妾前几日听说锦贵人素爱紫华，而这季节花园里的紫华恰巧是开得最茂盛的，所以想请皇上亲自过去选几朵送给锦贵人，想必贵人定会分外开心。"

离秋听闻毛豆子如此说，这才把手中的奏章放了下来："鸾妃的想法甚好，如此朕便去看看吧。"

"是。"毛豆子如释重负。

毛豆子和离秋在御花园中左瞧右看，掐算好时辰，估摸这个点叶妃也该来了，便故意带着离秋走到了提前选定好的地方。

"皇上您看，这株紫华开得煞是好看呢。"

"是啊。"离秋果然走了过去。

叶妃也算是没有辜负毛豆子的一片心意，准时踩着鞋盛装滑了过来，本来事事都在毛豆子的计划之中，绝无遗漏。

可惜毛豆子只算差了一点，叶妃因为对皇上花痴一时疏忽，脚下一滑没有停稳，冲着毛豆子和皇上的方向就"飞"了过去，结果正不偏不倚地砸在毛豆子身上，而毛豆子因为叶妃的冲击力，又恰好推倒了离秋，三个人摔在一片花海中，没有美观，只剩尴尬。

离秋满腔怒火，站起身，拍拍衣服上的灰尘，不由分说就吩咐了王勤："传朕旨意，鸾妃和叶妃藐视君上，行事不端，带下去，统统赐死！"

"皇上？"叶妃看着愤然转身的离秋一脸蒙，想抓住离秋的衣摆求饶，手中却空无一物，只能任由离秋决绝离开。

毛豆子还来不及说上一句话呢，就被王勤吩咐下人不留情面地带离了御花园，与叶妃一同关在了一个破败的小屋内。

叶妃很是惊恐："轻鸾，怎么办啊？都是我不好，惹到了皇上，现在把你也牵扯进来了，你说我们不会真的就这样死了吧？"

"真的可能啊……"毛豆子叹了口气，显然也并未意料到离秋居然会如此喜怒无常。

"轻鸾，可我明明记得皇上之前不会这么决绝的，他对我们都很好，肯定不会因为这点小事就杀人的，可现在怎么会……"就连叶妃都发现了离秋不对的地方。

"谁知道呢？"毛豆子站起身，想看看有没有什么机会能逃出去，可惜转了半天，也只能看见从被钉死的窗缝中透进来的一点阳光，其他的，根本毫无出路。

就在毛豆子心焦不已的时候，忽然听到一阵开锁的声音，原来是沈括买通了守卫偷偷进来探望。

沈括疾步走到叶妃和毛豆子面前："你们怎么样？没事吧？怎么忽然会这样呢？皇上瞒住了所有人要杀死你们，要不是风筝当时恰巧经过御花园看见了这幕，连我都不知道。"

叶妃听着沈括的话顿时失去了所有生气："完了完了，看来这下是真的完了，皇上居然真的起了杀心，这下连我姑妈都没办法为我求情了！"

"也不算完，我这不是来了吗？"沈括将自己带来的三尺白绫递到二人面前，"可惜我一个人势单力薄，暂时只能想到这个方法，希望皇上能迷信天命，就此放你们一条生路吧。"

"你要我们自尽?"叶妃第一次看见沈括的三尺白绫,下意识地问出了这句话。

"自然不是!"沈括断然回绝,"这白绫是我拿早就腐蚀过的布料做的,根本禁不住人力,完全可以以假乱真。如果到时候你们没死成,那自然可以说成是天意,想来皇上也就不会为难你们了。"

"太好了!"叶妃重获生机,急忙拿了一条在手上。

"只是……"沈括忽然有些犹豫。

"怎么了?"毛豆子问。

"我先前在做这白绫的时候,特意拿了真正的白绫作比对,可惜时间过去太久了,风筝那丫头又马虎,我也分不清哪条是真的哪条是假的了,更不知道这两条里会不会有那条真的,只希望没有吧。"

沈括的话让叶妃重生的小火苗再次暗淡了下去:"怎么会这样呢?这要万一我们……"

叶妃所想的万一拿到真的那条确实不是危言耸听,可事情既然已经到了这份儿上,就只能大胆一试了。

毛豆子大义凛然地将另一条白绫拿在了手里:"算了,命由天定,沈嫔,还是谢谢你。"

"祝你们好运。"沈括匆匆将白绫交给二人便赶忙退了出去。

随着门外守卫的落锁之声,毛豆子和叶妃再次陷入了一片黑暗之中。

不到一炷香的时间,王勤便带着鹤顶红与白绫走了进来,恭恭敬敬地端到了叶妃和毛豆子面前:"两位主儿,收拾收拾上路吧,你们自己选。"

叶妃看着鹤顶红与白绫瑟瑟发抖,只能躲在毛豆子身后,毛豆子反握住了叶妃冰冷的手,看也不看王勤一眼,直接将手中的白绫向上一甩,准确无误地挂在了房梁之上。

毛豆子示意叶妃也将白绫挂上去，叶妃点头，踩上了板凳。

王勤也并没有多加计较，手中拂尘一甩，背过身去。

毛豆子和叶妃相视一眼，不约而同地将头伸进了早就打好的死结中，叶妃的白绫早就被腐蚀过，根本不会伤人，再加上一点重力的作用，没过一会儿便应声断裂了。

叶妃摔落在地，昏了过去。

王勤听得身后的动静，急忙转过身来，只见门口守卫的两个太监手忙脚乱地将叶妃扶起。

也许是人要倒霉了喝口凉水都要塞牙，毛豆子以为叶妃昏倒之后，王勤也会吩咐人将自己放下来，可惜千算万算毛豆子也没有想到自己竟然会完全被人忽略！

凄惨无比的毛豆子叫不出声，只能不停地蹬着小腿期盼有人看自己一眼，然而毫无用处，并没有人注意到她。

就在毛豆子不停地翻着白眼，马上要驾鹤西去的时候，不知道哪里来的一个暗器飞入恰好划破了毛豆子的白绫，毛豆子霍然跌落，大口呼吸着新鲜空气。

"谁？"王勤始料未及，赫然向外看去，却空无一人。

王勤向来执行皇上的旨意，赐人自尽的时候都是顺顺利利的，何曾见过这样的阵仗，犹豫之间急忙让内监去请示皇上的意思。

半炷香过后，一个小太监急匆匆地赶了过来："传皇上口谕，天意昭昭，叶妃命不该绝，罚叶妃回宫闭门思过，罚俸三月，鸾妃打入天牢候审。"

王勤听到内监传话后，便让底下的人带着叶妃离开，对着毛豆子做了个"请"的手势："鸾妃娘娘，跟奴才走吧。"

"我……"毛豆子对于这飞来横祸实在不知道该与何人诉说。

"娘娘还有什么话要说吗？"

"算了，走吧。"毛豆子知道此刻说再多已是无用，只得跟着王勤走了出去。

天牢内，哀号一片，毛豆子和王勤所过之处皆有无数的犯人从大牢中伸出手来，企图抓住这最后一丝希望，但都被王勤嫌弃地躲开了。

"求求大人，救救我吧，我只是偷了个包子而已，不能凌迟啊！我上有八十老母……"

"我只是个说书的，求大人放我一条生路……"

"我只是把字画进献给了皇上而已啊……"

听着这此起彼伏的哀号声，毛豆子不禁满是疑惑地问道："王公公，这些人听起来犯的罪都不大啊，何至于处死呢？"

王勤只是斜觑了毛豆子一眼，冷哼一声："那娘娘您犯的罪大吗？"

"我……"毛豆子一时语塞。

"可是照皇上这样处置下去，天牢很快就会挤得和集市上一样了！"

"不过是关两日就带出去处斩了，怎么会多呢？这些个人还都是前几个月遗留下来的呢，不知道之前皇上哪里发的那么大善心，居然都暂时搁置不提了。"

"那现在怎么又要处死了呢？"

王勤很快将毛豆子带入了一间牢笼："这我哪知道！"

"娘娘，有这时间您还是先关心关心您自个儿吧！"王勤将毛豆子送进去后便决绝地锁上了大牢的门。

牢内，身着囚衣的犯人们看到衣着华丽又被称为"娘娘"的毛豆子进来，都很是诧异，有几个胆子大的人还凑到了毛豆子附近。

"你是这宫里的娘娘？"

"嗯。"毛豆子点了点头。

"我看这宫里的娘娘也不比我们尊贵到哪里去啊,虽然锦衣华服的,可还是逃不过一个死字。"有些好事之徒还挺得意扬扬的。

毛豆子并未往心里去,满心里想的都是该如何为自己争得一丝生机,最好还能把这里的人都救出去。

有人嘲讽,自然也有人视毛豆子为最后的希望,一个小女孩凑到毛豆子旁边,稚声稚气地唤了句:"姐姐。"

毛豆子低下头去,才发现只是个七八岁的女童,她不禁心生怜爱,俯身蹲到和女童差不多的高度:"你叫什么啊?"

"我叫怜儿。"

"怜儿,你怎么会在这儿?"

怜儿忽然放声大哭起来:"那天皇上出巡,我在街上踢毽子,不小心碰到了其中的一个护卫,然后,我、我就被抓来了。爹娘求了官府好多回,可惜都无济于事。"

随着怜儿的话说出口,好多人也跟着七嘴八舌起来:

"我也不过是爱字画而已,不知怎的就惹了皇上动怒?"

"我本是金陵城里本本分分的生意人,就是因为一句茶余饭后的谈资,便被府衙抓了进来,马上也要小命呜呼了!"

"是啊,这皇上前段时间性子变得很温和,我们还都以为马上要被放出去了呢,可谁承想没过上几天清闲日子,就要被推到法场斩首了!唉!"

满天牢里的人都在唉声叹气,有好多女子已经忍不住落了泪。

毛豆子看着大家灰心丧气的样子,也大概意识到了这件事的严重性,但又只能暂且抑住烦闷的心思,坐在一旁凝神静气,思考应对之策。

战卿在未央宫中也焦急地来回踱步。素问同样如同热锅上的蚂蚁,仿佛下一刻就要燃起来，看着战卿不停来回走的样子，心中更加烦闷。

"小展子，咱这宫里就属你主意最多了，也与娘娘走得近些，你到底有没有想出方法来救人啊？"素问拦在战卿面前，看着战卿一言不发的样子，继续埋怨，"看来你是白受娘娘那么多关切和恩惠了！"

战卿本来不欲和素问计较，却奈何素问因为关心毛豆子数落起他，战卿一记眼刀对着素问就飞了过去。

素问顿时感到遍体生寒，赶忙闭上嘴不再说了。

"你在宫里守着，我去皇上那儿探探口风，兴许还能有一丝转机。"

"好。"素问应下。

僻静的回廊中，红羽自宫墙一跃而下，站在战卿面前："殿下，您先前已经帮毛姑娘划破了白绫躲过一劫，现在还要为了她去求皇上，您准备以身犯险吗？本来在未央宫里您的身份就已经过于显眼，如果再惹怒了皇上……"

"红羽你最近的话可是越来越多了！"战卿深深地看了红羽一眼。

红羽低下头去："我只是在关心殿下。"

"我决定的事情你无须多过问，交代你的事办妥就好。"

"是。"红羽见阻拦不住战卿，只得任由他去。

战卿悄无声息地躲在了离秋宫殿外，没过多久就听到里面传来一阵瓷器摆件掉落在地破碎的声音，同时还伴着离秋的怒吼。本来站在殿外的王勤匆匆走了进去，将所有宫女内监带了出来，又合上了殿门。

眼见宫殿内空无一人，战卿蹑手蹑脚地走了进去，希望能对皇上的真实心意探听一二。

然而天有不测风云，以往对战卿的轻功一无所知的离秋忽然警醒起来，在战卿踏入内殿的第一刻起便起了疑心："谁在那儿？"

战卿不想暴露自己的行踪,便躲在了屏风背后。离秋却明显觉察到了他人的气息,手持长剑,一步步向着屏风方向走了过来。

战卿已然是退无可退,与其被离秋当场发现,倒不如先下手为强。战卿蒙上面纱便冲了出去,义无反顾地迎上了离秋的剑刃。

战卿本欲快速逃离,免得徒惹事端,却没想到离秋依旧不依不饶,势必要与战卿一较高下。战卿不得脱身,只能与离秋在殿内缠斗。两人打斗的声音很快便惊动了周围的护卫,大批人马朝殿内赶去。

离秋听得外面护卫的呼喊之声,更觉胜券在握,出剑越发狠厉,却始终不伤战卿分毫,分明是有意活捉此人。

时间紧迫,战卿为防事迹败露,只得一掌拍向了离秋,离秋吃力,后退几步,跪伏在地,只能勉强用长剑支撑着自己的身子不倒下去,战卿趁机逃离了清央殿。

等王勤率护卫赶到的时候,殿内早已没有了战卿的踪影,只有离秋一个人撑在地上,还晃了晃自己的脑袋,仿佛神志不清的样子。

王勤被吓得不轻,急忙上前将离秋扶了起来:"皇上,奴才救驾来迟,罪该万死。"

离秋反复眨了好几次眼,才算勉强看清王勤的脸:"什么救驾?朕好好的,你救什么驾?"

"皇上……"王勤不知道皇上这是怎么了,慌乱得不行,"奴才这就给您去请御医,您先坐会儿。"

"回来!"离秋断然叫住了王勤,"朕好得很,不需要御医,你让他们都退下吧。"离秋现在看见满宫里的护卫就觉得扎眼。

"是,臣等告退。"护卫瞬间都撤了个干净,离秋这才觉得心情好了不少。

离秋还在揉着自己疼痛不已的脑袋,就听见外面内监来通报,说锦贵人求见。

"她来做什么?"离秋不解。

王勤在旁殷勤赔笑:"估计是听闻了皇上您遇到刺客,放心不下才想过来看看吧。"

"不必了,让她回去吧。"离秋挥了挥手便坐在了龙榻上。

"这……"王勤对如此喜怒无常的离秋很是诧异,明明前几日还和锦贵人如胶似漆,怎么这么快就移情别恋了呢?

"朕说不见,没听到啊?"

"是是是,"王勤赶忙应下,吩咐着刚才进来的小太监,"皇上说不见,你去回了锦贵人吧。"

"是。"

离秋看着面前桌案上征战四方的图纸,瞬间觉得头更大了,问起王勤:"对了,毛……不是,苏轻鸾去哪儿了?怎么好像最近都没见过她?"

王勤听起离秋问苏轻鸾的下落,瞪大了跟玻璃珠子一样大的双眼:"皇、皇上,您把她赐死了啊!"

"什么?"离秋顿时拍案而起,"死了?"

"没有没有,皇上您少安毋躁。"王勤说话大喘气,"那天在御花园,叶妃娘娘为了博您欢心不小心冲撞了您,连带着鸾妃一起把您撞倒了,所以您一气之下就下了赐死二位娘娘的旨意。但叶妃娘娘命好,被赐死的时候白绫不小心断了,您说这是天意,就罚叶妃回去闭门思过。可鸾妃娘娘就不同了……"

"怎么不同了?死了?"王勤如说书般在离秋面前念叨着整个事情的来龙去脉,可惜一直没有说到点子上。

"那倒没有,您只是把她关到天牢里去了,说以后再审。"

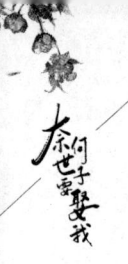

"那就好,那就好。"离秋如释重负地坐了下去,"王勤,摆驾,告诉大理寺卿,朕要亲自审问苏轻鸾。"

"是。"王勤应下。

身在天牢的毛豆子还不知道自己该如何脱身呢,就听到了自己要被提审的旨意,又不由分说地被带了出去。

看着满牢里的各种审问刑具,从带血的鞭子到铁链,还有火红的烙铁一应俱全,就连那火盆都还冒着火星子,似乎在迫不及待地要附在毛豆子身上,毛豆子忍不住打了个寒战。

牢外的脚步声越来越近,听在毛豆子耳朵里就像是一道马上要灵验的催命符,毛豆子满心里想的都是到底该如何挺过这一关。毛豆子思前想后最终决定:尊严算什么!能活着才是最重要的!好汉不吃眼前亏!

毛豆子从来言出必行,在离秋刚踏进牢中时,她便"梨花带雨"地扑了上去:"皇上,千错万错都是臣妾的错,臣妾悔不当初,不该扰了您的清静,让您在众目睽睽之下有失体统。臣妾保证,如果您再给臣妾一个机会,臣妾再也不会了……"

说到最后,毛豆子硬挤出来的几滴眼泪都被风吹干了,最后只能"假惺惺"地抹了抹眼睛,装作自己哭得很伤心的样子。

离秋看着毛豆子这副样子嫌弃得紧,如洁癖般拨开了毛豆子紧抓着自己衣摆的手:"假惺惺。"

"皇上,臣妾对您的真心天地可鉴啊!绝对无半句虚言!"

"真的?"

"嗯嗯嗯。"毛豆子不住地点头。

"那你发个誓我瞧瞧?比如说谎的话就死无全尸,遗臭万年之类的?"

"我、我……"毛豆子只得一不做二不休,"我发誓,如果我对皇上有一点不恭敬的心的话,我就、我就……"

离秋饶有兴趣地看着毛豆子:"你就如何?"

"我就……我以后做的所有菜就都没人吃!"

"你现在的东西也没人吃!"离秋终究还是没有按捺住那颗吐槽之心,"看来鸾妃是真的没有半分诚意啊,王勤,拉出去砍了吧。"

"别别别!"毛豆子急忙爬到了离秋的面前,"臣妾发誓,臣妾以皇上的天子之威发誓……"

"停!"离秋急忙打住了毛豆子的话,"朕的天子之威与你何干?你居然拿朕来发誓?"

"这才能显示出我爱您的心嘛。"毛豆子心里明明打着自己的小算盘,表面上还得装作对离秋毕恭毕敬的样子。

"如此一来,我们之间可就真没什么好谈的了,王勤,来啊,送鸾妃上路!"

"等等!"毛豆子一副视死如归的样子,"皇上,您杀我可以,但请您放过那些天牢里的百姓,您也知道,他们所犯之事根本无伤大雅,又何必施以重刑毁了所有人的小家呢?"

"你想救他们?"离秋心里已经有了盘算。

"是。"

"那好,我们便来谈一个交易吧。"离秋另有谋算。

"皇上请讲。"

"王勤,你先带人退下去,没有朕的旨意不得靠近。"

"是。"王勤依言退下。

看着王勤带着狱卒尽数退出了提审室,离秋站起身来,一步步逼近毛豆子。毛豆子坐在地上步步后退,最后被逼到墙角处。

　　毛豆子看着离秋诡异的笑容下意识地就抱紧了自己:"皇上,您、您可要自重啊!臣妾进宫以来一直是偏安一隅,对您可没有半分情意,臣妾、臣妾卖艺不卖身!"

　　离秋听得毛豆子如此说,云淡风轻的面容忽然一笑:"算了吧!我对你……"

　　离秋故作嫌弃地从上到下觑了觑毛豆子:"也根本毫无兴趣!"

　　"那就好那就好。"毛豆子终于放松了警惕。

　　"我可以答应你的请求把他们都放了,而且送你风光回宫。但是,你也要与我说实话。"

　　"好,臣妾必定知无不言,言无不尽。"

　　离秋优哉游哉地坐了下来,紧盯着毛豆子:"我需要知道的是,苏家三女苏轻鸾究竟去了哪里?"

　　毛豆子听得离秋这么问,一时之间不知道该说些什么,之前一个寒王就已经够心乱的了,怎么如今离秋也开始问起了这个问题?难道是他发现了什么不成?如果是他真的洞悉到了什么,那么他如此问的目的又为何呢?毛豆子头都想大了,也没想出个所以然。

　　毛豆子最后只能采取了迂回战术:"皇上您说的话臣妾怎么听不懂呢,臣妾不就是苏轻鸾吗?"

　　"朕,要听实话。"离秋继续逼问。

　　毛豆子无法知晓离秋的真实目的,只得继续打太极:"皇上,这就是实话啊。"

　　离秋站起身,背对着毛豆子:"我与轻鸾自小青梅竹马,她是什么样的脾性,我自是清楚得很,你虽与她模样相似,但断然不是同一个人。"

　　"皇上,您是不是这几日批阅奏折累着了啊?这天底下怎么会有您说的这么离奇的事情呢?定然不会。"毛豆子壮起胆子站起身来,跟在离秋身后。

离秋猛一转身,毛豆子的脸近在咫尺,把两个人都吓了一跳。

离秋最先缓神开口:"这世间再离奇的事情我都遇见过,你不过是顶替人入宫罢了,这点微末小事还算不得什么奇闻!"

"我……"毛豆子不知道到底该不该对离秋说出实话。

"你现在不想说我也不强求,朕会按照答应你的将那些人全部赦免,也给你三天在未央宫闭门静思的机会,三日之后,若你还是不肯说实话,就别怪朕留你无用了!"今天离秋对于"苏轻鸾"之事似乎极为重视。

"是,谢过皇上。"毛豆子虽然不知道离秋葫芦里卖的什么药,但多少还是有些计较。

Chapter 09
你长针眼了

回到未央宫后,表面上毛豆子是在静思己过,实际上却无时无刻不在想着离秋吩咐的事情,再想起这段日子以来离秋种种反常举动,忽然一个大胆的想法便在毛豆子脑海中浮现出来。

佛堂中,素问担心毛豆子的身体,拿了些吃食过来。

"娘娘,您将就着吃点东西吧,您都一整天滴水未进了,照这样下去,身子恐怕是受不住啊。"

"小展子呢?"毛豆子从回宫之后便不见战卿的踪影。

"这个奴婢也不知道,小展子昨日只跟奴婢说有事便急忙出宫了,您之前也告诉过奴婢,不用限制小展子,奴婢也就没有多问。"

"嗯,本宫知道了,"毛豆子想来战卿应该是忙于燕国之事,便没有多加理会,"素问你有没有遇到过一个人忽然性情大变或者和传闻中截然不同的事情啊?"

"您是说皇上?"素问压低了声音。

"我说得很明显吗?"

"不是您的问题,只是最近满宫里都在传,说皇上最近喜怒无常,有时候很暴躁有时候又比较和煦,前儿个锦贵人不是还去探望皇上了嘛,结果吃了个闭门羹,到现在还默默垂泪呢。"

毛豆子眉头紧锁,素问又继续说着:"奴婢在宫中时日不短,虽然从未在皇上身边侍奉过,但总能听好多宫人传我们这位皇上性情多变。一会儿沉浸于武学,对琴棋书画厌恶至极,一会儿又对名家字画爱不释手,很是奇怪。不过大家也都只敢私下里说说,没人真的有胆子去触皇上的霉头。"

听着素问的话,毛豆子即使再觉得自己的想法荒唐,都不由得要信上一二。但想着若是直接问离秋,离秋定然不会说实话,便心生一计。

"素问,你想办法在宫里散播些传言,就说本宫有一位举世无双的术士好友,近日正好云游至金陵城,可通晓鬼神,算人吉凶。最重要的是,他手上握有一本传世珍宝《清明画集》,囊括了百年来的字画经典。记住,务必将消息传得神秘莫测,一定要传到皇上的耳朵里。"

"是,奴婢明白。"素问也没有多问,只是照做。

毛豆子得意扬扬地笑了笑:"顾轻狂!我就不信你这次露不出马脚!"

素问办事果然牢靠,没过多久,整个宫里都流传起了这位江湖术士的传闻,更有甚者把未央宫的大门都堵得水泄不通,巴不得能借着毛豆子的关系与术士见上一面。毛豆子只好将宫门紧闭,只说是术士未遇到有缘之人,一概不见。

可惜避开了宫外之人,却无法避开锦瑟和沈括。

这日,沈括带着锦瑟神秘兮兮地找了上来:"鸾妃娘娘,你说的那

个术士在哪儿啊？也让我们见见呗，我就是想知道我什么时候才能以我的发明流传百世啊？"

"鸾妃娘娘，臣妾求术士一见，臣妾只想知道为何皇上对臣妾不闻不问，臣妾的心……"锦瑟说着，垂下泪来，当真是谁见谁犹怜。

毛豆子心里却清楚得很，如果现在的皇上离秋是顾轻狂的话，他当然会对锦瑟避而不见，毕竟，顾轻狂心中之人一直是苏轻鸾啊！

"我知道你们的心意，但可惜本宫说了不算啊，大师只说还未遇到有缘之人，若日后你们与大师有缘了，本宫定会为你们引荐。"

"真的吗？"沈括激动得很。

"真的。"

"太好了！"沈括的小眼睛还在不停地乱转，祈求能马上看到术士的身影，可惜一无所获，"臣妾就先谢过娘娘了，锦瑟，我们走吧，以后有缘自会见到的。"

"好吧。"锦瑟哭丧着脸离开了正殿。

素问递了盏茶上来："娘娘，如今我们这件事闹得这么大，不会真的惹出什么祸端吧？听说连太后那里都惊动了，只不过一直没有下达什么旨意而已。而且娘娘，您这么做，用意何在呢？"

毛豆子一时嘴快，差点将对离秋的猜测说出去，话到嘴边才被自己又咽了下去："素问，这件事知道得越少对你越好，你就别再问了，去看看宫门口的人走了没有，等人都散了，皇上的旨意也该来了。"

"是。"素问不再多问，退了下去。

素问刚走到宫门外不久，红羽忽然翻墙跳到了素问面前，还送了朵合欢花给素问："送你的。"

素问虽然被神出鬼没的红羽吓了一跳，但还是把花接了过去，嗔笑着："你又偷摘御花园的花！"

"不喜欢？"红羽听不出素问话里的笑意，有些惶恐。

"喜欢！"素问生怕红羽会错意，急忙开口。

"你喜欢就好。"红羽笑得痴傻，一直凝望着素问的脸庞。

幸好这一幕没有被毛豆子和战卿发现，若是被这两人发现了，估计得惊掉下巴。不过这素无交集的两人怎么会走到一起呢？这件事还要从围场之行前说起。

那日，红羽应战卿的召唤偷偷潜入未央宫，离开的时候还以为宫外无人，便放松了警惕，哪知道恰好撞上从内务府领完月例钱回来的素问。

素问大喝一声："你是何人？"

红羽担心与战卿的联系被人发现，急忙飞身准备离开。奈何素问担心自家主子的安危，还以为红羽是什么刺客，不顾危险便追了上去。

可素问毕竟是个女儿家，与红羽的脚力相差甚远，最后还因为着急一个趔趄摔倒在地，动弹不得。

红羽听见身后的动静，下意识回过身去，正好看到素问摔倒的样子。红羽脚下踌躇几步，最终还是耐不住心中良善，重新折了回去，扶起了素问。

"你还好吧？"红羽问着。

素问努力地转了转自己的脚踝，发现根本不能动，只要挪动一步便疼痛难当，只能对着红羽摇了摇头。

红羽看着素问受伤的样子，也不知道哪里来的勇气，一下子将素问抱在了怀里："我送你回去吧，找个御医看一看。"

素问长这么大哪里被陌生男子抱过，一下子就羞红了脸："男女、男女授受不亲，你放我下来吧。"

"我是行军之人，素来没有那么多陈腐规矩，况且你现在不过是个病人而已。"

"哦。"听着红羽坚定的话,素问只得低下了头,埋在了红羽怀里。

半晌,素问复又问起:"你……是这宫里的侍卫吗?"

红羽犹豫一下:"是。"

"你叫什么名字?"

"红羽。"

"还挺好听的。"素问话音落地,也正好到了未央宫门前,红羽将素问放在门口,就准备离去。

素问看着红羽的背影,不由自主地就喊了一句:"红羽,你话这么少,冷冰冰的,以后可是追不到女孩子的!"

红羽听到素问的话,脚步明显顿了一顿,旋即加快向前走去。

懵懂而澄澈的小欣喜就此在二人之间蔓延开来。

天色渐暗,围在未央宫外的人见今日无法求见术士,只能失望而归。

毛豆子在殿内急得团团转,心里还一直想着这个顾轻狂怎么能这么沉得住气?自己明明都把那本《清明画集》说得那么好了,他怎么还不下旨召见术士呢?

一炷香的时间过去,王勤总算是踏进了未央宫的门,并且通传了要召见术士的旨意,希望毛豆子能帮忙引荐。

毛豆子大计已成一半,欢喜得很,信誓旦旦地告诉王勤明日必定能请得术士与皇上一见。

王勤离开后,素问还是免不了为毛豆子担心:"主子,您这样做真的好吗?万一明天露了馅可怎么办呢?"

毛豆子偷偷将早就准备好的术士衣裳拿在手里:"放心吧,这事儿要是成了,以后你主子可就所向披靡了!"

"娘娘此言何意?皇上从此会对您宠爱有加吗?"

"也许吧。"毛豆子现在并没有十足的把握,担心告诉素问实情之后会连累她，干脆什么都没有说。

第二天一早，素问便装模作样地将伪装好的毛豆子引到了皇上的殿内，又布置好屏风隔开了毛豆子和皇上的距离，一时之间显得更加神秘。

"朕早先便听闻了大师的奇事，如今得见，果然是高深莫测，自带仙家气度。"

毛豆子在屏风后面竭力忍住不笑出声来，暗自欣喜：顾轻狂，没想到你也有花言巧语的一天啊！你都不知道是谁，说得倒是好听！还不是为了那本《清明画集》！

"皇上抬举了。"毛豆子故意放慢了语速，改变了自己原有的声音。

"朕听闻您这里有本《清明画集》，不知道能否一观呢？"

"自是可以，"毛豆子应下，又有些犹豫，"但是……"

"有何事大师尽可直言，只要能将《清明画集》赠予朕，无论大师有何要求，朕一定竭力满足。"

"我只是听闻大炎皇上不爱字画，甚至对字画很是厌弃，我只是怕所托非人啊。"毛豆子忽悠起人来倒真像那么回事。

"不会不会，"皇上急忙否认，"朕自是爱惜之人。"

"那这与草民所听到的就不同了，莫非，您并不是皇上离秋？"

"一派胡言！"

毛豆子现在就是完全把自己的脑袋放在了案板上，稍有不慎就可能满盘皆输，毛豆子不敢有丝毫马虎。

"出家人从不打诳语，从您进殿开始，贫尼便察觉到您身上并没有天子之气，一概前尘往事也已通透，若是您如此没有诚意，那么贫尼的画集自然不会交到您手上。"

许久，毛豆子没有听到皇上的回答，也只能装作静坐的样子，不再多言。

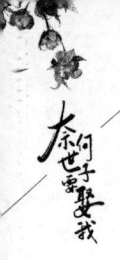

　　好像漫长的半炷香时间过去了，才听得皇上复开口："小生顾轻狂求大师指点，赐我画集。"

　　毛豆子闻言，瞬间所有的猜疑全部化为事实，一下子揭开了屏风："顾轻狂，果然是你！"

　　"毛豆子！"顾轻狂这才知道被骗，有些负气，没想到居然会两次栽在同一个女人手上！

　　"实话说，从围场之后，我便开始怀疑你的身份了，只不过一直不敢确认心中所想，今日，倒是明白了个透彻，白白让你耍了我这么久！"毛豆子再也没有惧怕，跷起二郎腿便坐在了椅子上。

　　"那……那本画集你是不是可以给我了？"顾轻狂明显对这个皇位毫无眷恋，还满脑子想着那本画集呢。

　　"骗你的啦！哪儿来的什么画集和术士！"毛豆子大大咧咧地将剥开一半的橘子递到了顾轻狂手里。

　　"你……"顾轻狂脸都被气黑了。

　　"顾轻狂，你也别觉得自己好像受了什么天大的委屈一样！不过是一报还一报！比起你赐死我，还把我关进天牢里，我这都算对你好了呢！"毛豆子想起平白无故被摆了一道还险些丧命就很是生气。

　　"我那天确实是不小心把你推下山坡的，可你也不至于这么记仇吧？真想要了我的命啊？可怜我一个女孩家听到你说苏轻鸾失踪了，还好心好意陪你去找呢！"

　　"不是我要赐你死的。"顾轻狂平复语气，坐在毛豆子旁边，忽然悠悠地说了这么一句。

　　"什么？"毛豆子不解。

　　"要赐你死的是离秋，关你进天牢的也是离秋。"

　　顾轻狂的话让毛豆子更加一头雾水："我不明白。"

顾轻狂长长叹了口气,整理了一下自己的衣摆,像是谈起一件陈年往事一般:"离家兄弟,世代双生,却隐于一个躯壳,也许这便是对离家祖上篡权夺位的惩罚吧。"

顾轻狂所说之事毛豆子之前也确有耳闻,听传言说原来的金陵城皇家本姓杨,数十年前,忽然爆发了一场政变,原大将军离殊以清君侧的名义揭竿而起,在皇宫中大肆杀戮,手段残忍,无人敢有怨言。

但离奇的是,离殊登基不久,只草率地做了两年皇帝就不幸驾崩,皇后诞下的唯一血脉离秋,自少时便被术士断言活不过而立之年。离殊不肯相信,问遍神佛,得到的却都是同一个答案,寻医问药,世间神医均无计可施。

毛豆子虽然在很小的时候听过此说,但都是过耳便罢,只当作是笑谈,今日未想,居然化为现实。

"所以,离秋尚武,你尚文,离秋性子暴躁,而你性情温和?"毛豆子惊讶地问出了口。

"是。"

"可是你为何会有'顾轻狂'这个名字呢?不该是随皇家姓离才对?"

顾轻狂闻言忽而叹了一句:"我虽与离秋双生,但对宫廷皇权之事没有丝毫兴趣,更喜欢外面自由自在的天地,所以跟了母后的姓氏为'顾',自起名轻狂。"

"原来如此,那你们两个究竟什么时候会互换呢?"

"这个……我也不清楚。"顾轻狂如实相告。

"真的没有办法能够解此困境,福寿绵长吗?"毛豆子一时之间还是接受不了铁一般的事实。

"没有。"顾轻狂神色落寞。

"一定会有的!"毛豆子忽然不知道哪里来的勇气,"顾轻狂,你不是爱着苏轻鸾吗?既然你还爱她,就应该好好活下去。我先前偶然听说苏轻鸾被寒王劫持,虽然下落不明,但应该性命还在。寒王还说她为了所爱之人宁死不屈,你就更应该好好活着等她啊!"

"我……"顾轻狂在毛豆子面前又恢复了那原本的样子,可没说完的遗憾终究化为一声叹息。

"我帮你,一定可以的。"毛豆子急急说着,素来热心肠的她不愿意让顾轻狂消失在自己的生命里,更想去成全顾轻狂与苏轻鸾之间的姻缘。

"好。"顾轻狂看着毛豆子如此认真的样子,终于抿唇一笑,算是正式相信了毛豆子的话,心情也随之舒展了片刻。

自从毛豆子知道了顾轻狂的困境之后,便日日闭门不出,一门心思地想着该如何帮助他摆脱这既定的命运,就连战卿叫了她好几次,她都没有缓过神来。

"豆子,你最近怎么了?心神不宁的,皇上不是已经把天牢里的人都放了吗?"

毛豆子出于朋友义气,还是坚守住了顾轻狂的秘密,没心没肺地笑了笑:"也没什么事啦,就是想静一静而已。"

战卿点了点头:"前些日子我收到眼线的消息,说王兄上次失手,很有可能会卷土重来,所以这段时间你要多注意一下,不管是膳食方面还是出行方面,最好都叫上我一起。"

"膳食?谁敢动我做的东西?"毛豆子不知道脑子里哪根弦搭错了,第一反应居然是要护住自己的"黑暗料理"。

战卿无可奈何地笑了笑:"放心吧,你做的那些,不会有人碰的,不小心碰上了可是要没命的!我说的是其他的。"

毛豆子不顾战卿的"嫌弃",撇了撇嘴:"那就好。"

在未央宫的这些天里,毛豆子夜以继日地倒腾着那些草药,药味儿已经熏到几乎每个人都带上了"防毒面具",但毛豆子依旧乐此不疲,毕竟现在的她心里只有一个念头,那就是给顾轻狂"续命"。

等到毛豆子的"大作"终于成熟的时候,素问已经在求神拜佛地谢天谢地了:"娘娘,您终于'出关'了!"

毛豆子得意扬扬地捧着一大碗黑乎乎散发着刺鼻气味的药汤:"是啊,你要不要尝尝?绝对能强身健体,延年益寿!"

"不不不,不用了,"素问连番摆手后退,"娘娘的好意我心领了,但奴婢身份卑微,实在承受不起这样好的东西。"

毛豆子犹自不觉,还以为素问说的是真话:"没关系的,我从来没把你当作下人看过啊,等我去看过皇上之后,若有剩下的药方,我重新给你做。"

"谢过娘娘。"素问看着毛豆子这么兴致勃勃的样子,也不好意思拂了她的好意,只能在内心期盼着毛豆子日后千万不要再记起此事。

毛豆子端着药汤一路小跑到清央殿,所过之处皆弥漫着"药香",有些忍受不了的宫女已经当场呕吐,不过这些,自然没敢让毛豆子看见。

毛豆子乐呵呵地跑进内殿,还没看到顾轻狂呢,王勤就已经迎了上来:"鸾妃娘娘安好。"

王勤刚说完这句话,便闻到了毛豆子手里捧着的药汤味儿,一个没忍住差点呕在毛豆子面前。

"王公公这是怎么了?身子不适?"毛豆子怎么也不会想到人家是被她的药熏的。

"无、无妨,"王勤捏住了鼻子,"娘娘,这是要送给皇上喝的吗?"

"是啊,顾……皇上在哪儿呢?"毛豆子一个劲儿地张望。

"皇上正在里面和太后闲话家常,娘娘还是等一等吧。"王勤本来声音就尖细,把鼻子一捏就更尖了,听在毛豆子的耳朵里更像是"嗡嗡嗡"的蚊子叫。

"可是再不喝,这药就要凉了啊。"毛豆子着急地来回踱步。

"您……"王勤刚想告诉毛豆子一句"您要不就倒了去吧",还没说完就见太后从里面走了出来。

"太后娘娘金安。"毛豆子想起上次无缘无故被太后派人暗杀的事情就心内生寒,但还是屈身行了个礼,不敢直视太后的目光。

"起来吧,你手中的这是什么啊?"太后用衣袖掩住了自己的口鼻。

"延年汤,用了好多草药精华做的呢,有人参、灵芝、鹿茸、天麻……"

毛豆子还没说完便被太后打断了:"你自己做的?"

"是啊,太后娘娘如果喜欢,臣妾再给您做一份。"

太后忽然像遭了瘟疫一样脸色难看:"不用了,你去送给皇上吧。"

"是。"毛豆子兴冲冲地走进了清央殿。

还没等毛豆子走到顾轻狂身边呢,顾轻狂老远便闻到了这汤药说苦不苦说酸不酸的怪味儿,急忙捏上了鼻子:"毛豆子,你这是什么啊?"

"皇上,臣妾自从知道了您的事儿之后实在是寝食难安啊,思来想去翻阅了无数医书,终于用上百种名贵药材给您做了这么一碗延年汤,定能强身健体,永葆青春!"毛豆子说着便端着药汤凑了上去。

顾轻狂眉头皱起,坐在榻上吓得一点点向后挪去:"毛豆子你暴殄天物就算了,如今还想拿这个给我喝?你这哪是延年益寿啊!明明是意图弑君!"

"皇上您言重了,臣妾是为了您好啊,您尝尝?"毛豆子锲而不舍地将药碗端到了顾轻狂嘴边。顾轻狂不小心闻了一下,差点没把午膳呕出来。

顾轻狂拒绝喝药,毛豆子又热心不已,斗智斗勇的两个人完全没有看见屋顶上的瓦片已经被人掀翻了一角,露出了红羽的两只大眼。

不一会儿,红羽便回到了未央宫,将所见所闻原模原样地告诉了战卿。

战卿努力抑制住脸上微怒的神色:"能听清他们两个在说什么吗?"

"恕属下无能,距离太远,听不清楚。而且皇宫中来来往往巡逻的侍卫很多,属下不敢过于张扬动静太大。"

战卿拍案而起:"这毛豆子现在的胆子可是越发大了!"

"殿下,您是否有什么吩咐?"

"继续盯紧毛豆子和离秋,有任何情况都要事无巨细地告诉我。"

"是,需要属下把毛姑娘带回来吗?"

战卿闻言一个栗暴赏给红羽:"你是不是傻啊?你现在把她带回来算怎么回事?堂而皇之地告诉她我看不惯她和皇上在一块,派你去偷窥吗?事情万一传了出去,我这世子的面子往哪儿搁?"

"是是是,是属下疏忽了。"红羽揉了揉自己的脑袋,发现自己在这种感情事儿上还真是一窍不通。

清央殿中,在毛豆子的软磨硬泡之下,她愣是逼着顾轻狂喝下了药汤,又不由分说地用手堵住了顾轻狂的嘴,一滴都不让他吐出来。顾轻狂忍了半天,终于尽数吞了下去,可药汤是进去了,肚子却开始不舒服起来。

顾轻狂性格本就柔弱,手无缚鸡之力,费尽力气才把毛豆子的手扣下来,疾步向外走去。

"皇上,您去哪儿?"

顾轻狂低身捂着肚子,无助地从牙缝里挤出两个字:"如厕!"

"哦。"毛豆子瞧着顾轻狂如此反应,想来也是这药汤没有什么大用处,只得不再看着他,转身回宫继续研究他法。

随着毛豆子与顾轻狂在一起的时间越来越久,宫里便开始传言"鸾妃娘娘得圣上恩宠,圣眷不衰,就连之前的锦贵人都被比了下去"。

毛豆子和顾轻狂明白事情缘由,对此流言并不在意,但满宫里除了叶妃之外,最坐不住的要数战卿了。然而每当战卿问起毛豆子为何与皇上关系密切时,毛豆子又不肯直言,只是以调理圣体为推脱,战卿只能一个人生闷气。

毛豆子一心沉迷于钻研各种药汤,小厨房里都会时不时传出各种各样难闻的味道,素问和一应殿内的宫女内监早就能有多远躲多远了,只是战卿想不明白个中缘由,还偏偏要去和毛豆子要个答案。

一来二去,他只能把毛豆子堵在了小厨房里,毛豆子依旧视若无睹,只是忙着自己手底下的瓦罐,不停地扇着微弱的小火苗。

战卿只得斜倚在一旁:"豆子,你都忙活了这么些日子了,要不就歇歇吧,免得离秋好了,你又要病倒了。"

"没事没事,就这点小事儿,还累不到我。"毛豆子丝毫没有听出战卿语气中的关心和醋意。

"你还要去找离秋几次啊?"

"嗯……"毛豆子掰着手指头计算着日子,"这个也说不定,我之前研究过好几服药,但皇上都觉得与圣体不和,我只能不断地尝试,也不知道什么时候能做完。"

"你之前可没这么关心过我啊!"战卿看着毛豆子的身影忽而有些惆怅。

毛豆子却全然不在意:"您呢,是燕国运筹帷幄指点江山的世子殿下,武功高强又有红羽这个贴身护卫,我自然没什么可担心的啊!我唯一需

— 144 —

要担心的,倒是跟你在一起的时候我自己的小命还会不会保住!"

"你……"战卿被毛豆子怼得七窍生烟,又不肯直接说出口,只得走到毛豆子身后,哪儿知道一句话还没说呢,毛豆子就端着汤罐猛地一转身,差点全倒在他身上,战卿只得怀揣着满腹怨气站到了毛豆子三尺开外。

"你不会真的对离秋暗生情愫了吧?"战卿小心翼翼地问出这句话。

"那倒没有,只是、只是……"毛豆子不知道该如何形容自己和顾轻狂之间的关系。

"只是什么?"战卿问得倒是快。

"只是出于朋友之间的义气相助罢了!对,就是朋友义气!"毛豆子瞬间都有些佩服自己的脑子,居然想出一个这么好的理由。

以战卿这么精明的样子,怎么可能会相信毛豆子这么简单的理由,况且要是说毛豆子与离秋有什么友情可言,那才会让人难以置信。

但毛豆子可没工夫管战卿相没相信自己的话,她端起药汤便准备去往清央殿。却没想到人还没出去呢就被战卿坚定地堵在了正殿门口,战卿张开两只手,严严实实地挡在了毛豆子前面。

"不许再去找离秋了,这是建议,也是命令!"

"命令?"此刻的毛豆子倔强得像一头拉不回的牛,"战卿,我与你之间是合作关系,我又不是你的下属,你凭什么命令我?"

"因为我……"战卿差点便一时口快说出自己对毛豆子的情意,幸好被毛豆子先行拦了下来。

"我不管你因为什么,和顾……皇上的约定我必须要完成。"毛豆子说着就要冲出殿内。

但万万没有想到的是,战卿情急之下拉住了毛豆子的衣袖不肯让她离开。毛豆子始料未及手下未稳,药汤一下子打翻在地。

毛豆子为了挽回自己千辛万苦熬好的药,下意识就想用手去接,而

战卿害怕毛豆子烫伤手,又要去阻拦。几番折腾,毛豆子脚下一滑,险些滑倒在地。

战卿担心毛豆子摔倒急忙去护,却没想到正好垫在了毛豆子身下,无意之中唇瓣一抹柔软落下,毛豆子和战卿皆未曾预料,彼此都瞪大了双眼,不知道该怎么做。

最后还是素问听到动静,她还以为毛豆子出了什么事儿,急忙赶了过来,却没想到和在后面匆匆赶来有事要和毛豆子商议的叶妃一起看到了眼前这一幕,两个人瞬间都呆愣在了原地。

叶妃和素问看到毛豆子看向自己的方向,几乎同时慌慌张张地用手蒙上了眼睛,异口同声:"我们什么也没看见,什么也不知道。"

毛豆子这才反应过来,急忙推开了战卿,整理好自己的衣服站起身:"那个……我们……这……"

毛豆子半天也没说出个所以然。

"我理解,理解,毕竟皇上他……他也不怎么来后宫,你想寻个安慰,是吧?"叶妃捂着眼睛还装作一副很懂的样子。

"不是你们看到的那样!"毛豆子急忙扯了扯战卿的衣袖,想让战卿解释给叶妃和素问听,然而战卿却故意装作一副无辜的样子,摊了摊手。毛豆子只能对战卿比了个"抹脖子"的威胁手势。

"叶妃,素问……"毛豆子不知道要说些什么才能让两个人相信。

而毛豆子解释的话还没想好呢,就听到叶妃和素问同时"哎哟"了一声,分别揉了揉自己的眼睛:"怎么这么痒啊?"

"我看看。"毛豆子担心两人是不是有哪里不舒服,急忙上前去看。

"你们……长针眼了……"毛豆子极其无奈地说出了口。

叶妃一听可不得了,急忙飞奔到毛豆子的梳妆台前一看,果然眼睑上起了好大一个包,叶妃忍不住叫苦不迭:"早在家里就听爹爹说过,看了不该看的是要长针眼的！果不其然！这下还怎么去见皇上啊？"

毛豆子跟在叶妃身后无奈地连连摆手："没什么不该看的，那只是个意外，意外……"

叶妃觉得形势既然已经这样了，干脆破釜沉舟："苏轻鸾，无论如何，你都要赔偿我这个损失！除非……除非你带上我一块去看皇上，要不我一定把刚才的事儿宣扬得后宫都知道！"

毛豆子这才感到苦难真正开始，本来以为叶妃好不容易消停了几日，现在倒好，又开始像块膏药一般粘上自己了。

毛豆子出于无奈要封住叶妃的嘴，只得答应了她："好，我以后去找皇上肯定带上你。"

"你最好了！"叶妃开心极了。战卿站在一旁似乎都有了些幸灾乐祸和如释重负的模样。

毛豆子在心中忍不住哀号：我上辈子是欠了什么债啊！

可还没等毛豆子带着叶妃去面见皇上呢，就听内监急急地传来了太后召各位主子去慈安宫小坐的消息。

Chapter 10
心悦你个头

慈安宫中，太后一直品着自己杯子里的茶，不发一言，在场的众人就像是等待被推上法场的犯人一样坐立难安，谁也不敢先开口，生怕太后的火燃到自己身上来。

太后目光威严地审视了一圈，最后落在了毛豆子身上，但旋即挪移开来，对着众人开口："哀家这次叫你们来，也没有什么大事。只是近日听闻宫中流言四起，说皇上已经好些日子没去过后宫了。哀家也问过清央殿的人，这段时间只说见过了鸾妃，对其他人都避而不见是吗？"

太后的问话让大家更加噤若寒蝉，谁都不敢出声。

"鸾妃，哀家所听到的，是否属实？"太后果然率先拿毛豆子开刀。

"回太后的话，臣妾近来给皇上调理圣体，确实去过几次清央殿，但是否只有臣妾去过，这就不清楚了。"

"一派胡言！"太后猛地拍了一下桌子，"若真像鸾妃你说的这么简单,为何哀家给皇上找御医过去看诊,御医说皇上身体根本并无大碍呢,既然没有大碍,又需要进补什么?"

毛豆子眼见太后盛怒,只能跪下去:"皇上确实没有什么大的症候,只是皇上近来总和臣妾提起心绪不安,虽是心病,但也得重视啊!"

太后瞥了花言巧语的毛豆子一眼,找不出什么理由怪罪,语气逐渐平缓:"自皇上登基起已有三年,除了锦贵人之外,你们五个是第一次大选入宫,侍奉皇上,为皇家开枝散叶是你们作为嫔妃的应尽之责。但哀家查过有关记档,你们几个侍寝的次数居然屈指可数!这成何体统!"

"姑妈……"叶妃哭丧着脸开口,被太后瞪了一眼,急忙改换了说辞,"太后娘娘,实在不是我们故意惰懒,是皇上根本不肯宣召我们,我们是有心也无力啊!"

听得叶妃如此说,锦贵人不禁跟着点了点头。可再看坐在一旁的沈括、温淑女和佟泠,却仿若事不关已般搅弄着手中的帕子,似乎都在数着这场训话究竟要到什么时候结束。

沈括头望房顶,满脑子都在担心自己小厨房里最新发明的"鹤顶绿",这"鹤顶绿"虽然与"鹤顶红"名字相似,却是完全不同的两样东西。"鹤顶红"要人性命,但沈括所研究的"鹤顶绿"却是个喝了能让人高兴起来的好东西,虽然有时候就连她自己都忘记了往里面加过什么配料。

而佟泠呢,无时无刻不在盯着太后殿外出出进进忙里忙外的内监和宫女,心里还在数着时辰,精确到几时几刻清楚得很。

温淑女素来性子豪爽,对于这样的场合早就已经坐不住了,但奈何太后在上,自己还要忍着,只是心里的想法早就飞出了九霄云外:这皇上有什么好,上次围场狩猎就连赛马都不上场,估计也是个武功泛泛之辈!无趣得紧!对了,不知道黄芪跟他师父出门回来了没有?我还等着他给我讲讲宫外好玩儿的事呢!

太后定然不知道大家的想法，还以为众人都在老老实实地听自己训话，继续开口道："皇儿也长大了，哀家说的话也总是左耳朵听右耳朵冒，哀家老了也提点不了什么，倒是你们，要想尽办法讨皇上的欢心啊！"

"是。"众人应下。

"但哀家也会稍稍嘱咐皇上一些，至于皇上究竟对你们有几分心思，哀家也就管不得了！"

"谢过太后娘娘。"众人"象征性"地表示了感谢，大多都期盼着赶快各回各宫。

"好了，你们都退下吧。"

"是。"

众人各怀心事地离开了慈安宫。

觑着所有后宫众人都走得没了踪影，一直站在太后身后的宫女才凑上前来："太后娘娘，这次是否还有什么吩咐？鸾妃娘娘那儿……"

太后咬紧牙关，想来是恨极了毛豆子："上次派木城去解决她，却没想到第二天就在荷花池里看见了木城的尸体，哀家明知这一定是苏轻鸾搞的鬼，却没办法惩治她，想想真是憋屈！"

"那我们还要不要继续找机会下手？毕竟只要有鸾妃娘娘在一天，叶主子就没办法赢得圣上的心，而您在朝野局势中也就更加举步维艰。"

太后闭目沉思，片刻之后缓缓开口："暂时先静观其变，上次木城死得蹊跷，就连苏轻鸾身后是何人助她我们都未可知，所以不要打草惊蛇。但皇上和苏轻鸾甚至丞相府那边都要盯紧，哀家不希望再有任何纰漏，你明白吗？"

"是，木青明白。"宫女赶忙应了下来。

这厢，毛豆子刚从慈安宫中出来，沈括就疾步跑到了毛豆子面前，将一坨像棉花一样的东西递给毛豆子。

"这是什么啊?"毛豆子不解。

"这个是我的镇殿之宝,我把它叫作护膝!"沈括得意扬扬地介绍着。

"护膝?什么意思?"

"我刚才看着你被太后罚跪,实在是太惨了。而且我瞧着太后看你的目光,没准儿以后还想怎么折腾你的!所以你拿上这个,等下次给太后请安的时候就偷偷缝在衣服里面,这样不管跪多久,膝盖都不会疼了!"

毛豆子感念沈括为自己好的心意:"谢谢你啊,还知道想着我。"

沈括却有些不好意思地挠了挠头:"你不用和我说谢谢,我这也是为了赎我上次欠你的罪。"

"赎罪?为什么啊?"毛豆子不明白。

"上次你和叶妃一起被皇上赐死,我给你们送了白绫,却没想到让你错拿了真的那条,险些出事,我心里也很过意不去。事后你宫里的小展子也严厉地数落了我一顿,还跟我言明了事情的严重性,所以我也是给你赔礼道歉的。"

"他居然敢数落你?"毛豆子很是惊讶,但听闻沈括如此说,心里终究是一暖,平素里看起来只知道"嫌弃"自己的战卿,原来也有暗自关心自己的时候啊!

"是啊,他当时可凶了,都把我吓了一跳呢!不过我也不是不明事理的人,他说得句句都在点子上,我自然也是听的,你放心好了,我没有为难他。"

"谢谢。"进宫许久,毛豆子经历了太多的如履薄冰,如此的真心实意让毛豆子从心底里觉得感激。

毛豆子虽然已经感受到了太后对自己频繁去往清央殿的不满,但顾

念到顾轻狂的身体状况,她也只能顶着慈安宫的压力去看望他。

正巧,她在清央殿外看到了来回踱步的叶妃。

"轻鸾!你终于来了!"叶妃热情地扑了上去,差点把毛豆子的药汤弄洒。

"怎么了?"

"我想去看看皇上,但皇上一直不让我进去,你带我一起去吧,"叶妃忽而坏笑,"你可是之前答应过我的啊!"

毛豆子看着叶妃不停对自己眨着的星星眼,只好应下:"走吧。"

"好。"叶妃欢喜得很。

清央殿内,顾轻狂看着毛豆子的到来,心安了不少,急忙迎了上去:"毛……"

"什么毛?"叶妃不明所以。

顾轻狂这才注意到躲在毛豆子身后的叶妃,急忙恢复了身为皇上的做派:"叶妃,你怎么也来了?"

"皇上,臣妾……臣妾担心您的身体,所以想来看看。"

"她……"顾轻狂悄悄在叶妃看不见的地方对着毛豆子使眼色,指了指叶妃。

毛豆子偷偷摆了摆手,示意顾轻狂无妨。

"皇上,臣妾听闻您圣体欠安,想来轻鸾的药也能减轻一二,臣妾喂您吧。"叶妃接过毛豆子手里的药便走到了顾轻狂身边。

依照往日,顾轻狂本可以躲闪开来,可奈何今日叶妃寸步不离身,顾轻狂内心不禁连连叫苦。

而毛豆子倒是乐得清闲,反而饶有兴致地看着这一切,没想到叶妃的到来倒是给自己帮了大忙,这下顾轻狂就算不想喝估计也躲不过去了。

在叶妃"热切"的目光注视下,顾轻狂只能装作甘之如饴的样子喝下了这碗黑乎乎的药汤。

"皇上,好些了吗?"

"嗯。"顾轻狂干笑着点了点头。

天色渐暗,看着叶妃和毛豆子都在清央殿内,王勤也乐呵呵地迎了上来:"启禀皇上,太后先前吩咐,要您务必担起皇室之责,前镇朝堂,后泽六宫。还请您今晚上选位娘娘伴驾。"

王勤在这个时候提起此事,叶妃自然是喜出望外,巴不得皇上能选自己留在清央殿。而毛豆子却在心里一边不断地埋怨王勤怎么哪壶不开提哪壶,另一边又暗自祈求顾轻狂一定要留下叶妃,自己好溜之大吉。

"朕身体欠安,无意于后宫之事。"顾轻狂一口拒绝了王勤的提议。

然而王勤却好似早就得了太后的吩咐一般,听得皇上的拒绝,他一下子就拜倒在了皇上面前:"老奴打八岁进宫,身家性命始终系于圣上一人,还请圣上怜悯老奴年迈,给老奴一条活路。"

"你怎么就不能活了?"顾轻狂不知道王勤为何忽然这么激动。

"昨儿个、昨儿个太后娘娘特意告诉奴才,如果不能让圣上恩泽六宫,就是奴才没有当好这个差事,就、就把奴才送去喂狗。"

看着王勤哭得鼻涕一把眼泪一把的样子,顾轻狂瞬间一个头两个大,只得再次看向了毛豆子。

毛豆子这次是绝对不肯再帮忙了,理了下衣服就准备遁走不管此事,还回头对叶妃比了个"加油"的手势。叶妃巴不得毛豆子离开,赶忙朝毛豆子使眼色。

本来以为所有的事情都安排得水到渠成,哪知道就在毛豆子前脚要踏出清央殿的时候,顾轻狂忽然开口:"王勤,去回了太后娘娘,今晚上就让鸾妃伴驾了,让她放心。"

"是。"王勤眼看自己保住了性命,长舒口气就去回禀太后了。

毛豆子哪顾得上顾轻狂的命令,还是准备溜之大吉,却被顾轻狂叫住:"你准备去哪儿?"

"我,呵呵呵……"毛豆子一阵尬笑,"臣妾这是喜不自胜啊,所以要回宫准备一下,省得搅了皇上的欢心。"

可顾轻狂怎么可能这么轻松地放过毛豆子这根"救命稻草",三步并作两步上前就拉住了她:"爱妃不必麻烦了,不管轻鸾你什么样子,朕都是心悦的。"

"心悦你个大头鬼!"毛豆子碍于叶妃还在场,又不能明显地表现出厌烦的情绪,只得压低声音啐了一句。

顾轻狂置若罔闻,还故意搂住了毛豆子,示意给叶妃看:"叶妃,你还有什么事吗?"

"你们……"叶妃一时之间不知道要说些什么,心痛自己痴心错付,又痛恨错信了毛豆子,袖子一甩愤然走了。

"叶妃……"毛豆子急忙追上去,却被顾轻狂拉住。

"你追她做什么?"顾轻狂不知道毛豆子怎么这么着急。

"我怕她说出去!"毛豆子急忙追到殿外,却早已不见叶妃的身影。

"说什么?"

"她……"毛豆子话音戛然而止,并没有告诉顾轻狂什么,生怕惹出更多的事端。

顾轻狂看着毛豆子焦急的神情,忽而像明白了什么一般:"你……你是不是背着我做了什么坏事?秽乱宫闱?"

"我……我没有!"毛豆子不知怎的忽然开始脸红起来。

"我知道了!你肯定是有意中人了,对不对!"顾轻狂恍然大悟的样子,"我觉得刚才你着急的样子怎么那么熟悉呢?其实和我当时拼命找苏轻鸾的下落是一样的。"

毛豆子挥掌便要向顾轻狂打过去。顾轻狂急忙躲闪:"毛豆子,你不许打读书人啊!"

"你还知道你是个读书人啊!"毛豆子不禁笑了一声,"敢情你第一次遇见我时'小生小生'的自称都是装出来的吧?现在这副样子才是你的狐狸尾巴!真不知道苏轻鸾是不是被你这副良善样子骗了的!"

"我这不是为了贴合离秋的身份,不露出破绽嘛!"顾轻狂不好意思地笑了笑,倒像那副老实样子,"我对轻鸾的心可是天地可鉴,自始至终没有骗过她半句。"

顾轻狂话音刚落地,王勤便走了进来,恰巧听到了后半句话,欣慰地笑了笑:"皇上您终于也开窍了,发现各位娘娘的好了,真是整个后宫的福气呢!"

"呵呵呵……"顾轻狂明明不是这个意思,但奈何被王勤听到了,还要装作确实喜欢毛豆子的样子,干笑着。

"奴才已经回禀太后娘娘了,太后她老人家看起来心情还不错,还吩咐奴才厚赏了未央宫上下……"

"你说什么?"不等王勤说完,毛豆子便如"垂死病中惊坐起"一般吼了一声,"未央宫所有人都知道了?"

"是啊。"王勤还满脸堆着笑,褶子都快成团了,"这是太后的恩泽,也是娘娘您的福分啊,请皇上和娘娘稍安,老奴退下了。"

王勤刚走出清央殿,毛豆子就如同疯魔一样来回在殿内走,嘴里还一直嘀咕着:"完了完了,这下真完了。"

顾轻狂纳闷得很,但还是坐在龙椅上嗑着瓜子,一副闲情逸致的样子。虽然顾轻狂现在的作为让毛豆子有种想上去暴揍一顿的冲动,但幸好她及时忍住了。

"怎么了?瞧你这慌慌张张的样子,怎么留在朕这里一晚上跟做了贼一样啊!不知道的还以为朕和你作奸犯科了呢!"

"我……"毛豆子负气坐了下来,"算了,跟你说不清楚。"

好些时候就连毛豆子自己都不知道怎么会忽然那么在意战卿的感受,在意到每次他出宫时都会担心会不会有什么危险,在意到他晚回来一刻,就要想自己是不是该出去寻他。

阳春三月里的第一抹桃色,她最想与之共赏的,是他。

盛夏八月里的第一株清莲,她最想与之观摘的,是他。

落寞十月里的第一枚红叶,她最想与之品看的,是他。

飘雪葭月里的第一束寒梅,她最想与之书画的,还是他。

除此之外,再无旁人。

哪怕天寒地冻,彻骨寒伤,能与他在危难时刻共赴生死的,毛豆子还自私地希望是自己。

仿佛有他在,这刀山火海,兵戎相加,便都可化作琴棋书画,共话桑麻……

有时候就连毛豆子自己都在嘲笑,所设想的这一切会不会只是自己的一厢情愿?而事实上,自己只是战卿棋盘上的一粒棋子,用之便弃……

顾轻狂走过去拍了毛豆子肩膀一下,把毛豆子吓了一跳:"怎么了?"

"天色已晚,我们将就着歇息吧。"

"这就一张床,怎么睡?你自己歇着吧,我一会儿回去了。"毛豆子可是一刻都不想在这里多留。

然而,顾轻狂却偷偷指了指守在殿外的王勤:"今天晚上你出不去了!"

毛豆子长叹口气,研究起王勤的背影:"顾轻狂,你有没有觉得很奇怪?虽说王勤是从皇上小的时候便跟在身边的,但他似乎处处都在听从太后的旨意,你说他会不会是太后派来的奸细啊?"

"应该不会吧,如果是这样的话,离秋早就该把他五马分尸了。"顾轻狂还是很了解离秋的性子的。

"如果是他无能为力呢？"毛豆子忽然抛出了这样一个问题。

"离秋那样一个无人敢惹的性子，还会有无能为力的事吗？"

"当今太后虽然是皇上的生母，一手将如今的皇上捧上帝位，但据坊间传闻他们二人素来不和，太后运筹帷幄多年，朝野遍布她的势力。而离秋呢，又是个喜欢事事亲为把所有的大权全部揽在自己身上的人，由此可见，这二人早已有矛盾也说不准啊。"毛豆子难得地智商上线。

"无情最是帝王家……"顾轻狂并没有回应毛豆子的猜测，而是自顾自地叹了一句。

毛豆子听到这儿却难得地笑了笑："你既与离秋是双生，岂不也是帝王家？"

顾轻狂嘴角轻扬："我虽然无法改变与生俱来的天子血脉，但我可以改变自己的心性，就像我对轻鸾，一心一意绝无二致，只愿以后能有机会携手田园，粗衣疏食，已然足矣。"

"可惜现在人心不足蛇吞象，燕国早已不仅仅安分于向我朝朝拜纳贡，寒王为了一己之私，为了争夺储位，不惜以轻鸾的性命相逼，想必燕国世子也定然不会善罢甘休，两人之间的争斗定会越演越烈。也不知我与轻鸾还能否有缘再见。"

顾轻狂虽然说这些话只是无意，只是在感慨所爱之人的命运，但这里的每一个字眼都像是千万根细针般来回穿梭在毛豆子的心尖上，哪怕是时过境迁，每次回想起来，都疼痛难当。

毛豆子不想在这个话题上继续纠缠下去，只得装作困倦的样子："好了，早些休息吧，你明日还要早朝。"

谁知顾轻狂的伤感倒是消散得比毛豆子还快，毛豆子的话刚说完，顾轻狂便飞速占领了床榻，还对着毛豆子明目张胆地指了指地上。

"你让我睡地上？"毛豆子惊讶不已。

"嗯，有问题吗？"顾轻狂此刻非常欠揍，"刚才你也说了，我明

天还得早朝呢,要是精神不济露出什么马脚或者批错了什么折子,你十个脑袋也赔不起啊!"

"你!"毛豆子才不是那么容易认输的人,上前就要把顾轻狂推下来,"你给我下来!"

纱帐撩动间,人影婆娑,这一幕恰巧被扒在房顶上的战卿和红羽看得一清二楚,两人听不清下面在说什么,又因为帷帐的遮挡看不真切,想当然地就以为毛豆子和皇上之间真的发生了些什么。红羽一言不敢发,只觉得身边的战卿气到头顶都在冒绿光。

"你出的什么馊主意?居然让本世子也来偷窥这等事?"战卿觉得很没有面子,斥责红羽。

红羽委屈巴拉:"殿下,是您听到消息之后主动和我说一起来的啊,您忘了吗?"

"我说的吗?"

"是啊。"

"我亲口说的吗?"

"亲口说的,属下听得真真切切的。"红羽还不知道战卿已经在愤怒的边缘。

红羽还没来得及阻挡的时候,便吃了战卿一个栗暴:"不许再说是我自己要来的!尤其要是豆子问起的话,你就说是你硬拉着我来的!"

"哦,知道了。"红羽揉了揉自己红肿的额头,委屈得很。

"那主子,我们要下去吗?"红羽好像从来就没有分清过什么该说什么不该说,或者说,他原来不爱说话,但自从见过素问之后,便不分场合地多嘴起来。

战卿很是无语,猛然踢了红羽一脚:"下去干吗!怎么说?说我们听人墙根?还是说英雄救美?"

"嘿嘿,"红羽傻傻一笑,"好像都不是。"

"你知道就好。"

然而战卿这一脚过于用力,年久失修的屋顶忽然有些松动,但因为战卿和红羽都在专心致志地看着下面的情况,谁也没有觉察到这一点。

等两人明白过来的时候,已经伴随着"轰隆"一声巨响摔了下去,战卿还算是武功底子深厚,平稳地站在了地上,而红羽却没有及时反应过来,像个八爪鱼一样趴在了地上。

毛豆子和顾轻狂被这一声巨响吓了一跳,看到不远处的两个"不明来客"更是一脸诧异。

"皇上,发生什么事了?"王勤听到内殿的响动,急忙贴在殿门口问道,又怕打扰皇上的休息,不敢进来。

顾轻狂下意识就要喊人,被毛豆子眼疾手快地捂住了嘴。

"没事,就是掉下来一个瓦片而已,明早再修补一下就好了!"毛豆子向外喊去,打消了王勤的疑虑。

"这个……也叫几个瓦片?"战卿向上指了指仿佛已经敞开半边天的屋顶,宛如一个办错事的小孩子。

"唔唔唔……"顾轻狂不知道来者何人,还以为自己小命不保,害怕得很。

毛豆子将顾轻狂的嘴捂得严严实实,另一只手还对顾轻狂做了个"抹脖子"的动作,示意顾轻狂把嘴闭上。

等到顾轻狂点头同意后,毛豆子才安心地放开了他。

毛豆子将顾轻狂推到一旁坐好,便开始盘问起战卿和红羽:"你们怎么会在这儿?在屋顶上偷听?"

战卿不好意思开口,用手捅了捅红羽的胳膊。

红羽会意:"是殿下……"

　　红羽还没说完就被战卿一个眼神瞪了回去,重新说:"是、是红羽怕姑娘有危险放心不下,所以硬拉着殿下来的。"红羽还特意把"硬"字咬得很重。

　　战卿闻言满意地点了点头:"就是这样。"

　　"我要是信你们我就是个傻子!"毛豆子才不信他们那一套。

　　"你现在也差不多。"许久未开口的顾轻狂忽然跟了一句。

　　毛豆子气极就要送他一掌,顾轻狂急忙听话地继续闭上了嘴。

　　"他是皇上离秋?"战卿为了避免毛豆子继续在刚才的话题上纠缠下去,也觉察到了皇上的不对劲儿,问出了口。

　　"是、是啊。"毛豆子还不肯说出实情。

　　战卿在顾轻狂身边来回环视着:"一个手无缚鸡之力,任由一介女子摆布,并且还忽然爱上字画的皇上离秋?"

　　"嗯。"顾轻狂无法分辨面前这个人的实力,一味躲闪,那股书生气便自然而然显露了出来。

　　"既是如此,那我便去告诉天下人,说皇上喜爱书画,让他们多多进献一些,也召集些文人墨客,好好进宫跟皇上叙事。"战卿说着就准备离开。

　　意料之中的,他被顾轻狂一下子拽住:"别召人进宫,万一离秋发现了,又要牵连无辜性命了!"

　　"如此说来,你承认你不是离秋了?"战卿一眼看透。

　　"这……"顾轻狂欲言又止。

　　"好了!我说了吧,他不是离秋!"毛豆子眼看事情已经到了如此地步,干脆和盘托出,将发生的一切都与战卿和红羽说了个明白。

　　"所以,你屡次来清央殿其实是想帮他的忙?"

　　"是啊,不然你以为呢?"

"我……"这次轮到战卿哑口无言了,"我什么都没多想。"

"那我怎么办?轻鸾怎么办?"顾轻狂最记挂的还是苏轻鸾的安危。

战卿思虑良久:"离家双生的解决办法一定不是寻常药石可医,我们可以慢慢研究解决之策。至于真正的苏轻鸾,定然还在王兄那里,我会尽力帮你查找出她的下落。"

"好。"顾轻狂放心不少。

战卿看着依旧站在原地的毛豆子,想起这些日子毛豆子不肯对自己说实话,还是有些小醋意:"走吧?你还不走真的想和他生米煮成熟饭啊?"

"我没有……"毛豆子有些羞赧,"可我们怎么走啊?"

战卿忽而一笑,不等毛豆子反应过来,便搂上毛豆子的腰向漏了的屋顶上飞身而去:"抓紧了。"

毛豆子心下一惊,生怕掉落下来,急忙抓紧了战卿。夜色中,战卿的笑容与星辰交相辉映,煞是好看。

这还是毛豆子第一次在这样的高度俯视整个皇宫禁院,忽然觉得有另一种与众不同的美,似乎感觉这四四方方的天也没有那样压抑了。

毛豆子忍不住由衷地叹了一句:"好漂亮啊,战卿,你看那儿,万家灯火真好看,还有那儿,夜里还能看见花呢!"

"你很喜欢?"

"是啊。"毛豆子点了点头。

"那我们就好好看看吧。"战卿也不知道哪里来的兴致,居然没有着急回宫,而是小心翼翼地将毛豆子放在了清央殿的房顶之上,静静坐在毛豆子身旁。

刚坐下不久,不知道哪家有了什么喜事,忽然在都城方向传来了一阵烟花炸裂之声,顿时映亮了整个黑夜,绚烂绽放。

"烟花！"毛豆子激动地站起身来，这还是她自从入宫以来第一次看到如此盛大的烟花景象。

毛豆子只顾着看远处的烟花之景，忽略了自己脚下凌乱的瓦片，差点跌倒，幸亏被战卿及时扶住："小心。"

"没事。"毛豆子脸上的笑容肆意绽放，仿佛这段日子以来这是她第一次发自真心的笑。

战卿怕毛豆子再踩到什么不小心掉落下去，只得将毛豆子锢在自己身旁，毛豆子只是轻轻看了战卿一眼，忽然一抹红晕浮现在脸庞。毛豆子害羞得不肯让战卿看到自己神色的变化，只得缓缓地依偎在了战卿怀里，静赏着这繁荣盛世，锦绣金陵。

这厢，战卿和毛豆子享受着彼此难得的甜蜜时光，可那厢却苦了清央殿里的顾轻狂，任由秋末里的冷风嗖嗖地往里面灌着不能说出口便罢了，就连想安眠一阵都是不能安稳，帷帐上的流苏时不时地拍打在自己脸上，一次次将他惊醒。

顾轻狂一气之下坐起身来，孤身一人靠在榻边，决定以闭目养神代替这一夜安枕。

却不想即使如此，还总能时不时地听到战卿和毛豆子在上方传来的嬉笑声，顾轻狂最终只能无助地哀号了一声："冰冷寒夜虐狗天啊！"

Chapter 11
惨遭二进"宫"

　　一连数日，顾轻狂为了躲避太后的"唠叨"，故意装作和毛豆子感情甚笃的样子，在御花园游玩的欢乐景象就快在宫里传遍了。战卿虽然很是不爽，但无奈出于大局考虑，只得每次都跟在两人身后。

　　但凡顾轻狂对毛豆子做出一点亲密的举动，战卿就会在身后重重地"嗯"上一声，到最后毛豆子都在怀疑是不是战卿感染了风寒要给他去找个大夫看看。

　　而这些被神出鬼没时刻在暗中观察的红羽看得一清二楚，他忍不住在假山后偷笑。

　　可还没等红羽笑出声呢，耳朵就不知道被谁狠狠地揪了起来。

　　"疼疼疼……"红羽看不见身后的人，只能一直这般求饶。

　　"你哪儿来的胆子听我们娘娘的墙根儿？说，有什么目的！"等来人松开之后，红羽才发现居然是素问。

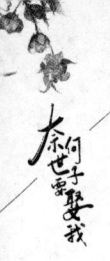

"素问是你啊,"这个自小在战场厮杀长大的少年居然在面对素问时还会害羞,"我、我没看什么,就是偶尔转转,转转。"

"没那么简单吧?"素问紧盯着红羽低下的眉眼。

"真的,没骗你。"

素问觉得从红羽这里也问不出什么,干脆不再纠缠:"算了,我看着你也不像个坏人,这次就放了你,以后不许再偷听我们娘娘的事儿了。"

"好。"红羽微微一笑,又不知道从哪里拿出一枚精致的簪花,"这个,送给你的。"

"给我的?"素问很是惊讶,连眼角都是笑意。

"嗯嗯,"红羽觑着素问的神色,"你喜欢吗?不喜欢的话我再换别的送你。"

"喜欢,喜欢。"素问欢喜地拿在手里,一刻都不肯松。

红羽刚想要再说点什么的时候,素问就看到毛豆子和顾轻狂已经走远了,急忙跟红羽告别:"红羽,我们下次再见,我先走了。"

"好。"红羽在原地笑得很是腼腆。

毛豆子和顾轻狂正在御花园漫步,忽然听到前方花团锦簇之处传来一阵嬉笑打闹的声音。

王勤赫然一声:"谁在那里?"

藏匿于花团背后的人不敢出声,好久才缓缓走了出来,居然是温淑女和黄芪!毛豆子顿时冷汗森森,感到旁边的顾轻狂整个人都在冒火,而且是绿油油的火。

"光天化日之下,成何体统?"还没等顾轻狂说话呢,王勤便开始先发制人。

"臣妾、臣妾……臣妾罪该万死,任凭皇上责罚。"温淑女虽然跪伏在地,但仍然是一副大义凛然的样子,还护住了身后的黄芪。

"你身后是何人?"顾轻狂问。

黄芪恭谨回话:"启禀皇上,微臣是御医院张御医的徒弟黄芪。"

"你们在这儿做什么?"

温淑女出身武将门第,从来不会遮掩,干脆就想挑明一切:"皇上,臣妾久在深宫,但对您没有……"

温淑女还没说完呢,忽然不知道从哪里飞来一个风筝恰好重重地砸在了顾轻狂头上,顾轻狂差点栽倒,幸亏王勤眼疾手快扶住了他。

可再次清醒过来的顾轻狂却像完全变了个样子,他用力地甩开了王勤搀扶自己的手,指了指跪在地上的温淑女和黄芪:"这是怎么回事?"

"皇上,我们日久……"

温淑女正要全部说出口的时候,毛豆子却在此时发现了皇上的不对劲儿,这哪儿是顾轻狂啊,分明就是离秋再现啊!

毛豆子赶忙拦了下来:"日久见人心!"

"什么?"皇上不明所以。

毛豆子急忙眼神示意温淑女不要再说话,自己的脑子飞转:"皇上,臣妾是说这宫里待久了啊,都得是日久见人心,就像温淑女对您的爱意,医徒对您身体的关切,都是日子长了才看出来的嘛。"

"就是这事?"皇上不肯相信。

"皇上……"王勤刚想开口就被毛豆子一记眼刀瞪了回去,"王公公的眼睛素来清明,想必也是不会看见什么不该看的东西,说错什么不该说错的话。"

"是,老奴也确实觉得日久见人心。"王勤听着毛豆子这赤裸裸的威胁,终究还是没有勇气说出真相。

皇上揉了揉自己被砸疼的脑袋,看向毛豆子:"鸾妃?你不是早该死了吗?"

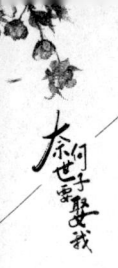

毛豆子本来还以为自己逃过一劫,但听得皇上这么问,脸色立刻黑了下来,暗自嘀咕:我毛豆子寿比乌龟,您死了我都不会死。

"你嘀咕什么呢?"离秋的火暴脾气可不是一个会被毛豆子轻易说服的人。

"臣妾……臣妾什么也没说啊,呵呵。"毛豆子干笑着,"是您生性仁慈,对下宽大,臣妾托您的洪福,才有幸在天牢里被放出来啊。"

"朕放的你?"

"是啊。"毛豆子无比"虔诚"地肯定着这一点。

此时的离秋显然不知道之前发生了什么,但为了维护自己的天子威严,只能装作了然于胸的样子:"既是如此,那你就更应该感恩戴德,勤勉修身。"

"是,臣妾谨遵皇上教诲。"毛豆子俯身行礼。

"王勤,随朕去看看锦贵人。"

"是。"王勤急忙跟在离秋身后。

看着离秋走远,毛豆子这才长舒一口气:"终于走了。"

温淑女还不明所以:"鸾妃娘娘,刚才是怎么回事啊?我看着皇上明明心情还不错,所以想着让他放我和黄芪一条生路。"

"那不是生路,是死期。"毛豆子现在已经全然确定此刻的皇上绝对不是顾轻狂,而是离秋。如若这等皇家丑闻被离秋知晓,恐怕所有在场的人都会性命不保,怎么可能好心好意地放人出宫?毕竟以离秋的性格,他定不会让自己身边存在一丝一毫的危险,只要发现苗头,必定斩草除根!

所以有时候就连毛豆子也在感叹,离秋这个皇上真是当得实属不易,这几次会面,从前朝到后宫,除了面对锦瑟之外,就从来没见离秋笑过,可见心中该是何等的苍凉。

"臣妾不明白。"温淑女不懂毛豆子此话何意。

毛豆子不能让此等荒唐事被外人知晓,只得搬出了君臣那一套理论:"自古皇家无情,你与黄芪本就已经挑战了皇上的底线,他怎么可能会成全你们呢?"

"那我们怎么办?"温淑女有些慌张。

"淑儿,无论如何我也定与你一起。"黄芪素来都是老老实实地跟在张御医身后,这次的勇气倒是让毛豆子对他有些刮目相看。

"我会想办法送你们出宫的,只是你们要耐心等待。"

"谢鸾妃娘娘。"温淑女和黄芪一起对毛豆子拜了拜,对未来也充满了期待。

等回到未央宫之后,毛豆子才算是承受了来自战卿和素问的连环轰炸。

"娘娘,你知道你刚才答应了一件多大的事儿吗?万一要是被皇上知道了,奴婢的性命倒没什么,可是您不能自寻死路啊!"素问是个忠心丫头,一直在为毛豆子着想。

"这次的事儿我知道非同寻常,但实在不忍心看着一对有情人做个亡命鸳鸯,放心吧,会有办法的。"毛豆子安慰着焦躁不安的素问。

战卿许久才开口:"只要你能平安无事,我一定不会阻拦。只是有一点我还是想告诉你,帝王家也并不都是无情之人。"

素问本来还坐立难安,听到战卿的这句话顿时来了精神,像看个外星人一般瞧着战卿:"你……好像很熟悉皇家事?"

"没有,"战卿急忙掩饰,"只是入宫这么多年,看过许多事罢了。"

"哦。"素问勉强相信了战卿的说辞。

先前的顾轻狂疏远其他嫔妃,日日与毛豆子在一起,如今这离秋又

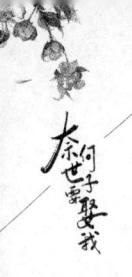

开始"移情别恋",对锦瑟一心一意,这两大奇闻倒让未央宫一下子成了炙手可热的地方,迎来送往的人络绎不绝。

毛豆子对贺礼之事尽数谢绝,但锦贵人始终是淡淡地应对着客套的宫人,而且似乎对不同人送来的贺礼都分门别类。

毛豆子站在殿门处,静静望着锦瑟言笑晏晏的样子,不知为何,总觉得她的笑容并非发自内心。

佟泠本来无意于这些后宫小事,但出于面子上的往来,又与锦贵人位分相同,还是亲自送来了贺礼:"小小心意不成敬意,还请贵人笑纳。"

锦瑟除了日常与毛豆子和沈括说上两句话之外,其他人几乎没有什么交情,甚至连句话都未曾讲过。

但锦瑟看得佟泠亲自前来,还是象征性地客套了一下:"泠贵人客气了,其实这些微末小事儿让那些宫人做就好了,你又何必亲自前来呢?"

佟泠毫不在意地摆了摆手:"我用不惯那些宫女太监,与他们也合不来,不过我看你倒是对他们调教有方的,前儿个还看见你在听雪亭附近训斥婢女呢,这点啊我还要跟你好好学学!"

"听雪亭?你怎么知道的?"

毛豆子和战卿虽然听不真切两个人在说些什么,但明显地看出了锦瑟情绪中的不安与紧张。

"我对这宫里所有人的时辰都记得特别清楚,可能是种天赋吧,"佟泠还有些扬扬自得的样子,丝毫没注意到锦瑟的不对劲儿,"前儿个巳时一刻,我看见你在亭子里坐着,没一会儿就走过去一个宫女,我看你很生气的样子,也没有打扰。"

"你听见我们说了什么?"锦瑟面色凝重。

"那倒是没有。"佟泠实话实说。

锦瑟这才释然地笑了笑:"不过是手下的宫女不懂事罢了,这才训诫了几句,倒让泠贵人看笑话了。"

"没什么。"佟泠将贺礼递给锦瑟便离开了未央宫。

毛豆子正想和战卿说起对锦瑟的疑虑,还没来得及开口,就被匆匆跑进来的素问打破:"主子,不好了不好了!"

"怎么了?"毛豆子急忙将素问带了进去。

"奴婢刚刚去内务府领月例,听几个宫女窃窃私语,说淑嫔娘娘已经被关进了天牢,皇上本来是想杀了黄芪的,但张御医一直求情,皇上看在他是两朝老臣的分儿上,才将黄芪和张御医全部赶出了宫。还不知道皇上是否知道了娘娘您替他们隐瞒的事儿呢!这可如何是好啊!"素问很是焦急。

"淑嫔现在有没有事?"

"应该暂时还没有,奴婢从王公公那里打听到,皇上可能准备借淑嫔的事杀鸡儆猴,给后宫众人立个规矩,估计淑嫔这次是在劫难逃了。"

"他们怎么被发现的?"毛豆子递给素问一杯水,示意她慢慢说。

素问润了润嗓子,继续开口:"听说皇上其实早有怀疑二人的关系,只不过一直引而不发,昨日皇上故意将淑嫔和黄芪都叫到了清央殿,又以黄芪诊脉不力的罪名试探淑嫔,淑嫔娘娘当即就为黄芪跪地求情,二人的情分已然尽显。"

"离秋……"毛豆子念了一遍这个名字,"果然不是个善茬!"

"那娘娘,我们现在怎么办?"

毛豆子深深觑着茶杯底的一抹青色:"兵行险招,故弄玄虚!"

"何解?"素问不明白。

毛豆子悄悄附在素问耳边,告知了素问整个计划:"走,我们去找下沈嫔。"

"娘娘,这太危险了!万一被发现……"

"富贵尚且险中求,更何况这是条人命?"看来毛豆子已经下定了

决心。

"娘娘……"素问虽然很是担心,但也只能跟上了毛豆子的步伐。

时移世易,不过三天的工夫,便传来了天牢里的温淑女喝鹤顶红畏罪自裁的消息,但在自裁之前,她还写下了很大篇幅的血书,字字句句都是对皇上的爱慕之心,全然没有半点对他人的倾慕。

离秋本来想最后去天牢中看望一下温淑女,却被宫里众人齐齐拦了下来,都是因为那个骇人的传闻:据传,温淑女这次走得很不安详,她一直觉得皇上错怪了她,但又不能申冤。也许正因为如此,温淑女最后离开的时候都带着浓重的怨气,关押温淑女的牢房至今未敢有人再进,更有甚者,说半夜三更还能听到传来的温淑女那缥缈的歌声。

离秋本是从来不相信这些鬼神之说的,但奈何众人为了皇上的龙体着想,几番阻拦,最后就连太后都明令禁止离秋去一探虚实,这件事便从此被搁置了下来,离秋最后也只能给了温淑女以妃位的名分下葬,承诺不再牵连家族。

未央宫中,素问悄悄在毛豆子耳边说了些什么,毛豆子欣喜万分:"淑女已经和黄芪会合了?"

"是啊,娘娘您小点声,隔墙有耳。"素问嘱托着。

"哦,"毛豆子急忙掩上了嘴,"确定没人发现吧?"

"娘娘放心吧,一路都是小展子亲自护送的,没有任何问题。淑嫔说让奴婢务必把她的感激之情带给娘娘,只是遗憾没办法亲自来当面致谢,可能以后也再没有机会见面了,但她会一直在远方祈祷娘娘一生顺意。"

毛豆子点了点头,甜甜地笑了笑:"不用她谢我,我本来就见不得两个有情人受委屈。"

"是娘娘仁心。"素问现在也是越发与毛豆子亲近了。

"对了,沈嫔那里怎么样?没疑心什么吧?"

"沈嫔娘娘日日忙着各种发明,自然没有心思掺和到这些事情中来,而且您当初去找沈嫔要'鹤顶绿',也是说了自己要用。"

"那就好。"毛豆子这下才算完全放松下来。

然而消停日子还没过上多久,毛豆子便再次惹上了一个大麻烦,起因便是毛豆子出去赏雪时偶然在假山中发现了佟泠的尸体,算上第一次被打入天牢,毛豆子这次可算是妥妥的"二进宫"。

好在碍于毛豆子宫妃的身份,天牢里的狱卒也并没有对毛豆子严加审讯,而只是例行询问。

"娘娘,您都到了这步田地了,要不就招了吧,别让我们这儿难办不是?"狱卒坐在木凳上,无奈地看着面前还毫不在意吃吃喝喝的毛豆子。

"招什么啊?"毛豆子又夹了口菜送进嘴里,"人又不是我杀的,你们该去查真正的凶手,而不是在这里和我浪费时间。"

"您要不是真凶,怎么还来这个地方了呢?"

毛豆子一口饭差点没被噎死:"本宫还想知道呢!明明没有一个证据指向我,我只是恰巧路过而已,就被离……皇上不由分说地抓进来了,这皇上是不是天生有暴虐倾向啊!怎么能这么断案呢!"

"这我怎么知道!"狱卒先前便听说过这位鸾妃的古灵精怪,自然也不敢随意接话,生怕哪句出了问题,掉落陷阱,小命不保。

"我唯一知道的是,若三日之内不能让您吐露出全部的实情,我就得为您陪葬!"狱卒从来都是整个都城中最卑微的人物,想来这种场面也见了不少,对沦落至此的达官显贵没有丝毫尊重。

"好,那我就再和你说一遍,今天晌午,我在未央宫中觉得太闷,便想去御花园走走,谁知道刚走到假山处,便听到里面似乎有些微弱的动静。我壮着胆子走了进去,发现了已经去世的佟泠,凶手已经不见了。

— 171 —

我刚准备叫人的时候,就已经有侍卫发现了我,把此事通报给了皇上,皇上不分青红皂白把我关了起来,事情就是这样。"毛豆子再一次和狱卒诉说了事情的原委。

"这个说辞你自己觉得满意吗?"

"满意啊,事实本来就是这样。"毛豆子理所当然。

"那您觉得皇上会满意吗?"狱卒在天牢里待久了,看惯了这些三十年河东三十年河西的腌臢事儿,都活成人精了。

"应该不会吧?"还算毛豆子有自知之明。

"那我信你又有什么用啊?"狱卒就快差气得跳脚了,"娘娘,皇上的脾气我们彼此都清楚,饶是我在这里做狱卒这些年,只要是皇上认定了的事情就没有一次翻案过。我劝您,为了少受些委屈,就认了吧。我呢,就多给您在路上烧些纸钱,也让您走得顺心些。"

"皇上如此行事岂不是会冤死很多人?"这还是毛豆子第一次听别人亲口说起离秋的作为。

狱卒少见地叹了口气:"那又如何呢?君权在上,宁可错杀一千,也绝不放过一个。"

"娘娘您就好好想想吧。"狱卒将鞭子复挂在墙壁上,离开了。

毛豆子虽然竭力想解了目前的困局,却发现眼前这个案件就如同断了线的风筝一般,让人抓不着,摸不透。行凶之人手法干净利落,现场没有留下一丝可以查证的东西,估计短时间内根本无法找出端倪,更何况,她只有三天的时间。

毛豆子在天牢内度日如年,战卿在未央宫中也并不好过。自从战卿知道了毛豆子的消息之后,一直都在查找着与佟泠有关的所有线索,可惜均一无所获。

转眼三日时间即过,狱卒早已没有了耐心,为了保住自己的性命,只能想尽办法逼着毛豆子就范。

狱卒全然不顾毛豆子宫妃的身份，吩咐两个手下将毛豆子结结实实地绑在了刑柱之上，沾了盐水的鞭子便要冲着毛豆子打下去。

说时迟那时快，就在鞭子马上要触碰到毛豆子衣襟的时候，突然一记石子打在了狱卒的手腕上，狱卒一时吃痛鞭子被甩飞出去，毛豆子分毫未伤。

"战……"毛豆子死里逃生，刹那间便要喊出战卿的名字，幸好话到嘴边看着身边的狱卒止住了，但盈盈几滴清泪还是没有控制住挂在了脸上。

"好了，没事了。"战卿轻柔地将毛豆子身上的绳子解了下来。

毛豆子先前受到惊吓，此刻竟然有些站不稳脚跟。战卿只得在众目睽睽之下轻轻搂住了毛豆子。虽然现在的毛豆子很想痛痛快快地抱着战卿大哭一场，但奈何人多眼杂，再多的委屈也只能咽在了肚子里，无法言表。

还没等狱卒问起来者何人时，王勤便通报了一句"皇上驾到"，众人手忙脚乱地接驾，狱卒也已经顾不得战卿是何许人也。

"苏轻鸾，你还有什么话要对朕说吗？"离秋很是厌烦这暗无天日的地方，似乎多待一刻都是对自己尊严的践踏。

"启禀皇上，臣妾确与泠贵人之事无关。"毛豆子显然是受到了巨大的惊吓，饶是毛豆子往常再怎么出馊主意，嬉笑胡闹，都没有经历过皇权斗争的昏暗，甚至根本不需要争辩什么，就已然定罪。

"好，很好，"离秋似乎平白无故对毛豆子便多了很多仇恨，"也多亏了你宫中还有个得力的人，小展子刚刚去求见朕，说在泠贵人遇难的假山上发现了一丝细微的划痕，看样子像朵梅花。他告诉朕这看上去像是宫外簪银坊的手艺，也许那里会有朕想查明的真相。"

"奴才定拼尽全力为皇上找到真凶。"战卿低下头去对离秋拱手相向。

离秋探寻般地看向战卿的眉眼,没来由地便觉得像极了一位故人,但他也并不敢断定,只得暗暗藏于心底。

"好,这次朕就再给你一个机会,七日之内,若鸾妃再找不出背后真凶,那只有用自己的命去摆平这个案子,听清楚了吗?"

"是。"毛豆子低眉应下。

看着离秋和狱卒退出天牢,毛豆子浑身的力气终于像尽数被抽走了一般,歪倒在战卿怀里。

毛豆子丝毫不敢懈怠,刚休息了半日,稍稍恢复精神便更换好便装与战卿一同出宫查案。

然而就在两人接近簪银坊的时候,还听说了一起坊间秘闻。

两个刚刚采买完首饰的大娘提着菜篮子刚走出簪银坊,便开始说悄悄话:"哎,你听说了吗?簪银坊的独苗又要娶亲了!"

"啊?又娶亲?现在还有人敢嫁给他?我可是听说他都已经娶过两门亲事了,结果两个新娘子都无一例外地在新婚当日暴毙了,听说死得可惨呢,现在还有谁家敢嫁啊?"

"话虽如此,但这簪银坊毕竟是这城里最大的买卖,还是皇商,为了丰盛的聘礼,自然想嫁进来的也不少!"

"谁会为了点银子连命都不要啊!"

"我听说这次簪银坊送去聘礼的是城东的一户农家,好像是姓柳,虽说这柳姑娘不愿意嫁,但奈何家境清苦,又有个弟弟,她爹娘愣是为了这些钱答应了这门亲事,我还听说这姑娘闹着自裁三次了都被拦下来了!"

"哎哟,那真是可怜了人家姑娘了!"

"可不是，但这种事儿哪是我们这种人家能管得了的啊，赶紧走吧，省得惹上麻烦。"

"走走走。"

战卿和毛豆子将二人的对话听得清清楚楚，不过也只是听过便罢，并没有打算料理此事。

毛豆子率先走到了簪银坊掌柜面前："掌柜的，我想请问一下您这里是不是梅花簪的做工很是出名？"

"是啊，姑娘想要定做簪子？"掌柜的对每个来买东西的都是笑脸相迎。

"我是想问一下每个卖出去的梅花簪是不是都有记档？最近可有宫里的什么人来买过这个东西？"毛豆子开门见山。

掌柜的听得毛豆子质询的语气，下意识地便合上了手里的账本："姑娘若是来买货的，我自然欢迎，不过姑娘若是想来打听买卖的去向，还恕我没办法告知，保护每个客人的隐私是我们店的职责所在。"

"你……"毛豆子有些生气，"我们是来办差的！"

"办差？"掌柜的丝毫不怵，显然是见过了不少的大风大浪，"请问姑娘有宫廷或者府衙的凭证吗？若是没有，还请恕我们不能接待！"

毛豆子出宫之前确实没有拿到任何官令，而离秋明显就是在有意难为毛豆子，巴不得毛豆子查不出事情的真相，做个替死鬼。

但毛豆子哪里是那么容易被打倒的人，转头就想到了另外的办法，拉着战卿走出了簪银坊。

离开之际，毛豆子恰巧和一男子打了照面，男子深深地看了毛豆子一眼，毛豆子犹自未觉，大步走出坊外。

"战卿，你还记不记得刚才有两个人说过簪银坊的少爷要娶亲的事儿？"

"记得,怎么了?"

"既然外人不能看簪银坊的记档,那当家少夫人总能看吧?"毛豆子已经心生一计。

"你想代替柳家姑娘嫁入簪银坊?"战卿与毛豆子心有灵犀,一点就透。

"是。"毛豆子应下,"我想拜完天地之后,便和他提出往来账本之事……"

没想到毛豆子还没说完,便被战卿断然回绝:"绝对不行!"

"但这是目前我能想到的唯一一个办法了,"毛豆子有些气馁,"我虽然看不惯离秋的做派,但我确实也不想让佟泠枉死,更不想让自己无故背锅,眼下只有这个办法可行了。"

"这件事我会让红羽想办法解决,你不必插手了,"战卿这次坚定地拒绝了毛豆子的想法,"豆子,你之前想做什么我都可以不管甚至陪着你去做,但这次绝对不行,刚才那两个人的话你也听到了,太危险了。我们现在都还不知道簪银坊的独子是个什么样的人,我绝对不能让你以身犯险。"

"以红羽的能力,偷偷翻进簪银坊应该不成问题,这件事就交给我吧。"战卿的话很是坚毅,一副不容许毛豆子质疑的样子。

毛豆子虽然没有继续开口,但心里早就坚定了自己的想法。战卿不肯让自己以身犯险,但自己更不想让战卿有一丝一毫的性命之虞。簪银坊与朝廷素有往来,事关重大,万一红羽或战卿的身份被簪银坊知晓,那将会惹来无尽的麻烦。

毛豆子故意偷偷利用飞鸽传书的形式将一个假消息递给了红羽,眼看着红羽又悄悄将此消息告知了战卿。战卿收到消息后信以为真,细细嘱托了毛豆子之后,便匆匆告别离开了客栈。

毛豆子眼见二人已经离开，随后便孤身一人去了城东柳家说明了事情原委。

"这……这恐怕是使不得吧，万一被簪银坊知道了，我们家岂不是会遭殃？我们年纪大了无所谓，可柳言不行啊！他还小，还需要钱读书，将来还要娶妻。"柳家爹娘的心里全然没有半分女儿。

"柳言使不得？那柳梢呢？就要为了你们这个家牺牲自己的命嫁进簪银坊？"毛豆子有些听不下去，忍不住为柳梢辩了两句。

"我们……我们这也是无能为力啊，"柳梢的爹娘低下头无助地搓着自己的双手，"您是哪位贵人？为什么要帮我们？还不贪图钱财，接济我们一家老小。"

"你只需要知道我不会对你们不利，其他的，不必插手，簪银坊送来的所有彩礼我分文不取，会尽数留给你们，你们只要保证不说出去，少让柳梢在外露面，我定不会与你们为难。"

"好好好，"这次柳梢的爹娘答应得倒是很快，"我们一定不往外说。"

第三日一早，毛豆子穿上早早准备好的凤冠霞帔，顶替柳梢的身份悄悄踏上了大红喜轿。

簪银坊门前，几乎尽是看热闹的围观百姓，只有几个惋惜之音混杂其中。

"唉，又不知道哪家姑娘要惨遭毒手了。"

"听说这柳家姑娘刚及笄之年，真是可惜了。"

"也不知道这簪银坊是怎么回事，可能就是天生注定无姻缘吧，又何苦强求呢！"

毛豆子充耳未闻，满心里只想赶快看到账本。从接过毛豆子手中的红绣球的第一刻起，簪银坊公子杜白便觉察到了不对劲儿的地方，但他仍旧引而不发，怀揣着笑意与毛豆子一同走到了正厅。

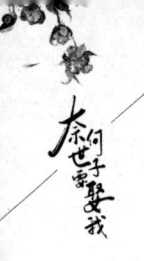

在媒人的"一拜天地""二拜高堂""夫妻对拜"的高声唱和中,毛豆子总算是和簪银坊少爷完成了所谓的大婚之礼。

毛豆子被送入新房,许久未听到其他人的声音,她小心翼翼地拿下了喜帕,确定四下无人后,手忙脚乱地在房间内翻找,奈何她对此地并不熟悉,找了半晌也没翻出要找的东西。

正在毛豆子锲而不舍的时候,忽然听到"吱呀"一声门响,她赶紧盖上盖头,规规矩矩地坐在了榻上。

来人似乎早就有所准备,忽而一笑照旧挑开了毛豆子的喜帕。

毛豆子一眼便认出了男子的模样:"是你?"

"姑娘识得我?"

"不……不太认识,是我看错了。"毛豆子虽然心里已经确信面前的人就是那日在簪银坊有过一面之缘的男子,但她还是装作没有认出来的样子。

"公子,可是刚忙完簪银坊的事儿回来?"

"是啊,簪银坊最近事情较多,就连大婚也没能好好陪你,是我的疏忽。"

"没事儿,妾身既然嫁了进来,日后也定能在账目往来上帮忙一二。"毛豆子还是想套出账本的位置。

但杜白早已经识出了毛豆子的身份,只是想知道她这场戏到底还要表演到何时:"我之前听闻柳梢姑娘对这些事毫不关心,怎么今儿个倒有了几分兴致?"

"为夫家着想,自是柳梢应尽的本分,"毛豆子继续问,"不知道账本放在何处?我能否先熟悉一下呢?"

"大婚之夜娘子不与我行周公之礼,反而想要看簪银坊的生意,倒真是件奇闻。"杜白说着坐到了毛豆子身边。

毛豆子内心里本能地燃起一股厌恶之情,默不作声地挪到了一边:

"我……我只是听过一些传闻,所以有些不安。"

"你怕你今夜也死在这儿吗?所以到现在还在和我演戏?"杜白干脆挑明了话头。

"我听不懂你在说什么。"毛豆子极力掩饰着。

"三天前,簪银坊中,你我有过一面之缘,所以我确定你一定不是柳梢,对吗?"

毛豆子又向相反的方向挪了一步,下意识地要离杜白更远:"那又如何?"

"所以你一定是顶替了柳梢的身份,想要来查宫里的案子,对吗?"

杜白见毛豆子不开口,自顾自地说着:"你不肯承认,那我继续来告诉你下一件,之前两个新娘的死确实是因为我,却是我被负在先。我也曾有过挚爱之人,但她居然是贪恋簪银坊的权势才装作与我琴瑟和鸣,而心里一直装着另外一个男子。所以,我恨这世上所有的女人,你们全部是不怀好意!于是你猜,我就把那些新娘子怎么样了?"

毛豆子看着早已疯狂的杜白,无言以对,只能想着如何脱身。

但杜白好似在炫耀一件无比传世的壮举一般:"我把她们全杀了,因为她们根本不配活在这个世上,更不配成为我杜白的心上人!"

"你真是个疯子!"毛豆子还是没忍住啐了一句,"那可是两条无辜的人命!"

"那又如何?簪银坊可是皇商,又有哪个衙门敢来查!"

杜白说完这些事对着毛豆子忽而猥琐一笑,凑上前去:"不过你不为名不为利只是为了心中的答案甘愿顶替柳梢,似乎与她们不同……"

毛豆子觉察到近在咫尺的危险急忙要离开,却没想到刚迈出一步便力不能及,瘫软下去。

"你下了药?"毛豆子从未想过会遭人暗算。

"对,"杜白坦然承认,"在你刚进簪银坊的时候我就已经开始怀

疑了,如果你放弃无谓的挣扎,或许我会好好待你,许你一个簪银坊少夫人的位置,如何?"

"卑鄙!"毛豆子竭力支撑着自己的身子,但终究无能为力。

杜白肆意欺身靠近,毛豆子用尽全力推搡着,却依旧无济于事。

就在毛豆子百般无助的时候,战卿猛然用剑劈开了房门,剑尖直指杜白咽喉。

杜白始料未及,又不知道惹上了哪路神仙,急忙跪地求饶。

"豆子,没事吧?"战卿急忙扶住了毛豆子歪倒的身子。

毛豆子浑身软弱无力,但还是不想让战卿担心,摇摇头示意自己无碍。

红羽飞身而入:"主子,簪银坊所有见过我们的人都已经灭口,剩下的都撒了迷魂香,睡着了。"

"好。"战卿应下,看了看身后毛豆子稍显凌乱的衣襟,赶忙将外衣脱下,披在了毛豆子身上。

"好汉饶命,好汉饶命啊!"杜白听得大势已去,赶忙求饶。

战卿刚想吩咐红羽就地解决了杜白,毛豆子忽然拉了拉战卿的衣袖,低声道:"账本还没看呢!"

"账本拿出来!"战卿强忍住心中怒气又留了杜白一炷香的时间。

"好好好,账本账本。"杜白慌慌张张去拿账本,递给战卿的时候还摔了个跟头。

战卿和毛豆子仔仔细细地翻阅了所有账目,到最后宫里购买梅花簪的记录只有一笔,就是一个名为"绣绣"的人。

"绣绣?"毛豆子努力回想着这个名字,"我好像曾经听锦瑟叫过这个名字,会不会是她的宫女?"

战卿点了点头,又把外衣朝毛豆子身上围了围:"先记下吧。"

战卿将账本扔回杜白面前,杜白奢求着战卿放自己一条生路:"求大人饶命,小人实在无意冒犯,求大人放小的一条生路。"

"无意冒犯?"战卿冷哼一声,"但你已经冲撞了,又当如何呢?"

"是小的有眼无珠,小的有眼不识泰山,无意之下冒犯了尊夫人,还请大人饶命,小的今后定克勤克俭,为您效犬马之劳。"

毛豆子听见杜白称自己为"尊夫人",脸上顿时有些泛红,又不肯被战卿看见,只得低下头去,埋在了外衣中。

战卿并没有反驳杜白的称呼,而是忽然问了一句:"刚才你用哪只手碰过她?"

杜白不明所以,又吓得只能实话实说,老老实实地举起了自己的两只手:"这个,也可能是这个,我记不清楚了。"

"记不清便留之无用!"战卿话音落地,剑光所到之处,杜白的两只手臂已经掉落在地,顿时鲜血淋漓。

战卿似是觉察到身边毛豆子的躲闪害怕,暖心地捂住了毛豆子的双眼:"别看,那是他应得的代价。"

毛豆子抓紧了战卿的衣襟,点点头,却不敢再看面前的杜白。战卿示意红羽后,红羽瞬间会其意,紧随其后干净利落地挑断了杜白的脚筋。

"拜堂之礼,所行之路,当断!"战卿不顾杜白的哀号,重重地放下了这句话。

战卿不想继续留于此地,抱起毛豆子便向簪银坊外走去,临走之际还留下两枚暗器戳瞎了杜白的双眼,想必是恨之极深:"能医便医,不能医便埋了吧!"

夜色中,红羽收拾好所有的残局,跟在战卿身后走出簪银坊,但对今日之事仍有诸多担忧:"殿下,我们这次行事如此扎眼,万一日后簪

银坊向朝廷汇报此事,我们要如何去说呢?"

战卿只是目光灼灼地看了眼怀里的毛豆子,坦然开口:"今日整个簪银坊都不知道我们的身份,他日若问起,全推说不知即可。"

"是,"红羽明了,"可是姑娘这次……"红羽多少还是有些责怪毛豆子故意放出的假消息,引来这场灾祸。

"我知道豆子是担心你我的安危与身份,你无须多心。"战卿柔情似水的眸子望向怀中的毛豆子。毛豆子羞赧万分,只得将头深深地埋在战卿怀里。

战卿终复言:"豆子既是我的无可救药,也是我的百毒不侵。吾心安处,唯她而已……"

Chapter 12
我的世子妃

    毛豆子与战卿回到皇宫后,将账目上的往来如实汇报给离秋。

    "皇上,依臣妾所见,应当立刻提审锦贵人身边的绣绣,以正视听。"毛豆子说出了自己的想法。

    离秋只是"嗯"了一声,便好似陷入了深思熟虑:"既是如此,便派大理寺卿董原与你们一同查案吧,务必水落石出,找出幕后之人。"

    "是。"毛豆子应言退下。

    毛豆子刚回到未央宫中,沈括便风风火火地闯了进来:"轻鸾,你没事吧?我听说你被打入天牢后着急坏了,可我从来只会守着自己手里的这些破发明,也想不出什么好办法可以救你。"

    看着沈括很是自责的样子,毛豆子宽慰地笑了笑:"好啦,我这不是已经没事了嘛,而且皇上说了这次还派了大理寺卿董原和我们一起查案子,素来听闻董原办案严明,想来是定然不会有什么疏忽的。"

"董原?你说那个大理寺卿董原?"沈括情绪忽然有些激动。

"是啊,怎么了?"

"我们是同乡啊!这下就好办多了,"沈括还在暗自欣喜,"小时候他家就在我们沈府隔壁,我们两个经常一起去玩,不过前几年我们家搬到金陵之后,倒是从来没见过了。"

"现在正好是个机会,你们两个还能叙叙旧。"

"是啊。"沈括满心期待。

沈括在未央宫中还没坐上多久呢,董原便听从皇上的旨意前来拜见毛豆子,只是进门第一眼便看到了宫内的沈括,疾步走上前来,似乎有千万句话堵在心头,然而最后也只能规规矩矩地行了礼:"参见鸾妃娘娘、沈嫔娘娘。"

"平身吧,"毛豆子虚扶一下,"听沈嫔说你们原是同乡?"

"是啊,一开始听说宫里有位叫沈括的娘娘,我还以为只是同名同姓呢,却没想到一别数年,再次相见,娘娘倒是出落得越发好看了。"

"当着轻鸾的面胡说些什么。"沈括不免嗔怪了一声。

毛豆子在旁看着总觉得两人之间似乎有哪里不太对劲儿,就像是彼此都有很多话却不敢说出口一般。

但此刻的毛豆子还来不及顾上那么多:"你与沈括既是故人,那也算是本宫的朋友。想来刚刚皇上也已经与你说过了泠贵人的事儿,本宫就没什么再需要赘述的了,希望在董大人的帮忙下我们能尽快了结此案,还泠贵人和宫中一个清白。"

"臣遵旨。"

本来毛豆子已经叮嘱完毕,准备带着董原去看看假山的现场,却没想到一下子被沈括拦了下来,沈括很是担心毛豆子的安危与此案的结果,又重重指点了董原一遍:"董原,轻鸾是我进宫后最好的姐妹,你可一定要好好发挥你大理寺卿的效用。"

"臣明白。"董原虽然看上去不过二十出头的年纪,但望向毛豆子和沈括的目光不知怎的,总渗透着一种为官多年的成熟,仿若一切官场事皆了然于胸。

毛豆子并没有多加停留,带上董原规规矩矩地调查起泠贵人的案件。在禀明皇上后,战卿第一时间将锦瑟的宫女绣绣关押了起来,等待毛豆子和董原的审讯。

然而在毛豆子屡次想一同与董原询问绣绣的时候,总会三番五次地被制止。

"请娘娘恕罪,实在是皇上有所吩咐,说娘娘玉体尊贵,不适合踏入这阴冷之地,还希望娘娘见谅。"

毛豆子顿时心生疑虑:"本宫曾经进过天牢两次,皇上彼时不觉得本宫尊贵,怎么现在倒担心起本宫来了?"

董原只是微微一笑,继续拦在天牢门口:"兴许是皇上回心转意,知道娘娘的好了吧,娘娘不必多心。"

毛豆子还欲再说,却被战卿轻轻拉住了衣袖,冲着毛豆子摇了摇头。她最终也只能怀揣着满腹疑虑回到了未央宫。

"你说什么?董原不让你去审绣绣,还说是皇上的主意?"沈括也觉得摸不着头脑。

"我去找他!"沈括路见不平就拔刀相助。

"算了!"毛豆子眼疾手快地拉住了沈括。

战卿这才慢慢说出自己的猜测:"董原只是大理寺卿,想必没有那么大的权力和胆量去说谎,他如今之所以如此执意阻拦,八成是得到了皇上的吩咐,想来这结果也必定会如皇上所愿。"

"你的意思是,皇上有意在包庇锦瑟?"毛豆子压低了声音。

沈括却不管是否隔墙有耳,仿佛还故意对着锦瑟寝殿的方向提高音量:"谁做了亏心事谁知道!"

"好了,小点儿声。"毛豆子虽然看着锦瑟殿门紧闭,但还是出于安危考虑提醒了沈括一句。

"如果这件事真的与锦贵人有关的话,那她才是杀害佟泠的幕后真凶,平时装得一副老实的样子,却没想到蛇蝎心肠!"沈括火暴的脾性自然是忍不得两面三刀之人。

"轻鸾,这件事就包在我身上了,我一定去跟董原讨个公道!"

"沈括……"毛豆子还是没能叫住沈括。

沈括靠着自己临时粗制滥造的宫令来到天牢门前,天牢守卫见沈括信誓旦旦的样子,居然未敢阻拦,直接放任沈括进入了天牢之中。

可等沈括偷偷摸索到关押绣绣的地方,听到这里除了董原之外还有第二个声音时,她才意识到此事的严重性。但奈何已经毫无退路,沈括只得隐藏在一旁静静听着,期盼着能有个机会逃离出去。

"说吧,你究竟是谁的人?"这分明是皇上的声音。

"奴婢从进宫开始,便跟在锦贵人身边,皇上您觉得我会是谁的人?"绣绣的身份明显不简单。

绣绣刚回完话,躲在外面的沈括便听见里面绣绣的一声惨叫,想来定是被用了刑,沈括忍不住打了个寒噤。

"朕知道泠贵人的性子虽然不惹是非,但还是喜欢监听宫中众人的消息,若不是你或者你的主子被她发现了什么,你又怎么会下此毒手?"离秋打定主意要让绣绣说出些什么。

趁着绣绣喘息之际,离秋再度开口:"不要跟朕说什么看不惯泠贵人受宠之类的话,自从泠贵人入宫以来,便是最不得圣心默默无闻的一个,

— 186 —

又岂会因此被杀？"

绣绣偏过头去，强忍着什么都不肯说出口。

"左右你的下场不过就是个'死'字，既然如此，何必不让自己走得痛快些呢？"离秋似乎并不着急，闲情逸致地看着早已因为受刑痛苦不堪的绣绣。

绣绣许久不再开口，离秋也失去了耐性，示意董原取来细针，对着绣绣的手指便要扎进去。

绣绣最终还是不堪受刑："等等！我说！"

"好，那你便悄悄地、一五一十地说给朕听。"离秋凑近绣绣，至于说了什么沈括已经听不清了。

沈括听到离秋说的最后一句话便是："送她上路！"

等离秋再次踏出天牢，沈括急忙向后隐去，希望能借着牢房的昏暗遮住自己的身影，然而离秋是习武之人，对气息极为敏感，下意识便冲着沈括的方向走了过去。听着渐渐接近的脚步声，沈括整颗心都提到了嗓子眼儿。

董原在这时恰巧走了出来，一眼便看出了隐没在黑色斗篷中的人影定是沈括无疑。

董原赶忙先行一步迈到了离秋身前："启禀皇上，绣绣已经解决，请问皇上还有何吩咐，是不是需要再审问锦贵人？"

离秋看着坚定地挡在自己面前的董原，没有说话，许久之后才开口道："不必了，瑟瑟的事情朕自己解决，回宫吧。"

"是。"离秋深深地望了一眼沈括所站之地，转身离开了。

离秋做事从来都是雷厉风行，刚用过午膳便来到了未央宫中，直奔锦瑟的殿内。

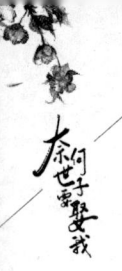

毛豆子以为一切都将水落石出与自己再无瓜葛时，却没想到这时候被董原找上了门。董原想来极是着急，进门的时候居然还不小心被门槛绊了一下，正好跌跪在毛豆子面前。

"董大人有何事，不妨慢慢说。"毛豆子虽然被吓了一跳，但还是不知董原此行为何。

"求娘娘帮帮我和括儿。"董原不住地磕头。

"沈括？你们怎么了？"

"今天一早，皇上和我一起去天牢审绣绣的案子，却没想到括儿竟然偷偷地跑了进去。皇上当时虽然隐而未发，但他定然注意到了括儿的身影，所以趁皇上要杀人灭口之前，还求娘娘能放我们出宫。"

"沈括知道了什么，皇上非要赶尽杀绝？"毛豆子和战卿对视一眼，已觉得兹事体大。

董原哆哆嗦嗦地跪在地上："括儿应该是什么都不知道，绣绣最后招供的时候，我依稀听见绣绣大概是受了寒王的指使才会如此行事，剩余其他的我也就没有听清了。当时括儿站在门外，按理说应当是什么都听不到，但我素来知晓皇上多疑，定然不会留得括儿的性命。是我实在无能为力给括儿平安，所以只能趁着皇上与锦贵人密谈之时，求助娘娘。"

"沈括人呢？"毛豆子意识到了事情的棘手性。

"应该还在偏殿。"

毛豆子当机立断："你现在速去偏殿与沈括说明这一切，战……小展子你去备马，我送你们出宫。"

"是，多谢娘娘。"董原立刻跑去了偏殿。

董原将沈括带来之后，毛豆子立刻吩咐沈括和董原分别换上了宫女和内监的装扮，又嘱托素问在宫内假扮成自己的样子，在内殿休息，只求能瞒过正在未央宫与锦瑟叙谈的离秋与宫门守卫。

虽然现下时间已然紧迫,但毛豆子出宫之时还是被护卫拦了下来:"什么人?"

战卿率先跳下马车:"鸾妃娘娘出宫采买,何人敢阻拦?"

"是鸾妃娘娘,属下眼拙,"守卫急忙行礼,"鸾妃娘娘出宫小的自然不敢阻拦,只是近来宫中戒备森严,还请恕小的需要检查一二,免得带了什么不该带的东西和不该走的人出去。"

毛豆子听得守卫如此说,就已然明白,定是先前离秋已经吩咐了什么,才使得他们如此谨慎。

但毛豆子依旧装作云淡风轻的样子:"既是如此,查便查吧。"

毛豆子轻声对坐在马车中的二人说了一句:"你们,低头扶我下去。"

"是。"沈括和董原一刻都不敢松懈。

董原先行下马,恭恭敬敬地低下头去趴在地上,充当毛豆子的脚踏,沈括在旁边低头搀扶着毛豆子的手缓缓走下马车。

守卫掀开轿帘,在马车上下翻找了一番,并没有看出端倪,最后只得眼睁睁看着毛豆子离开宫门。

马车渐行渐远,一路快马加鞭到了京郊之地。

毛豆子走下马车,又将两包银子递给沈括和董原:"山高路远,我们只能在此分别了,以后的路,你们两个要小心再小心,万不可再踏入金陵都城半步。"

"鸾妃娘娘……"沈括明显很是舍不得毛豆子。

毛豆子也只能拍了拍沈括的肩膀,柔声安慰:"若不嫌弃,就直接叫我名字吧。等以后你们安定下来了,就给我写信,我一定会挤出时间去看你们。"

"好,轻鸾。"沈括应了下来。

依依惜别之际,董原正要将沈括扶上马车,忽然一支利箭直冲着沈

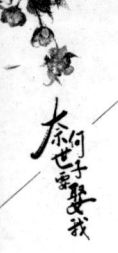

括射了过来,幸好战卿反应及时,猛然抓住了长箭,沈括这才免于重伤。

战卿看着箭尖上明显的"金"字字样,就已然明白:"是宫里的御林军!"

战卿话音刚落地,又是数箭齐发。毛豆子顾不得许多,急忙将沈括推上了马车:"董原,赶紧带沈括走!"

"是。"董原翻身上马,向前奔去,只留下战卿和毛豆子独自面对刀光剑影。

沈括很是担心毛豆子的安危,不顾马车的剧烈颠簸探出头去:"董原,轻鸾有危险,我们赶紧回去救她!"

"我们现在回去又有何用?括儿……"董原刚要再劝,却还没等他说出口,一支长箭霎时射入了马车内,与沈括擦肩而过。

董原大惊失色回过头去,生怕沈括受到一丝一毫的伤害:"括儿,没事吧?"

"我没事,我会回去和皇上说一切的罪责由我自己承担,与轻鸾没有半分关系。"

"你现在回去,不仅救不了鸾妃,更救不了你自己!"董原快马加鞭,"皇上派出的人明明是下了必杀之意,才会不由分说地放箭。"

"可是,我不能眼睁睁看着轻鸾因为我有性命之虞!"沈括说着便要冲下马车。

董原见已经跑出好远,再没有追兵赶上来,疾驰一段便停下马车,隐在了山林中。

沈括下意识地就要往回跑,想救毛豆子的性命,却被董原大力拉了回去:"沈括!深宫禁院,只有保全了自己,才有资格谈保护他人!这个道理我清楚,鸾妃娘娘清楚,就连鸾妃的身边人都明白!所以大家才会让我们先走一步,为什么你就不能懂?你现在回去只会给鸾妃添乱,我相信鸾妃娘娘吉人自有天相,一定会没事的。"

看着沈括的情绪渐渐平静下来,董原再次开口:"郎骑竹马来,绕床弄青梅。若我当年早就知道你爹爹会送你入宫,一定会不顾一切地随你去金陵,甚至先行一步去你家提亲。不过好在,兜兜转转,你还是回来了,所以括儿,答应我,别再走了,好吗?"

"我……"沈括面对董原突如其来的告白心意不知道该说些什么。

"我自小就知道你喜欢发明杂七杂八的东西,我也会一直接纳你的这些小心思,但是宫廷路艰险,一旦踏出便再难回头。"董原虽只虚长了沈括几岁,但官场数载沉浮,心智早已成熟。

沈括已然明白董原的心意,也知道现在回去并不能帮助毛豆子,最终只能无助地望向马车驶来的方向,默默祈祷毛豆子一切平安。

宫外硝烟四起,宫内自然也不得太平。

慈安宫中,木青附耳在太后身边告知了苏轻鸾擅自带着沈括和董原离宫的事情,太后瞬时喜上眉梢,总算是找到了一个合适的机会:"皇上已经派了御林军去截杀苏轻鸾了吗?"

"是的。"

"既是如此,那便更不能让苏轻鸾活着回宫!木青,偷偷派人去暗杀苏轻鸾,注意不要被皇上的人发觉。"

"是。"木青领旨退下。

本来只是几名御林军数箭齐发,战卿一人还能勉强应付得来。然而不知道从何时起,忽然混入不少蒙面黑衣人,出手更加狠厉,屡次要取毛豆子的性命。

战卿几番保护毛豆子之时,手臂也不慎被长剑划伤,但仍旧不敢松懈,一边抵挡着两拨人马的进攻,一边寻求着躲避之策。

就在战卿力所不及之时,幸亏红羽及时赶到,分散了一部分追兵的

攻击:"殿下别担心,属下已经发过信号了,我们的人马上就会来。"

"好。"战卿竭力抵挡着进攻之人,奈何终究势单力薄,而且明显还有一队人马直冲着毛豆子而去,对战卿和红羽并无杀意。

战卿和红羽被两面夹击,渐渐力不从心。

战卿全力御敌之时,并未瞧见从远处草丛中射出的暗箭,等毛豆子看到之时,已然为时已晚。

毛豆子担心战卿再出一丝一毫的差池,来不及多想下意识便挡了上去,箭尖瞬间扎在了毛豆子胸膛之上,鲜血淋漓,将整片衣衫都染成了殷红色。

"豆子!豆子!"战卿始料未及,急忙将毛豆子抱在怀里。

毛豆子强忍疼痛,努力抬起手想要触碰战卿的脸颊:"战卿,我……"

然而还没等毛豆子将自己的情愫和盘托出,那股钻心的疼痛便再次袭来,她难抵痛意,纤手滑落,终是吞没了所有未及说出口的话,昏迷在战卿怀里。

战卿正无助之时,幸好前来救援的人及时赶到。

战卿顾忌着毛豆子的安危只得让红羽留守此处:"小心安全,务必斩草除根,一个不留!"

"是。"红羽应下,战卿急忙带着昏迷的毛豆子飞身离开了。

等毛豆子再睁开双眼的时候,发现自己好似在一家客栈里。毛豆子挣扎着坐起身,一不小心碰到了伤口,顿时疼得脸色一白。她刚想下地,就被恰好赶来的战卿看到了。

战卿此刻的精神还很是紧张,急忙几个箭步冲过去护住了毛豆子:"你醒了?想吃什么我给你拿。"

"我……我也没想吃什么,就是想出去看看你们都还好不好。"毛豆子深知自己已经三番五次让战卿陷于危险之中。

"我没事,红羽也好,你放心吧。"

毛豆子凝视着战卿清澈的眸子许久:"对不起……"

"是我不懂事,一意孤行,这段日子一直让你们因我身陷险境,这次还险些丢了性命,"毛豆子终于鼓起勇气说出口,"你本来完全不必顾忌我的,是我拖累了你太多,你还是走……"

毛豆子话还没说完,便被战卿的两个手指放在了唇上,"嘘"了一声:"这些微末小事你无须放在心上,如果不是借助你的身份,我还没办法来到金陵皇宫探知金陵秘闻与皇上的一些消息,所以你大可把这种歉疚之心牢牢地放下去,再也不要提起。"

"可是……"

"好啦,没什么可是的,你的伤已经找大夫看过了,说幸好没有很严重,上过药休息休息就好了,我一会儿让苏轻虞来给你换药。"战卿想办法打消了毛豆子心中深深的愧疚之情。

"苏轻虞?她怎么会在这儿?难道……"毛豆子已然猜到一二。

"是,如你所想,她是其中一个眼线,听说你受伤了,觉得放心不下,所以想来看看。"

"她会放心不下我?"毛豆子对苏轻虞这个人还是有些知晓的。

毛豆子看着战卿变幻莫测的神色,忽而像明白了什么一般:"你不会是故意想让我装作懵懂无知的样子从她嘴里骗出些什么吧?"

"看来真是什么都瞒不过你啊。"战卿还装作叹息了一声的样子。

"哼,我就知道你不怀好意,怎么可能明明知道她另有所图还让她来看我,原来是早早便把我放在了棋局之上。"毛豆子冷哼一声。

战卿却觉得自己和毛豆子之间越来越默契了,还扬扬得意地对着毛豆子伸出了一只手:"合作愉快。"

毛豆子莞尔一笑,握上了战卿的手,还特意加大了力道,最后觉得一只手力气小,居然用上了两只,使劲儿捏上了战卿,每一个字都咬得

极其清楚:"合作愉快,呵!呵!呵!"

还没等战卿离开,苏轻虞便走了进来,还装作无意的样子:"两位的关系居然这么好啊!轻虞还是第一次见,不小心闯进来打扰了。"

"不小心?呵,故意的吧?说不定早就在外面偷听好久了!"毛豆子面上笑着,只在心里嘀咕。自从毛豆子在苏轻虞的设计之下被阴错阳差送进宫之后,毛豆子算是彻底明了了眼前的苏轻虞究竟是个什么样的人。

"二姐,你错意了,我们只是朋友而已。"毛豆子现在的假惺惺就连自己都觉得恶心。

反正就是装呗,谁不会啊!

"你给鸾妃上药吧,正好增进一下姐妹情意。"战卿离开房间,还偷偷对着毛豆子比了个开心的"剪刀手"。

苏轻虞对战卿点头示意后便走到了毛豆子身前,明明心里恨极了她还要装出表面温柔的样子:"自从妹妹进宫,我们也好长时间未见了,我和爹娘都想你想得紧呢!"

"宫中事务繁忙,没能回家多看看你们,是轻鸾的错。"毛豆子话上这么说,但心里想得完全是另外一副说辞。

爹不疼,娘不爱的,回去还不得被折腾死!毛豆子内心清楚得很。

"妹妹客气了,我给你换药吧。"

"好。"

苏轻虞拿出药粉,走到毛豆子身后,轻轻将绑好的纱布解开,却意外看到毛豆子脖颈上早已消失的胎记:"轻鸾,你的胎记去哪儿了?"

"什么胎记?"毛豆子明知故问。

"哦,无事,那可能是我记错了。"苏轻虞神色很快恢复如常,却早已在心中记下。

等苏轻虞给毛豆子换完药走出房间,战卿才来到毛豆子面前:"她发现了?"

"是啊,"毛豆子动了动自己还有些疼痛的肩膀,"我都表现得这么明显了,故意让她看见胎记的地方,她能不记着吗?"

"估计下一步她就会调集金陵城所有的眼线,想方设法地查出我的身份,之后你派人盯紧她,顺藤摸瓜,一定能将所有的眼线收复回来,"毛豆子想起战卿的性子,又改换了说法,"当然了,你要是觉得一次不忠,百次不用,就地正法也是可以的。"

战卿听着毛豆子的话,忽然不知怎的笑了起来。

"你笑什么呢?"毛豆子此刻倒觉得有些"瘆人"。

"我现在才发现,在我身边,最危险的居然是你。"战卿忽而不怀好意地看向毛豆子。

"你……什么意思?"毛豆子急忙很是防备地向后躲去,"就因为我猜中了你的计划,你不会是要杀人灭口吧?"

"我……我跟你说啊,你这样是犯法的知道吗?往常我是个厨娘就罢了,现在我可是皇妃你知道吗?我可是皇上的女人,我……"

毛豆子话还没说完就已然感到唇畔相依的一处柔软,而面前俨然是战卿放大几倍的面庞和那一如既往澄澈的眸子。毛豆子满是惊讶,眼睛瞪得老大,仿佛只有这样才能表现出此刻的她究竟有多诧异。

战卿许久才放开毛豆子,而毛豆子得到"自由"的第一反应便是用衣袖抹了下嘴,抬起手就想送给战卿一巴掌:"你敢占我便宜!"

但毛豆子哪及得战卿眼疾手快,她手还没落下呢就被战卿牢牢地攥在了掌心:"以后不许再在我面前提起其他男子,尤其是皇上,否则提一次,吻一次,永无休止!"

"你……"毛豆子挣扎半天也动弹不得,只得负气地噘起了嘴,一刻都不想再看战卿。

而此刻毛豆子满脑子里想的尽是——"今天真是丢人丢大了，怎么栽他手里了？我这巴掌是继续打呢，还是不打呢？要是不打的话，岂不是默认了我喜欢他？可要是打他的话，万一伤了他的心就更不好了。我该怎么办呢？以后可怎么见他啊？真是没脸见人了！"

不过一瞬间的工夫，毛豆子的脑子里就已经飘出无数个想法了。

"我记得你好像昏迷之前还有什么话要对我说？"战卿问道。

"我……我没什么话对你说。"毛豆子神色忽然一片绯红，战卿自然知晓了毛豆子先前究竟是何心意。

"你没有话说，可是我有，现在你面前只剩下两条路。"

"什么两条路？"

"一是死路，二嘛，就是两情相悦，心如磐石，他日嫁娶，为世子妃。"一瞧战卿这胸有成竹的样子，估计这小算盘便是早就打好的。

"那我选三呢？"毛豆子偏偏不想让他如愿。

"三就是直接在这儿，以天地为证，行大婚礼后，直接打包带走！"战卿在和毛豆子的往来中可从来没有输过。

"那算了算了。"毛豆子连忙摆手回绝，毕竟依着战卿的性子，她确信他一定是个说到做到之人。

"那你选几？"

"我……我不告诉你！"毛豆子羞红了脸，还没等战卿说话呢，便立刻朝着门外有模有样地喊了一句，"红羽！你来啦！"

毛豆子这招屡试不爽，战卿果然下意识地往门外看了一眼，其实空无一人。但就在战卿回头的这一刹那，毛豆子已然找准了时机，躺在了床上，闭上眼睛装作睡着了。

等战卿再回过头来的时候，看着毛豆子故意装睡的样子，他忍不住嘴角扬起，笑了笑："睡便睡吧，好好休息，我的世子妃。"

毛豆子虽然很喜欢这个称呼，但还是竭力装作什么都没有听见的样子，似笑非笑的，估计这表情在外人看来还得有几分诡异。

但战卿却是对毛豆子"王八看绿豆对了眼"，一味觉得毛豆子身上什么都好，还轻轻为她掖了掖被角，宠溺一笑后便走出了房间。

战卿离开之后，毛豆子才敢试探着睁了睁眼，看着四下无人，放心地坐了起来，嘴里反复嘀咕着战卿刚才的话："世子妃，我的世子妃……"

毛豆子脸上的笑意更盛，但还是噘起小嘴儿啧了一句："谁稀罕做你的世子妃！"

战卿和毛豆子这厢无忧无虑的，宫中却掀翻了天。太后派出的木青行动失败铩羽而归，看着木青的尸体也只能让人抬了下去，满腔怒火没地方发泄。碍于本来就师出无名，太后只得郁郁不得，就此罢休，等待下一个时机。

而离秋这边更没有这样简单，他怒火中烧，连锦瑟递上来的茶都被离秋扬了出去，杯盏破碎溅落一地，满殿宫女内监皆跪了下来，大气都不敢出。

锦瑟摆手示意众人退下，只剩自己一人陪在离秋身边："皇上，怎么今日忽然这么大火气？鸾妃娘娘不是还没回宫吗？"

"朕如何能等她回宫！"离秋怒气更胜，"本来朕觉得鸾妃只是胡闹无伤大雅，但这次唯一逃回来的一个侍卫却跟朕说，鸾妃身边有高手相助，这么一个神秘莫测的女人，朕怎能再留！"

锦瑟上前悉心为离秋捏了捏肩："皇上您是一国之君，要处死一个宫妃岂不是一件十分容易的事情？就算鸾妃娘娘回来，您也一定有的是办法，又何必忧心呢。"

"容易？"离秋目光怀疑地觑了一眼锦瑟，"朕与你朝夕相处这么多年，就连你偷偷为寒王效力，朕都不知，你觉得对于一个素昧平生的

苏轻鸾,朕又何谈'容易'二字?"

锦瑟自是精明,听得皇上如此问,急忙跪在了离秋面前,哭得盈盈垂泪:"皇上,寒王之事,确实是臣妾的过失,臣妾不该不知会皇上就擅作主张,求皇上责罚!"

离秋虽然为人暴虐,但对锦瑟的疼惜明显是刻在了骨子里,看得锦瑟哭泣的样子,心内不忍,上前便将锦瑟扶了起来:"后来朕也仔细想过了,上次你在殿内讲的其实不无道理,如今燕国对大炎虎视眈眈,而寒王又主动对大炎示好,甚至主动提出若他即位,必将保得大炎百年和平。既是如此,朕又何必舍近求远去支持一个并无实权的世子呢?"

"皇上圣明。"锦瑟复坐在离秋身边。

"只是这苏轻鸾如今甚是棘手。"离秋又蹙起了眉头。

锦瑟轻轻抚平了离秋的眉角:"臣妾之前偶尔听寒王提起过苏轻鸾,不知当讲不当讲。"

"你我之间素无虚言,直言便是。"

"臣妾曾听寒王提起过一些苏轻鸾之事,但当时听得也不甚真切,只是觉得寒王口中描述的苏轻鸾与如今的鸾妃娘娘判若两人。臣妾甚至大胆猜测过,如今的鸾妃娘娘会不会只是一个冒牌货?奈何臣妾也曾问过寒王,结果都被寒王否认,臣妾也无力追查,只得放弃。"

看着离秋忧愁的样子,锦瑟又给离秋递了杯茶:"皇上您如今烦忧的不过就是太后干涉朝政和苏轻鸾身份不明的事情,如果真正的苏轻鸾真的在寒王手上,我们便可以借助您的弟弟……"

想来锦瑟也已知道了离家兄弟双生之事,但离秋明显很厌烦别人在他面前提起顾轻狂与他的关系,就连锦瑟提起都被瞪了一眼。

锦瑟急忙转变称呼:"我们可以借助顾轻狂对苏轻鸾的情感,让顾轻狂倒戈相向,站在我们这一边,与您一起支持寒王共谋大业。如此一来,燕国世子就失去了一个最有力的倚仗,到时候的前朝后宫还不都是您一手遮天?"

"爱妃所言有理。"离秋听完锦瑟的一席话后,如获至宝地握紧了锦瑟的手,"爱妃的谋略,堪比当世的文人谋士啊!"

"皇上谬赞了,"锦瑟的笑意妖媚动人,"那臣妾就将皇上您的意思原封不动地转告给寒王,希望你们能一举锄奸,共享繁华。"

"好,甚好!"离秋很是赞叹,却殊不知自己早已被锦瑟蒙蔽了双眼,陷入了牢笼。

暗夜时分,宫墙处僻静角落,锦瑟戴着黑色斗笠按照原定暗号与寒王会合。

"怎么样?探听清楚皇上的心意了吗?"寒王开口询问。

"皇上自从知道了我与你之间的事情之后雷霆大怒,不过万幸的是,他最后也同意了我的说法,决定支持你夺回世子之位。"

听得锦瑟如此说,寒王明显松了一口气:"那便好,只是早知如此,大炎这皇上当初又何必签下那份父王递来的立战卿为世子的国书呢?"

"那份国书也不是他自己想要签的。"

"他不想签难道还有人逼他不成?"寒王的眸中尽是睥睨天下的傲气,心中早已不把离秋放在眼里。

"此事太过复杂,一时也说不清楚,总之你不必理会就是了。"锦瑟沉眸看向战寒,"我希望你还没有忘了我们之间约定过的事。"

"自然不会,深宫禁院哪里能装得下你的鸿鹄大志?"寒王轻笑着瞥了一眼锦瑟。

锦瑟没有在乎寒王语气中的"嘲讽":"苏轻鸾呢?人是不是在你手里?"

"苏轻鸾不是好好地待在未央宫里嘛,你莫不是因为前一阵被她调

查弄得四面楚歌了？那么一个大活人在你面前倒来问我？"战寒可不是轻易一"炸"便能吐露出全部真相的人。

"明人不说暗话，"锦瑟开门见山，"未央宫里那位明显不是真正的苏轻鸾，不是吗？"

寒王静默了一阵，复开口："你要苏轻鸾有何用处？别怪我没提醒过你，苏轻鸾和宫里那位可不一样，不惜命又倔强，你若是想用她去揭穿宫里那位的身份，恐怕会玉石俱焚。"

"我可没有那么愚蠢！"锦瑟啐了一句，"具体的计划我暂时不能告诉你，至于人你肯不肯交给我，只是你一句话的事儿。"

"苏轻鸾我可以交给你，但是你要确保自己的计策万无一失，否则我们不仅得不到世子之位，灭不了大炎，还会一损俱损，暴尸街头！你可要想清楚。"寒王不轻不重地指点了锦瑟几句。

"我当初既然决定与你合作，所做的每一件事都必定清楚来龙去脉、前因后果，不用你多操心。"锦瑟心中早有了自己的盘算。

"那就好，如此还是我多虑了，我会把苏轻鸾尽早交给你，你好自为之吧。"寒王话音落地，再次隐于暗色中离去。

Chapter 13
山雨风欲来

几日之后,毛豆子康复后与战卿一同回到了未央宫,前脚刚踏进宫门,后脚就收到了叶妃一个大大的熊抱,连着素问都在一旁哭哭啼啼的。

"轻鸾,你总算是回来了!我听皇上说你们出宫的时候被一拨不明身份的人追杀,幸好皇上派出的御林军及时赶到,才能救下你们。可沈括却不幸被箭射中,撒手人寰了,还好你没事!"叶妃上上下下把毛豆子看了个遍,"你哪里不舒服?受伤了吗?"

听得叶妃如此说,毛豆子已然知道这定是离秋晓谕六宫的说辞,但她也只能顺坡下驴,并没有打算戳穿离秋的话,更不想让叶妃卷入这样一场没有硝烟的战争。

"好啦,瞧你紧张的,我没事。"毛豆子安慰着叶妃,"你呢?我不在的这些日子你怎么样?是不是又去缠着皇上了?"

"什么呀,说这个我就生气。"叶妃负气地坐了下来,"皇上近来

一天到晚与锦贵人形影不离,我只要凑近一点他就对我愤然相向,还动不动就把我禁足在长乐宫,真是气死我了!"

瞧毛豆子只是笑着看她,并没说话,叶妃继续开口,语气中有着几分忧伤:"如今看这满宫里,泠贵人被宫女刺杀,淑嫔在天牢自尽,沈嫔又不幸殒命,就只剩下你我和锦贵人三人了。我与锦贵人素来看不对眼更不想多说话,你离宫的这几日,我几乎都是日日数着过来的,无聊得紧呢。"

毛豆子知晓泠贵人、淑嫔和沈嫔事情的真相,但怕波及叶妃,只好三缄其口。可是叶妃的话听在毛豆子心里,忽然有些不是滋味儿。

现如今外有燕国上下对大炎虎视眈眈,内有朝堂争斗一触即发,内忧外患交加一处,水底暗流波涛汹涌,此番景象实属多事之秋。

而在如此复杂的局势之下,也就只有叶妃对这一切一无所知,甚至还在天天想着如何讨皇上欢心。

想到这儿,毛豆子终究忍不住问出了口:"叶妃,你看现在宫里这么危险,就连沈嫔她们都难逃一劫,要不你还是暂时出宫去避避风头吧,你跟太后说明情况,她作为你的姑妈对你甚是疼惜,一定会答应你的。"

"避风头?我为什么要出去避风头?"叶妃下意识地拒绝了毛豆子的提议,"就算沈嫔她们很是不幸,可这并不代表着我也会重蹈她们的覆辙啊,我始终相信,只要我还在这座皇城里,还时不时地对皇上表明我的心意,他就一定会看到我的好的!"

"可是……"毛豆子还欲再说,却被战卿拦了下来。

战卿端着盏新茶恭敬地放到毛豆子和叶妃面前,又对毛豆子轻轻摇了摇头,毛豆子会意,只得不再说了。

"叶妃,天气冷,你喝点茶吧,这是我之前在宫外收集的新鲜露水泡的,味道很不错。"毛豆子如今也只能在心里祈祷叶妃不被波及。

"不用了,我宫里还炖着雪梨汤呢,想来也快好了,我还要给皇上端过去,就此告辞。"叶妃算着雪梨汤的时辰,快步跑了出去。

"素问,去送送叶妃。"毛豆子一来是担心叶妃的莽撞,二来支开素问也是因为有一些话要问战卿。

"是。"素问依言跟了出去。

看着素问离开,毛豆子才示意战卿坐下,有些不解:"你刚刚为什么不让我和叶妃说清楚啊?叶妃生性单纯,将来万一发生什么事,岂不是会有性命之忧?"

战卿缓缓呷了口茶:"你觉得就算你和她说明了真相,她会相信吗?就算她相信了这一切,你觉得她会离开这座皇宫吗?"

毛豆子听着战卿的话,陷入了沉默,许久之后才极其艰难地摇了摇头。

"我们都清楚叶妃不想离开并不是为了荣华富贵,而是因为她深爱着皇上。而恰巧正是因为这份爱,所以才让她心甘情愿地被锁在这座深宫里。就算你怕她出危险,强行将她送出了宫,待她遥遥相望之时,没准儿还会对你心生恨意。人性本就如此,没有亲身经历过一次,不把自己撞得头破血流,她是不会相信外人所说的好的。"

毛豆子纠结良久终于还是听从了战卿的话,哪怕心里再有万分的担心与无奈,最终也只能化作一声沉沉的叹息。

过完年没多久,便传来了燕国和熙公主前来和亲的消息,一时之间震惊朝野,大炎上下议论纷纷。

朝堂之上,以丞相为首主张同意和亲的一派与以尚书为首主张推拒和亲的一派争论不休。

"启奏圣上,臣以为燕国此次主动提出和亲乃是与我大炎示好之意,理应许了这门亲事,让大炎与燕国永结秦晋之好。"

"臣不同意丞相的说法。"尚书站了出来,"先前燕国一直向我朝

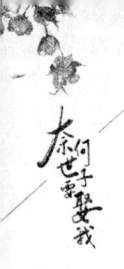

俯首称臣纳贡就罢了,可如今燕国实力与日俱增,已经许久未来朝贺,并且频繁与我朝边境有所摩擦,甚至几次传出开战之意,既是如此,我们理应怀疑这次和熙公主嫁过来的真实目的,是否为了探知大炎的兵力部署。"

"尚书此言差矣。"站在丞相身后的一名言官继续开口,"尚书关心国家危急存亡是好事,但是否杯弓蛇影了呢?且不说我大炎实力雄厚,远非一个番邦小国能比。就说燕国那位寒王,上次来觐见皇上依旧是毕恭毕敬,从未有任何挑衅之语,还不能够说明问题吗?若是他以后即位为燕国新王,想来也必定能对我们俯首称臣,保边疆百年和平。"

吏部侍郎闻言忽然冷哼一声:"自古以来先立嫡而后立长,如今的燕国世子乃是燕王正宫嫡出,虽说燕王正宫已逝去多年,但怎样都轮不上寒王来当家吧!再者说了,世子人选皇上当年早已亲笔签下敕令,你此时又搬出寒王,扰乱世子之位、燕国人心,莫不是早已被寒王收买?"

"你休要信口胡言!"刚刚说话的言官果然被吏部侍郎此言惊吓,生怕惹祸上身,急忙反驳。

看着皇上紧锁眉头的样子,丞相再次进言:"皇上,老臣以为,说到底,和熙公主不过是一介女子,燕国既然有此意,我们也不好驳了燕王的面子,若是担心出现尚书所说的其他目的,我们多派些人手盯住便可。只是若一味推拒,恐怕也会让燕王面子上不好看。"

离秋听着丞相"有理有据"的样子,深以为意,点头同意了丞相的说法:"丞相言之有理,就按丞相说的办吧。"

"是,臣等遵旨。"朝臣领旨退下。

前朝刚议事完毕,随后便被耳目传到了太后的耳朵里。

太后听闻大怒:"后宫中本有苏轻鸾一人就已经极为麻烦,如今皇上又要让燕国公主嫁入大炎,番邦女子成何体统?"

"太后息怒。"慈安宫的宫女吓得跪了一地。

刚刚报信的耳目对着满殿挥了挥手:"你们都下去吧。"

"是。"

众人急忙退下,如蒙大赦。

耳目上前轻轻为太后敲腿:"太后娘娘无须介怀,免得伤了身子。"

"木城、木青先后折在苏轻鸾手上,哀家怎能不痛心?如今皇上又听从了丞相的建议,同意了和亲之事,苏府一家岂不是今后在宫中更加耀武扬威?皇上要把叶妃置于何地?要把哀家置于何地?"

"太后有何吩咐,尽管交于木兰去做,木兰保证肝脑涂地在所不惜。"木兰对太后表明了忠心。

太后冷哼一声:"木城、木青的武功都是数一数二的,尚且未能得手,你素来只管探听情报之事,手无缚鸡之力,又如何杀得了苏轻鸾?哀家也不指望你什么了,现如今只有静观其变。哀家倒要看看这个新进宫的和熙还能翻出什么天来!"

"是。"木兰只好应下。

自从顾轻狂好久不出现之后,离秋每次下朝都是直奔锦瑟殿内而去,"两点一线"的生活甚是规律。

还没等锦瑟请安,离秋便先行一步将锦瑟扶了起来:"你我之间不必这些虚礼,我是怕你因为听说了和熙公主的事情伤心,这才下了朝便匆匆赶过来和你说明白。"

锦瑟闻言却是笑了笑,为离秋端去一盏茶:"皇上待臣妾的好,臣妾都记在心里。臣妾也不是不明事理的人,自然知道此事一定有皇上不得已的苦衷。"

"瑟瑟深明大义,朕深觉欣慰,"离秋拍了拍锦瑟的手,"公主和亲之事虽然是燕王的意思,但和熙毕竟是寒王的胞妹,所以朕想着也许此举可能还有寒王的深意,于是便允了下来。"

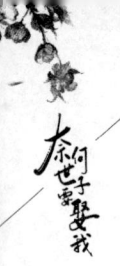

"皇上深谋远虑,想必应该会和寒王不谋而合。听闻和熙公主的嫁期定在了一旬之后,臣妾定会提前问清楚寒王的意思,为皇上排忧解难。"

"瑟瑟有心了。"离秋还深感欣慰地赞了一句,丝毫没看到锦瑟掩在眼底的一抹决绝与狠厉。

伴随着一辆送货的马车缓缓向宫门内驶去,苏轻鸾正式被战寒装在桶中运进了宫。

等苏轻鸾再醒过来的时候,已经身在了未央宫中,只不过她第一眼见到的,并不是毛豆子,而是锦瑟。

锦瑟轻轻解下了苏轻鸾身上的绳索,给苏轻鸾喂下解药,不久后苏轻鸾缓缓睁开了双眼。

"你是谁?"苏轻鸾浑然不知发生了什么。

"你无须知道我是谁,"锦瑟饶有兴趣地挑起了苏轻鸾的下巴,"真是太像了,简直就是一模一样!"

苏轻鸾嫌恶地撇过头去,不想多看锦瑟一眼。

锦瑟也不恼,继续开口:"你不愿意与我说话没关系,但你难道这辈子都想和顾轻狂天人永隔吗?"

"轻狂?你们把轻狂怎么了?"苏轻鸾提到"顾轻狂"三个字后十分激动,险些就要扑上去,然而现在的她根本没有丝毫力气。

苏轻鸾衣袖翻飞发出一阵刺鼻的味道。锦瑟下意识掩住了自己口鼻,瞥到苏轻鸾手指缝里满是污泥,头发也是乱蓬蓬的不成样子,想来就是被战寒带走后,定是从未有人好好待过她。

锦瑟难以忍受这阵阵臭气,赶忙吩咐人先送苏轻鸾去沐浴,换好衣服再谈后话。

苏轻鸾沐浴更衣后,被下人钳制着来到锦瑟面前,锦瑟见此清新样貌心中更喜,不紧不慢地将她扶到了镜子前,拿起木梳为她梳妆。锦瑟冰凉的指尖拂过苏轻鸾发丝，苏轻鸾忍不住战栗一下。

"你放心，顾轻狂很安全。"锦瑟一边为苏轻鸾梳妆一边开口，"只是他日后是否还能活着就说不准了。"

"此言何意？"

锦瑟并没有正面回答苏轻鸾的话："你想跟他远走高飞，做一对神仙眷侣吗？"

"你要我做什么？"此刻的苏轻鸾犹如一只待宰的羔羊，虽然不想屈从，但为了顾轻狂的命，只得照做。

"跟我合作，说服顾轻狂听从皇上的命令，支持燕国寒王。"锦瑟与离秋一样，绝不能容许顾轻狂这个变数在身边存在。

"哼，你们果然是一伙的！一丘之貉！"苏轻鸾早已料到这一点。

锦瑟对于苏轻鸾的责骂并没有还嘴，而是精细地为苏轻鸾打扮整齐，最后又插上华丽的珠钗："瞧瞧，多好看的人儿啊！这么好看又深情的人总不能眼睁睁地看着心爱之人客死他方吧？那才是可惜了呢！"

看着苏轻鸾默默无语的样子，锦瑟又加了一句："其实，我们要你做的很简单，只要你说服顾轻狂不再与皇上作对，一切顺从皇上的旨意，事成之后，我便会送你们出宫，自此天涯海角再无阻拦。而且，你要去告诉顾轻狂，分离之法我已经找到，必定说到做到。"

"什么分离之法？"苏轻鸾显然还不知道顾轻狂与离秋双生的秘密。

"这件事等你见到了顾轻狂，他自会告诉你的。从你踏出未央宫大门的一刻起，就给我牢牢记住，你就是这宫中的鸾妃娘娘，明白吗？"

"好。"苏轻鸾一心想着顾轻狂的安全，还以为顾轻狂现在身陷囹圄，只得下意识地选择了保护自己心爱之人。

而此时的毛豆子，恰巧在内殿翻阅古籍，希望能找出顾轻狂和离秋之间的破解之法，而对殿外发生的一切一无所知。

那厢,苏轻鸾得到王勤的通报后,顺利进入了清央殿内。虽然看着此刻身着帝服的皇上很是惊讶,但终究情难自已。

苏轻鸾霎时落下泪来,疾步走上前去:"轻狂……"

离秋定定地看了苏轻鸾许久,刚想让王勤将人轰出去,忽而传来一阵剧痛,离秋忙不迭地蹲在了地上,捂住了脑袋。

"轻狂,轻狂,你怎么了?"苏轻鸾不知道发生了何事,担忧得很,急忙蹲下身去,紧张地看着皇上。

等"皇上"半晌从头痛中转回神来的时候,目光已经柔和了许多:"毛豆子,你怎么在这儿?"

"什么毛豆子?我是苏轻鸾啊。轻狂,你不记得我了?"苏轻鸾不知道顾轻狂怎么忽然会这样,更不知道毛豆子是何许人也。

"轻鸾!"顾轻狂仔细辨别着眼前的女子,发现她确实与毛豆子有很大不同,明显地少了身上的江湖气,更像一个大家闺秀。

"真的是你!这段时间你去哪儿了?我好生担心。"顾轻狂眼含热泪,紧紧握住了苏轻鸾的手。

苏轻鸾慢慢说起这些日子的遭遇:"我自从被寒王在丞相府劫走之后,便一直被人看守着,根本无法出来,更没办法告诉你我的下落。不过现在还好都过去了,我们又能在一起了。"

"寒王放你出来的?"顾轻狂觉得此事一定没有那么简单。

"是,寒王将我迷晕之后送进了宫,然后我也不知道是哪位娘娘告诉我可以放我们两个离开。但是条件是要你顺从离秋的所有决定,包括支持寒王,她还说已经找到了分离之法。轻狂你是身体有恙吗?什么分离之法?"苏轻鸾将所有的安排都告诉了顾轻狂。

顾轻狂沉沉地叹息了一声,将自己和离秋之间的全部秘密都告诉了苏轻鸾。趁着苏轻鸾还在消化这些变故的同时,顾轻狂复言:"当年关于燕国册立世子的诏书确实是我签下的,等离秋再醒过来的时候已然成为定局,君王之言不得朝令夕改,此事便只能就此作罢。"

"轻狂你是有所担忧?"苏轻鸾看出了顾轻狂的犹疑。

"我虽爱好字画,对王权之事并无兴趣,但也曾听说燕国寒王此人行事狠厉,从不留后路,更不许有一丝变故。且不说那女子许诺你的事情是真是假,就说倘若燕国大权日后真的交在寒王那样的人手上,你觉得大炎当真会有如他所说的百年太平吗?"顾轻狂垂眸,"在其位则谋其政,耳濡目染间,我对离秋的难为也有些理解和动容,但哪怕前路再艰险,也不可与奸诈之人谋事啊!"

"可是……"苏轻鸾已经把顾轻狂看做了唯一的依靠,"如果你不肯顺从离秋的话,以后我们便永远不得安宁,现下丞相府我定然是回不去了,宫中我也不愿多待,我所能倚仗的,唯你一人而已。若是你真的出了什么事,我……"

"轻鸾,我自是事事以你为先,但这件事,请你容我思虑一下,可以吗?"顾轻狂终归是大炎百姓,也是大炎的帝王,不得不为大炎的臣民们考虑。

"好。"苏轻鸾只得答应下来,静静坐在顾轻狂身边。

然而平静的两日刚过,这天晨起,苏轻鸾忽然心口一痛,一口鲜血吐了出来。顾轻狂惊吓不已,急忙想唤御医,却没想到下一刻进来的却是锦瑟。

"怎么是你?"顾轻狂挡在苏轻鸾面前,生怕锦瑟伤害到苏轻鸾一分一毫。

锦瑟轻笑着"呵"了一声:"不是我,还能是谁?要不是因为我,你挚爱之人怎么能回到你身边呢?"

"不过……"锦瑟步步靠近,事已至此,她绝不允许自己的计划有一丝一毫的闪失,"我还为了怕你们两个叛变,特意在苏轻鸾当初的药

里多添了一味!"

"你一早便想杀我?"苏轻鸾一阵猛咳,指了指锦瑟。

锦瑟毫不留情地将苏轻鸾的手指掰了回去:"怎么会呢?我留着你们还有用自然不会杀你们,只是我要确保你们两个不会打扰我的计划而已!顾轻狂,你可以不顺从离秋的意思做事,不过你的轻鸾可马上就活不过七日了,你要想清楚!"

"你真卑鄙!"顾轻狂护住苏轻鸾,不停地为苏轻鸾擦拭着嘴角的血迹。

"怎么样?这笔交易你是做还是不做?"锦瑟已然胜券在握。

"好,只要你能救轻鸾,我答应你便是!"

"爽快!"锦瑟诡异地笑着,"但我要怎么相信你的真心呢?你是不是也要先表表你的诚意?"

顾轻狂心中早有了计较:"为了保证离秋的宏图大业,我这就下旨将未央宫那位禁足在殿里,拔除一切后患。"

"你还不如直接下旨杀了她!"锦瑟怕顾轻狂与她耍心眼。

顾轻狂的手明显颤了颤:"我一介书生,不敢杀人……"

锦瑟闻言也只有相信了顾轻狂的说法:"好,我就信你一次!"

看着锦瑟离开清央殿,顾轻狂才算是松了一口气,急忙照顾苏轻鸾。

未央宫中,毛豆子收到被禁足的旨意后气得团团转:"这个离秋!真不知道我又是哪里惹到他了,凭什么限制我的自由!"

"皇上阴晴不定,我们也就只能顺着了。"素问劝慰着毛豆子,忍不住叹息了一声。

"这件事,恐怕没那么简单。"战卿出现在毛豆子身边,打心眼里觉得此番局势应该是有所变。

"你是觉得这次离秋的禁足有问题?"

"是,"战卿悄悄附耳,"刚刚红羽去清央殿查探,发现清央殿四周戒备森严,往日定不会有这么多戒备,此番忽然增加这么多守卫,一定有猫腻。"

毛豆子深表同意:"那我们更不能坐以待毙了,走,去清央殿看看。"

她出门前特意吩咐了素问:"素问,你还是像往常一样在殿内装作我的样子休息,我们去清央殿看看是否出了什么事。"

"好。"素问也料到兹事体大,急忙应下。

换上宫女服饰的毛豆子与战卿一同来到清央殿外,战卿只说是奉娘娘之命来给皇上送补品,王勤并未怀疑,草草地将低着头的毛豆子和战卿放了进去。

等毛豆子和战卿进入殿内才发现皇上正闲情逸致地在龙案上作画,而一个与毛豆子面容相差无几的女子正在一旁坐着,任由皇上画像。

毛豆子一眼便看出了此时沉迷字画的定是顾轻狂,不由分说上前便揪住了顾轻狂的耳朵:"顾轻狂!你脑子里进砚台了吧?为什么突然要对我禁足?"

顾轻狂被毛豆子揪得连连喊疼,最后还是苏轻鸾走上前去,依依施了一礼:"姑娘,我虽然不知道你是何人,但能不能先请你放过我家相公?"

"相公?"毛豆子这才打量起面前这位女子,与顾轻狂初识时的话语霍然飘入脑海,"你是苏轻鸾?"

"小女子正是。"苏轻鸾轻声轻语地应下。

虽然毛豆子和苏轻鸾面容酷似,但俨然是两副做派,尤其在现在这个知书达理的苏轻鸾面前,毛豆子的个性越发像个"土匪头子"。

"你怎么会在这儿?"毛豆子这才放开顾轻狂的耳朵,苏轻鸾急忙上前悉心给顾轻狂揉了揉。

"是锦贵人把我放进宫的。"

"锦瑟?"毛豆子不明所以。

"是。"顾轻狂接过话头,"锦瑟以轻鸾的性命相逼,让我顺从离秋的一切命令,而且承诺会放我们出宫。所以我才把你禁足,不想让你打扰离秋和锦瑟的大计。"

毛豆子听顾轻狂说完来龙去脉后心里的火气一下子上来了:"顾轻狂,你虽为一介书生,但这些日子相处下来,我倒觉得你品性高洁,更不趋炎附势,可事到如今,你怎么就是没有脑子?"

"我怎么没有脑子了?"顾轻狂揉着红肿的耳朵,还觉得自己委屈得很,"我故意禁足,也是想着你能明白我的处境,来商量对策嘛。"

"也就你的猪脑子能想起对我禁足作为暗号!"毛豆子有些腹诽,"要不是战卿提前洞悉了这一切,我还当真以为是离秋又抽风了呢!"

"战卿?你说他是那个燕国世子战卿?"毛豆子一时口快唤出了战卿的名字,被顾轻狂听得清清楚楚。

"怪不得,上次他们两个从房顶上掉下来的时候,我听着那个随从称呼他为'殿下',就觉得哪里不对劲儿,现在看来果然是深藏不露啊!"

毛豆子闻言顿时立住了,甚至有些难以置信是自己"暴露"了战卿的身份,可现在也只能笑着打哈哈:"我……我说了吗?你听错了,听错了。"

"好了,事已至此,大家坦诚相见也无妨,我确实是燕国世子战卿,"战卿开门见山,忽而顿了顿,"毛豆子,是我战卿的未婚妻,也即将是燕国的世子妃。"

顾轻狂意味深长地"哦"了一声。

毛豆子忍不住一脚踹了过去,可惜扑了个空:"我们……我们和你们可不一样,我们一直都在为黎民百姓着想,更断然不会和寒王同流合污的。"

战卿复将毛豆子搂在身边,低头做了个"嘘"的手势,毛豆子才停止了一时的口舌之快，安静地站在了一旁。

战卿简明扼要地说清了如今的形势："如今天下大乱，虽说明面上都以大炎皇上为尊，但实际上早已有分崩离析之势。燕国地处要塞，拥有重兵，易守难攻，国力正在逐渐增强。而王兄也早对世子之位有所图谋，连年来行事狠辣，屡次草菅人命。我猜他此番定是许诺了离秋什么，离秋才会答允与之合作……"

"听锦瑟提起，似乎是许了大炎百年太平。"苏轻鸾插了一句。

"嗯，"战卿应下，"王兄此时此刻给大炎的条件确实诱人，但离秋忽略的一点是，王兄当真会履行承诺吗？根据我手下眼线收集到的消息，王兄一早便在边境布下兵力，随时等待开战，而大炎后宫，也早就培养了锦瑟这个眼线为他服务，两人相互利用，各取所需。"

"你是说锦瑟也另有图谋？"顾轻狂问。

"是，锦瑟与寒王的合作并不是志在后宫，而是志在朝野，这一点，与太后不谋而合。这也就是我猜测为什么太后一定要叶妃获得盛宠，而屡次暗杀豆子的原因了。"

"我虽然不相信锦瑟所说的什么找到了分离你与离秋的方法，但我理解你们两个想要离开皇宫的心情。"战卿顿了顿，另起话头道，"我虽为燕国世子，却没有任何理由可以强迫你们相信我所说的一切，与我站在同一个阵营里。我只是希望能尽自己所能阻拦下这一场横尸遍野、血流成河的惨剧。"

战卿深深地望了一眼身边的毛豆子："这也是我曾许诺过豆子的太平盛世。"

战卿虽然并不寄希望于顾轻狂能就此答允这件事，但毛豆子却很是焦急，赶忙站到了顾轻狂和苏轻鸾的面前劝解道："我知道你们的困境，也能理解你们所做出的任何决定，但是连日来离秋、寒王与锦瑟的所作所为你们也看到了，我……"

毛豆子还没说完,顾轻狂便决然开口:"我答应你们。"

"不是因为信你,而是因为我相信她。"顾轻狂虽对战卿并不熟悉,但连日来的相处让他确切地知道毛豆子是个可信之人。

毛豆子闻言喜出望外,哥们儿一样地拍了拍顾轻狂的肩膀:"没看出来啊,你对我感情还挺深的!谢谢啦!"

"不是因为你。"顾轻狂嫌弃地把毛豆子的"爪子"拿了下来,"是因为我觉得和轻鸾面貌相似的女子定也是个良善之人。"

"战卿,你看他,原来还是在夸自己人!"毛豆子还像模像样地抖了抖身上被肉麻起来的鸡皮疙瘩。

"好啦,我心里全都是你还不够吗?"战卿低声一句。

毛豆子何时见过如此这般的他,急忙笑着应下:"够了够了。"

苏轻鸾在一旁对着顾轻狂笑着,可还没等商量下一步的计划,她忽而一阵猛咳,遍地是血。

战卿见此急忙上前为苏轻鸾诊了诊脉,顾轻狂在旁焦急得很:"怎么样?我猜测锦瑟喂下的毒多半应该是来自寒王的手上,既然战寒有此毒,你们同在燕国,你应该也知晓一二吧?"

战卿神色逐渐缓和:"你预料的不差,确实是来自燕国的毒,我一会儿便让红羽去取解药,定然不会有事。"

"那太好了。"顾轻狂闻言喜出望外,眉眼之间皆是喜色。

"但事已至此,既然已身陷牢笼,我们不妨将计就计。"战卿心中已有对策。

"此话何意?"顾轻狂问。

战卿压低声音将原本的计划一五一十地告知每个人,顾轻狂信誓旦旦地应了下来:"好,你放心,我一定按照你说的办。"

Chapter 14
身世谜团现

转眼间,一旬已过,伴随着皇上日益亲信寒王与世子位将移的流言四起,和熙公主按照大炎妃位的礼遇盛大而隆重地入主了昭阳宫,与鸾妃叶妃两位娘娘平分秋色。

叶妃本来对新入宫争宠的和熙便充满敌意,又端着是这宫里老人的架子,等待着和熙主动拜会。哪知和熙却一直没给叶妃这个颐指气使的机会,自进宫以来便从未拜见过叶妃和毛豆子。

本来大家同为妃子,就算不前来也是理之自然,叶妃却一直觉得虽然和熙也是妃子,但终究是新进宫之人,于情于理应当主动拜见。一来二去地,两个人谁都不说,叶妃的满心妒火与怨气就只能往肚子里咽。

叶妃在长乐宫中无聊,硬是拉着毛豆子出去走走。亭台水榭间,不凑巧的,便遇见了在湖边独自一人吹箫的和熙。

叶妃现在看见和熙就浑身是气,想都没想便要转身离去。虽然毛豆

子想拉住叶妃,奈何叶妃坚决不肯与和熙多话,最终只得任由她气鼓鼓地离开。

和熙一曲箫声吹完,才正式与毛豆子碰了面,行了平礼:"鸾妃姐姐。"

"公主不必客气。"毛豆子霍然想起和熙既是寒王的胞妹,那和战卿也算是同父异母,心里也不由得多了几分好感。

和熙神色淡淡:"瞧这满宫里,现在也就你肯叫我一声公主了。"

"公主的意思是?"

和熙微微一笑,异域女子的美果然不可方物:"你的这句称呼让我恍惚间回到了燕国。"

"我……"毛豆子只能笑了笑,又不知道该再说些什么。

"这满宫中,尽是趋炎附势拜高踩低之辈,我不愿与他们同流合污,便只好一个人来这湖边吹箫消磨时间。"

"其实在这宫里的叶妃也不错,就是性子直了些。"毛豆子笑言。

"我才不愿意搭理她!"和熙很是不屑,"她虽然没什么坏心思,但总是一副大小姐脾气,也就你能忍。"

"你刚才看见叶妃在这儿了?"毛豆子忽然有些佩服和熙的气度和直来直往,好不避讳自己的喜恶。

"当然了,她怨气冲天的样子都快要冲上来把我推到湖里去了,怎么能看不见!"

毛豆子忍不住笑起来:"你说话倒是风趣。"

两人正谈笑间,和熙的宫女走上前来:"熙妃娘娘,皇上有旨,点您去伴驾侍读。"

"好,我知道了,你先下去吧。"宫女依言退下。

和熙见宫女离开,略带忧愁地叹了一句:"如今宫中人人都以为我独得圣宠,是天赐的福气,可他们哪知道皇上如此看重我不过就是因为我那个同胞哥哥,而我这一切苦难的起源也正是因为他。"

"皇上近来与寒王颇为亲近,是大炎和燕国共同的福分啊。"毛豆子此刻还不敢多说什么,只能试探着顺着和熙的话接了下去。

"呵,寒王!"和熙凝视着波澜不惊的湖面,湖水中倒映出和熙的面庞,虽然艳丽却满是愁绪,"我倒宁可他不是我亲哥哥!当年他为了一己之私逼死母妃的事情,我至今历历在目,可我却什么都不能做。如今,终究是把自己也断送了进去。"

毛豆子刚想伸手抚慰一下和熙,却被和熙堪堪躲开:"我用不着任何人可怜我,只是谢谢鸾妃娘娘还愿意听我这个人唠叨两句,我们后会有期。"

和熙话音落地便决绝转身离开了。此刻的她仿佛一只被人剪断羽翼的蝴蝶,拼命挣扎却再也无法起飞,只能留给后人不断观瞻自己徒有的华丽外表。

毛豆子回到宫中陷入沉思,忽然被战卿扔过来的橘子打乱了所有思绪。

"想什么呢,这么认真!"战卿将橘子剥开,递到毛豆子手中。

"我在想,和熙公主究竟是个什么人。也在想,我是否应该帮她离开这个本来就不属于她的地方。"

战卿望向毛豆子的眸色忽然凝重起来,毛豆子还以为是战卿多心了,急忙解释:"我知道和熙是寒王的亲妹妹,但是我不是想帮助寒王,我只是想帮帮和熙而已。我总觉得,她那样一个自由自在的人,不该被圈禁在这座牢笼中的。"

战卿看着毛豆子紧张的样子忽而一笑,伸手扶正了毛豆子发上的珠钗:"我知道你的心思,并没有怀疑你。我刚到天福酒楼那天,便与红

羽说过,和熙性子坚韧,本来和燕国国师之子是青梅竹马天作之合,此番被王兄送入大炎,一定是心怀怨怼的。我只是怕贸然出手,会让王兄再一次注意到你,从而心生杀意。"

"我会小心的。"毛豆子甜甜地笑了笑,"既然公主早已心有所属,那现在国师之子呢?人又在哪里?"

"不知道,"战卿摇了摇头,"和熙嫁入大炎之后,我确实也让红羽去查询过国师之子的下落,却一无所获。"

"不会是有什么危险或者让寒王幽禁起来了吧?"毛豆子心中顿时升腾起一种不祥的预感。

"应该不会,国师术甲在燕国为父王效力鞠躬尽瘁,可以测吉凶、卜命数,地位举足轻重,王兄应该不敢将他的儿子与苏轻鸾一般幽禁,"战卿反复思虑着,"术凌霄此番失踪,更像是自己躲了起来,或者隐藏在暗处。"

"只要不在寒王手里,应该总能有办法让有情人相会,"毛豆子闻言稍稍放心,忽然笑了一声,"只是这数日来倒是为难了顾轻狂,还得装出一副宠爱和熙的样子,殊不知和熙心底早就恨透了他。"

战卿听得毛豆子如此说,也忍不住笑意:"谁让他当初还伪装离秋的身份要你那么多次,如此这般就当作是还债吧。"

"我倒真想看看苏轻鸾收拾他的样子。"此刻的毛豆子可是幸灾乐祸得紧。

"人家苏轻鸾的性子可比你温和多了,哪里是那种动不动就揪别人耳朵的人。"战卿犹自不觉,还悉心为毛豆子擦了擦嘴角上的橘子络。

毛豆子听在耳中,"呵呵"笑了两声,下一刻就冲着战卿扑了过去,伸手就想揪住战卿的耳朵。然而战卿哪里是如顾轻狂一般那样容易被制伏的人,轻而易举便抓住了毛豆子的手。

毛豆子一只手被抓住还不肯善罢甘休,又侧身扑在了战卿身上用另一只手去抓。嬉笑打闹间,毛豆子整个人都要把战卿摁在榻上了。

　　素问恰巧闯进殿内看到这一幕,惊吓之中手一松,茶盏掉落在地。毛豆子听到响声才反应过来,回过头去映入眼帘的就已经是诧异到合不拢嘴的素问。

　　素问觉得尴尬得紧,急忙蹲下身去装作低头拾起瓷片的样子:"主子恕罪,是素问没拿稳不小心摔碎了。"

　　"素问,你别……"毛豆子话还没说完呢,刚想说让素问别乱想,素问就已经像见到了什么不得了的事情一般冲了出去,留下毛豆子在殿内凌乱。

　　"又丢人了!"毛豆子像条咸鱼一样趴在了一旁,"照这样子下去,素问迟早得被我吓出精神病!"

　　然而毛豆子叹息的这些事情丝毫没有传进战卿的耳朵,战卿反而是笑着看向了毛豆子:"看来我要早些把你娶进门了,免得日日被人监视,倒像做了什么坏事一样。"

　　"就你话多!"毛豆子笑嗔了一句,只得不再想素问的事儿。

　　虽然这件事如过眼云烟般被战卿和毛豆子抛在了脑后,但是在素问的心中却是一直挥之不去。就连红羽出现在她面前,素问都没有看到,还险些撞了个满怀。

　　"想什么呢!我都站这儿这么久了你都没看见?嘴里还嘀嘀咕咕的。"红羽对于反常的素问很是看不明白。

　　素问隐晦地向红羽提起:"红羽你说,如果一个女人嫁给了一个男人,但是那个男人三宫六院还不爱她,她可以另寻所爱吗?"

　　"你说的是皇上吗?"

　　"那么明显吗?"

"三宫六院这天底下除了皇上还有别人吗?"

"哦……"素问忽然恶狠狠地指了指红羽,"你不会说出去吧?我说的可不是我们家主子啊!"

"好,不说。"红羽对于素问的这种"自爆"只能装作一无所知的样子。

"那你觉得可以另结新欢吗?"

"我觉得情难可贵,两个人之间若是有真情的话,自然是可以的。"红羽哪敢说半点毛豆子不好啊,毕竟还怕自己小命难保呢!

"那如果那个人是太监呢?"素问无比天真地问出了这个问题。

"咳咳咳咳咳……"红羽差点没被自己的唾沫星子呛死。

还没等红羽说话呢,素问便继续念叨:"你也觉得不行吧?我就是想不明白,娘娘到底是看上他哪点好了,但就算是再好也不能喜欢上一个太监啊!你说对吧?"

红羽连连摆手:"素问你定是多想了,怎么会有这样的事呢!"

红羽此刻心里不停地念叨:主子啊,我可帮你帮得仁至义尽了,马上就要顶不住了!您自个儿保重!

"我亲眼看见的,而且不止一次!"素问信誓旦旦。

"那……那个那个……"红羽"这个那个"好久才想出个说辞,"如果他们之间真的互相喜欢的话,未尝也不是一段真情。"

"真的吗?"素问很是质疑。

"真的真的。"红羽不敢直视素问的目光,生怕素问轻而易举地看出他在撒谎。

"你……好像有什么事情在瞒着我?"素问也觉察到了今天的红羽有些不对劲儿。

"没有没有,怎么会呢!"红羽立刻否认,"我一会儿要去巡宫,后会有期,有缘再见。"

红羽匆匆跑开，留下素问一个人还在原地冥想刚才的问题。

皇宫中危机四伏，波澜重重，丞相府里也甚是不宁，不过这份不宁倒不是来自什么权位之争，而是来自苏轻歌的哭哭啼啼。

"爹爹，求求你就答应了我和寒王的婚事吧！寒王他已经登门提亲好多次了，为什么您就偏偏要对他有如此大的偏见呢？"苏轻歌的眼睛异常红肿，显然已经是哭了好多天了。

丞相这次却全然不像往常那般任由苏轻歌的性子："轻歌你往常再怎么胡闹再怎么任性，爹爹都可以随你，但这次事关寒王，绝对不行！"

"为什么啊？爹爹你前一段时间不是还在朝堂上支持寒王将和熙公主送进宫吗？怎么现在又改变主意了呢？"苏轻歌很是不解。

"谁与你说这些朝堂事的？"丞相是个绝不在家中谈论朝堂事的人。

"是二妹。"苏轻歌实话实说。

丞相狠狠一眼剜了苏轻虞："以后不准在家中再说起任何朝堂之事！知道吗？"

"是，女儿明白。"苏轻虞本来说给苏轻歌听就是故意的，如此这般便是为了激化家中的矛盾。而事既已起，自然是轮到苏轻虞置身事外的时候了。

"爹爹曾为寒王进言是没错，但这终究是政事。而你要嫁给寒王这是感情事，岂能混为一谈？寒王此人心思诡异，高深莫测，从初见你开始便伪装身份，不明目的，如此心机深沉之人爹断不会答应！"

"爹……"苏轻歌已经哭得说不出话。

丞相继续开口："本来先前送你入宫便是最稳妥的方法，哪知阴错阳差让轻鸾进了宫，如今她在后宫如鱼得水，恣意逍遥。既已如此，你想嫁给谁爹爹愿意遵从你的喜好，但寒王绝对不行！"

"如果宫中的苏轻鸾并不是苏轻鸾呢？"苏轻虞忽而在一旁开口

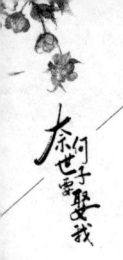

问起。

丞相不解:"轻虞你什么意思?"

"爹爹,其实之前我曾经和鸾妃娘娘见过一次面,但我却发现鸾妃娘娘并没有三妹小时候脖颈上的胎记,再结合坊间流传出鸾妃的所作所为。所以我大胆猜测,鸾妃娘娘也许并不是三妹?"

"怎么会有这么荒唐的事!"丞相难以置信,但旋即冷静下来,"不管宫里的鸾妃是不是轻鸾,既然已经进宫,便说明没人识破她的身份,无论如何我希望你都不要再插手,否则便是株连九族的欺君之罪!"

"可是……"苏轻虞从来都不在乎什么欺君之罪,她倒觉得丞相府不复存在了才好,自己才能逍遥自在。可若宫中的鸾妃真的不是苏轻鸾,这不妨是握在手中一个极好的把柄,到时战卿对她,恐怕不得不迫于时势疏远鸾妃。

但于丞相头顶乌纱的立场而言,自然不允许出现任何动摇权位之事,他再次加重了语气:"轻虞你要好自为之,手里掌管着府中那么多生意,还觉得自己很闲吗?"

苏轻虞急忙将想法摁在了心底,先行示弱:"爹爹所言,轻虞记住了,绝对不会再提起今日之事。"

"那便好。"丞相无心看这一片残局,起身准备离开。

苏轻歌却满心里都在想着自己与战寒的婚事,再次对着丞相扑了过去:"爹爹,求您成全我与战寒吧。"

"休想!"丞相最后的一丝耐性被消耗干净,拂袖而去。

苏轻虞也并不想留在家里日日面对一个哭哭啼啼的苏轻歌,简单收拾一下便搬去了布庄,开始着手调查苏轻鸾的真实身份。

没过多久,便有眼线来与苏轻虞汇报结果,一切都与苏轻虞预料的并无二致。

苏轻虞轻笑着在宣纸上描绘出一个大大的"豆"字："呵，毛豆子？天福酒楼厨娘？这场戏真是越来越有趣了！"

苏轻虞在字条上飞速写了些什么，又吩咐人飞鸽传书递了出去，一切似乎已尽在她的掌控之中。

未央宫中，毛豆子正在誊写着古籍药方，忽然素问神秘兮兮地走了进来，又屏退了殿内所有的宫女内监。

"怎么了，出什么事了吗？"毛豆子专心致志地研究着药方，并没有太大的反应。

素问靠近毛豆子，轻声说道："刚刚我在外面收到一个脸生的小内监递给我的一封信，说务必要娘娘亲启。"

毛豆子接过素问手里的信笺，随手放在一旁："好，我知道了。"

"送信的人说，请娘娘务必赶紧看过之后焚毁，说如果晚了可能有人会有性命之虞！"

毛豆子闻言，还以为是战卿或者红羽出了什么事，急忙拆开来看，没想到居然是绿云的笔迹，上面清清楚楚地写着绿云现在人在京郊的关雎楼，但自从和毛豆子分别之后日子便穷困潦倒，如今更是被奸商欺凌，日子生不如死，请求毛豆子能念在往日的情分上前去看望，以听取姐妹临终之言。

毛豆子看完整封信件，霍然站起身，心中满是对绿云的担忧。

"娘娘，怎么了？"素问问起。

毛豆子并没有对素问表明自己的身份，而是换了种说辞："我一个故人现在有难，我得去看看她。"

"奴婢陪您去？"素问看出毛豆子眸中的惊慌，很是担心。

"不用了，我一会儿与皇上说明后，会自己出宫的。"

"娘娘您一个人怎么行呢？万一有危险可怎么办？要不让小展子跟

着吧,奴婢这就去找他。"

"不必,"毛豆子下意识地拉住了素问的手,"这件事一定不能告诉他。"

"为什么啊?"

毛豆子想起当初绿云便是被战卿吩咐人从天福酒楼带走的,如果此番再让战卿知道自己私自去找了绿云,一定会引起不必要的麻烦,不如干脆让他不知道的好。

"具体原因我还不能说,但切记不可告诉他,如果他问起的话,你就说我这几日为皇上治病,一直留在清央殿。"

"好。"

毛豆子与顾轻狂说明原因后,一个人快马加鞭赶到了京郊的关雎楼。关雎楼虽然名义上是座青楼,但大多都是舞文弄墨的清雅之士,女子也多是古琴琵琶不停奏鸣,情致雅趣并无一般青楼的龌龊之事。

即便如此,毛豆子心中对绿云的担忧也没有减少一分,单枪匹马直冲掌柜的而去:"掌柜的,我来找个人。"

"哟,"掌柜的浓妆艳抹,"这又是哪家姑娘来找相公啊?您快先消消火,我们这里啊都是正经生意,姑娘卖艺不卖身的,可不是您想的那样。"

"我来找绿云。"毛豆子不与之计较,"绿云是不是在你们这儿?"

"绿云?什么绿云,我没听过啊。"这次轮到掌柜的蒙了。

"怎么可能!"毛豆子很是焦急,不顾掌柜的阻拦便要上楼去寻。

可关雎楼哪里是那么任人宰割的地方,掌柜的大手一挥,便有几个小厮持着棍棒围在了毛豆子身旁。

"姑娘!您要是来听曲儿的,我自然欢迎!可您若是来挑事的,就别怪我们不客气了!"

毛豆子一心担忧绿云的安危，想上楼寻人可又被阻拦，万般无奈之下只得以三脚猫的功夫与小厮打斗起来。可毛豆子手无寸铁无法防身，没过多久便败下阵来，可掌柜的并没有收手之意，反而命令小厮接着打。

毛豆子生生吃了一棍子，跪伏在地，手腕正好划到地上的碎瓷片，顿时鲜血淋漓。

就在小厮们还准备继续下手的时候，忽然一记清丽的声音从二楼飘了下来："住手！"

掌柜的看着蒙着面纱的女子笑得很是谄媚，急忙迎上前去："睢芜姑娘，你怎么下来了？不多休息休息，一会儿苍公子就来听你的琵琶曲了。"

睢芜并没有多做理会，而是在掌柜的搀扶下一步步走到了毛豆子面前："她是我朋友，你们怎么敢这么对她！"

"哎哟，是我眼拙，有眼不识泰山。"掌柜的不停地掌掴着自己的双颊，"竟没有认出来是你的朋友，她来这里说找绿云，但我们这儿真的没有叫绿云的人，这才误会了，是我的错。"

"好了，把她交给我吧，你们可以下去了。"

"好。"

睢芜带着毛豆子走上了二楼雅间，掩好房门，睢芜才缓缓摘下了自己的面纱，赫然就是绿云的样子。

毛豆子很是惊诧："绿云？真的是你！可是你怎么……"毛豆子急忙走上前去，却不小心触到了受伤的手腕，"嘶"地倒吸了一口凉气。

绿云扶着毛豆子慢慢坐下："这件事说来话长，只是你怎么会找到这儿来呢？"

"是你给我的信上说你在这儿，而且过得很不好，甚至有性命之忧。"

"我没给你写过信啊,自从我被带走之后,我连你在哪里都不知道,怎么会给你写信呢?"绿云闻言皱紧了眉头,显然也想不明白。

"虽然阴错阳差,但好在我们重逢了。"毛豆子看着绿云很是欢喜,都没有意料到即将到来的陷阱,"跟我说说你吧,怎么到了关雎楼?而且看刚才掌柜的样子,似乎对你很好。"

"她对我好不过就是因为我现在是棵摇钱树罢了。"绿云惨淡一笑,"之前我被人送到京郊,本来是安排在一处酒楼的,虽然忙些但也不算清苦。可惜好景不长,没多久那家酒楼就关门了,他们本来还想再给我安排个地方,但我……"

看着绿云欲言又止的样子,毛豆子赶忙问:"怎么了?他们欺负你了吗?"

"那倒没有,是我自己想来关雎楼,所以和他们说明了我的想法,他们也没有多加阻拦,任由我来到了这儿。"

"你为什么要来这种地方啊?虽然明面上说得清新雅致,可传出去终归不好听啊。"

"我……"绿云还没来得及开口,就听到一阵敲门的声音。

"豆子你先坐着,我去开门。"

"好。"

绿云戴上面纱后缓缓打开了门,一位手持折叠羽扇头戴玉冠的少年旋即踏了进来,轻笑一声:"今日来晚了,雎芜姑娘不会怪罪吧?"

"苍公子能来便好,小女子怎么敢怪罪呢?"

苍公子走进屋来,一眼便看到了坐在榻上的毛豆子:"这位是?"

"她是我朋友,初来乍到,因为一些小误会受了伤,我正要给她上药,公子不会介意吧?"

"不会不会,请便。"苍公子大刺刺坐了下来,静静看着雎芜,眼中充满了无限情意。

"他是？"毛豆子轻声问道。

"他名唤苍皓，一直在四处游历，前不久才来大炎，整日无所事事，却出手大方，所以大家都习惯叫他苍公子。"

"原来如此，"毛豆子点了点头，"你们两情相悦？"

"哪有？别乱说，"绿云不好意思地红了脸，"把手给我，我给你上药，再晚了，就该留疤了。"

"好。"毛豆子挽起衣袖，露出一截皓腕。

苍皓虽然坐得比较远，但还是一眼便看见了毛豆子手臂上显眼的柳叶印记，他神色陡然一变，霍然起身，走到毛豆子身旁，逼问："你是谁？"

毛豆子看着苍皓来者不善的样子，急忙掩住了自己的手腕："何意？这很重要吗？"

"你曾经是不是遭遇过一场饥荒？之后你爹娘便不幸离世，只剩下你一个人？"

毛豆子虽然难以置信这个苍皓怎么会知道这么多事，但还是不由自主地点了点头："是。"

绿云看着毛豆子昔日的伤疤再次被揭开，心有不忍："苍公子，事情都过去那么多年了，你又何必旧事重提，惹人伤心呢？"

"原来真的是你。"苍皓并没有在意绿云的话，反而对毛豆子很是上心。

"我不明白公子的意思？"毛豆子和绿云都被苍皓突如其来的激动弄晕了。

苍皓将房门再次关紧，确保一点声音都不会传出去，才再次开口，说起那个惊天秘密："我不管你现在是谁，什么身份，但我要告诉你的是，你是前朝杨姓皇帝的后人，唯一的前朝公主。"

苍皓的一字一句犹如惊雷般在毛豆子脑海中层层炸开："什么公

主?我不懂。"

"你是真的听不懂还是不愿意承认?"苍皓一语中的。

"你凭什么这么笃定我的身份?"毛豆子还在做最后一丝挣扎。

"因为我是燕国的三殿下战苍,母妃曾与你生母也就是景福公主是儿时好友,莫逆之交。"

绿云被巨大的信息量震惊得回不过神来:"你是战苍?"

"是。"苍皓羽扇一折,叹了一句,"本来我今日也没必要把这件事告诉你,只是母妃所托实在难辞,母妃这些年来也一直在寻找公主遗孤,就是为了完成公主未了的心愿、临终所托。"

"不可能!"毛豆子面对铁铮铮的事实却不愿承认,"我有爹娘,我的爹娘是在我六岁那年为了保护我离开人世的,我怎么可能是什么前朝公主的遗孤!"

"那是因为当年宫变之后,公主被人护送出宫,一直在东躲西藏,身子早就已经垮了。生下你之后不久就被父王派来的暗卫找到踪迹,强掳去燕国,为了保护你不被有心之人发现,才以一场大火为障眼法将你托付他人。公主郁郁寡欢心内郁结一月后便撒手人寰,当时你的襁褓中有公主亲笔写下的名字'杨柳依',手臂上刻下了柳叶印记,以便日后母妃能够找到你。"

苍皓的一字一句振聋发聩,有理有据不由得毛豆子不信服他所说的真相,毛豆子一时之间难以承受:"可你若是燕国三殿下,又怎么会心甘情愿告诉我这一切,你明知道坊间早有流传前朝的灭亡是因为燕王与离殊将军的里应外合!既是如此,你为何还要告诉我这一切?让我一辈子对燕国和大炎俯首称臣岂不是更好?"

"我虽沉迷酒色,留恋花间柳巷,但绝非不明事理之人。我私心确实不想告知于你,可母妃日益苍老,我没办法不完成她的嘱托。至于你知道真相后会怎么做,与我无关,就像燕国政事从与我无关是一样的。"

也许是从小到大看惯了燕国朝内权臣倾轧，结党营私，故战苍从不涉足政事，只是一味寻求着自己的广阔天地。

"你从来就像只自己主动剪断了线的风筝，无意安定。"绿云不知怎的忽然在旁边叹了一声。

战苍看向绿云暗淡的眸子，绿云没有回望他，只是自顾自地叹息："恐怕你不肯成家的原因，便是因为你的身份吧。果然这世间，无情无爱，无牵无挂，才最没有弱点可言。"

"你……是绿云？"战苍难以置信地问出了口。

绿云这才缓缓地摘下了自己的面纱："我做厨娘时，你借言挑剔我不知风趣，我便以为你只是贪恋秦楼楚馆的妖娆，于是我努力去学，将手指都磨出血都不曾荒废，可我把自己变成睢芜了又能怎么样呢？原来，你只是从无此心罢了。"

此刻的绿云哀莫大于心死，她曾满心期待着自己变成他喜欢的样子，他便会多看自己一眼。可惜到头来，这一切都不过是个笑话！

战苍嗫嚅着好久也没说出话来，最后只能化作决绝的转身："如今话已带到，我便可以回燕国去回禀母妃交差了，后会无期。"

"苍公子……"绿云猛然追上前去，却摔倒在地扑了个空，最终痛心地哭出声来，"战苍……你还会回来吗？"

"不会了……我从来都不是谁的良人，谁也从来不是我的良人。"战苍脚步停了一下。

毛豆子许久才从颓败的情绪中转过神来，又担心着绿云的身子，急忙上前扶起了她："绿云，别哭了，你们有缘一定会再见的。"

绿云却茫然地笑了笑，泪滴垂落："不可能了，帝王家哪儿来的什么真情，最可笑的是，我居然连成为他软肋的机会都没有……"

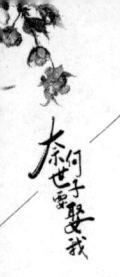

绿云连声哭泣,渐渐哀号到最后只能剩下默默垂泪,一点声音都发不出来。毛豆子静静听着,这句句愁怨更像是沉重的刀斧剑戟一记记砸在自己的心头。

如今自己知晓了身世,难道自己当真可以当作什么都没有发生过一样与战卿嬉笑胡闹吗?燕王是世子血脉相连的父亲,而自己的命运却正是被他最亲近的人与大炎帝君所颠覆,从而家破人亡,掉落无尽的深渊。

现在,毛豆子不知道究竟要怎么去面对战卿,甚至在一瞬间萌生了远离皇宫、远离金陵的逃避之念,似乎天涯海角间游荡,自己与他不见不念便是对双方最好的告别。

绿云痴痴地坐在窗边,眼睁睁地看着战苍踏上马车,轿帘落下,毫无留恋地离开这个地方。

绿云望着马车渐行渐远,忽而一笑,回头对着毛豆子平白嘱托了一句:"豆子,如果还有可能,这辈子,千万不要再错信他人。"

"好。"毛豆子应下,只是声音有些低落。

"对了,你帮我去看镜子前面那个胭脂盒里还有胭脂吗?没有的话该置办一些了。"

毛豆子不疑有他,放开绿云的手便转身离去,打开了胭脂盒:"还有一些,绿……"

毛豆子话还没说完,回头便见绿云已然踏上窗台,然后坠落而下。毛豆子惊呼一声,急忙跑上前去,却晚了一步,只能眼睁睁地看着她如轻薄的纸片飘零而去。

"绿云!"毛豆子疾呼一声,慌忙夺门而出,跑下楼去。

而此时的街道上,已经聚集了不少的百姓,都围在一起窃窃私语。

"这不是关雎楼的名角雎芜吗?怎么会这样?"

"还能是因为啥呀,估计就是被所爱之人抛弃了呗!我早听闻她对苍公子有意,奈何流水无情,我捉摸着人家苍公子啊,就是图个乐呵罢了!"

"也是个可怜人啊!"

等官府中人到来的时候,百姓生怕惹祸上身,四散离开了。关雎楼掌柜的知道事出有因之后,也并没有为难毛豆子,只是冷漠地转身离去,对绿云的死不闻不问,继续开始欢声笑语,纸醉金迷。

这日窗外的光影依旧温和,富裕的街道依旧人声鼎沸,车水马龙。绿云的离开仿若只是万千生活中的一抹灰色,看过听过便罢。寒鸦伶仃,琴声依旧,没有一个人会记得,她的情是源于他,更不会有一个人知道,他欠她的,不过一纸婚书。

毛豆子缓缓走到绿云墓前,轻轻掸去坟间杂草,三拜而别。

就在毛豆子要起身离开的时候,忽然一枚暗器直冲着毛豆子射了过来,毛豆子闪身躲过,暗器钉在绿云的墓碑之上,入木三分。

"谁?"毛豆子不知何人如此不尊重一个逝去之人,不禁怒从中来。

"你觉得,想要你命的人,还有谁呢?"苏轻虞嗤笑着从林中现身。

"苏轻虞?"毛豆子认出了她,"我与你素来远日无怨近日无仇,你又为何苦苦相逼?"

"呵,"苏轻虞轻笑一声,"好一个远日无怨近日无仇!你难道不知从你冒充苏轻鸾身份的那天起,就已经是与我为敌了吗?毛豆子,你还要隐藏到何时?"

"你疯了吗!"毛豆子不知道苏轻虞究竟所为何事,但直觉告诉她,苏轻虞定是来者不善,还是赶紧想出脱身之法更为重要。

苏轻虞拦住毛豆子的去路:"本来,我对苏轻鸾根本毫不关心,你就算替代了她的身份入宫也与我无关,可是你千错万错,不该与战卿两情相悦,更不该让他对你许下世子妃的承诺!因为你,不配!"

"我不会和他在一起的。"毛豆子自从知道了自己是前朝公主遗孤之后，便早已决定舍弃与战卿之间的纠葛。

"你觉得我会信吗？"苏轻虞还并不知道毛豆子的真实身份，"这世界上，只有死人，才不会与我争！也只有死人，才能永远离开战卿！"

"我真是不知道你到底何德何能能让战卿对你如此偏爱？"苏轻虞指了指林中潜伏的暗卫，"论智谋，我苏轻虞手握金陵城内举足轻重的生意，定不比你差！论实力，我可以轻而易举地将他人眼线化为我用！而你呢？你有什么？"

"良善之心。无论我或贫或富，我自问从未主动算计过人，更不曾谋夺过任何人的真心。而你，虽然爱他，但这份爱却是出于算计，出于荣华富贵江山权势的谋算。不对吗？"

毛豆子一针见血，苏轻虞有些站不住脚，但还是竭力说服着自己的本心，对毛豆子持剑相向："就算如此，那又如何呢？等你死了，就什么都没有了，你也就只配在阴曹地府里苟延残喘！"

毛豆子闪身躲过苏轻虞的剑，却没想到苏轻虞气急败坏，下手更是狠厉，像是下定决心要取毛豆子的性命。可惜苏轻虞对生意之事甚是熟练，对剑法根本称不上上乘，几次被毛豆子堪堪躲过。

苏轻虞不想节外生枝，一声令下，丛林中的暗卫全部拉紧了弓箭，齐齐瞄准毛豆子的方向。

苏轻虞挥手示意，瞬间万箭齐发。毛豆子刚要想办法躲避之时，战卿飞身而过，将毛豆子面前的弓箭尽数击落。与此同时，红羽也解决了不少丛林中的弓箭手，余下些许人见得苏轻虞大势已去，无意再缠斗，四散离开逃命去了。

"殿下……"苏轻虞始料未及，急忙迎上前去，又不知道该说些什么去补救。

毛豆子看着身旁的战卿,不知怎的忽然有股泪意,但还是悄无声息地挪开了战卿搂住自己的手。

战卿未曾察觉,对苏轻虞满是怒火,长剑出鞘,禁止苏轻虞再上前一步:"你好大的胆子!"

"殿下,她分明不是苏轻鸾啊,她……"苏轻虞还想为自己争得最后一丝生机。

"我知道,"战卿长剑并没有放下,"但与你何干?"

"我……"苏轻虞眸中满是泪水,"我对殿下的心天地可鉴,您为什么还一心袒护一个冒牌货呢?她何曾帮过您一丝一毫?"

"豆子帮过我的,给予过我的,你无须知晓。同样,你对我何意,我从不愿听!"战卿剑尖直指苏轻虞咽喉,"只是,你今日伤她,便是死罪!"

"殿下……"苏轻虞还欲再辩,然而战卿丝毫没有给她这个机会,长剑决然划过,她已然没了气息。

"红羽,把人带走,扔到乱葬岗!"

"是。"红羽上前刚想触碰苏轻虞,却不料毛豆子忽然上前,一下子抽出了红羽的佩剑,直指战卿。

战卿和红羽都不明所以,战卿更是不解:"豆子,你这是?"

毛豆子强忍着泪滴不让它滴落下来:"你可知道杨柳依是谁?"

战卿摇了摇头,毛豆子继续开口:"我去关雎楼找绿云的时候,正好遇见战苍,他跟我说,我的生母其实是前朝公主,而我,就是前朝遗孤杨柳依。正是你的父王与大炎合谋,毁了我的家!"

"殿下……"红羽想上去保护战卿,被战卿拦下。

战卿上前一步,毛豆子的剑尖便收紧一寸:"如果你确定这些都是真的,你要杀要剐我毫无怨言,只是前朝旧事,父辈恩怨,我们又何必

纠缠不休呢？"

"呵，是啊，父辈恩怨。"毛豆子手握长剑还在微微颤抖，"我也曾这样劝过我自己，可我做不到！若我自私地选择忘记，那么那些战死沙场的将士，那些被毒死的宫人，到了午夜梦回的时候，他们会不会找我来索命？会不会来埋怨我，忘记国耻，贪图享乐！"

"不会的，豆子，我相信公主在天之灵也希望你过得快乐，不是吗？"战卿怕毛豆子伤了自己，想将剑拿下来，却被毛豆子紧紧攥在手里。

毛豆子无助地摇了摇头，泪水倾泻而下："战卿，你走吧，我想一个人静一静。"

"豆子……"战卿不肯离开，"你要是心里不舒服尽可以冲我来，如果你实在过意不去，那你就出剑，我就在这里站着。"

"你以为我不敢吗？"毛豆子长剑划过，在距离战卿咽喉一寸的位置上停住了手。

战卿掌心紧紧握住了剑刃，不断地往自己的方向拉伸，而毛豆子却生怕自己真的伤了他，不停地退缩着。

战卿复开口："没有什么敢与不敢，只是父王与大炎合谋推翻前朝是事实，你心中有恨、有怨我都能理解。你若真的想以命还命，那么你想要的大道正义，我给你！"

毛豆子凝望着战卿澄澈的眸子，手中的长剑无论如何都不能再近一寸，最终只能仓皇放手，叹息一声："你走吧。"

毛豆子像是被抽走了身上所有的气息一般踉踉跄跄地向前走去，不肯再看战卿一眼。

战卿站在毛豆子身后，凝视着她的背影，全然不顾鲜血滴落的掌心，静静地告诉了毛豆子一件晴天霹雳的事："叶妃死了。"

"怎么会？"毛豆子闻言瞬间回身，眼神中充满了不可置信，"你为了骗我回宫是不是？"

"是真的。"战卿顿了顿,"是锦瑟把离秋与顾轻狂的双生秘密告诉了叶妃,之后又有意地向她提起了世外高人的方法,叶妃为了解除离秋的困境一意孤行,以心头血熬药强行喂服顾轻狂,最终气血难撑而亡。太后娘娘也病倒了,日日在慈安宫里念叨着叶妃的名字。"

"又是锦瑟!"毛豆子现在心中对锦瑟充满恨意。

虽然现如今毛豆子极其逃避那座冷冰冰的皇宫,可为了给叶妃讨回公道,为了让锦瑟为她做下的一切付出代价,她只能再次回到了自己不愿意面对的地方。

良久,毛豆子再次开口:"你先回去吧,我想先找个地方一个人待会儿,过几天我自会回宫。"

"豆子……"战卿很是担心,想追上前去,却被红羽拦了下来。

"殿下,一时之间这么多变故,让毛姑娘消化一下也是好的。"

战卿静了静,踌躇两步,终究不再追了。

Chapter 15
腥风吹血雨

三日之后,毛豆子再次回到了未央宫中。

"娘娘,你可回来了,奴婢还以为您出了什么事,担心得吃也吃不好,睡也睡不下。"毛豆子刚回去,素问便迎了上去,眼里还有几丝泪花。

"好啦,我这不是安然无恙回来了嘛。"毛豆子笑着抹了抹素问的泪珠,"宫里这几天可有什么大事发生?"

"没什么特别的,"素问努力回忆着,"只是听宫里传闻说,皇上最近有些奇怪。"

"哪里奇怪?"

"皇上最近总是把自己一个人闷在殿里,还不许任何人进去,就连王勤想去问问都被轰了出来,也不知道是怎么回事。"

毛豆子听得素问如此说,便想起定是顾轻狂为了保护真正的苏轻鸾不被人发现,才出此计策,心里也跟着安稳了不少。

"皇上此番不肯见人,估计是国事繁多,身为后宫中人,更要为皇上考虑,又怎能去徒增烦忧?"毛豆子吩咐着,"素问,若是今后再在宫中听到有人乱嚼皇上的舌根子,便告诉本宫,本宫定要严刑处置。"

"奴婢明白。"素问应下。

"还有,将锦贵人传到本宫这儿,本宫有话要问她。"

"是。"

不消一刻的工夫,锦瑟便来到了正殿,早已卸下了伪装,没有了初见毛豆子那畏畏缩缩的样子。

"参见鸾妃娘娘。"

"跪下!"毛豆子倏然喝了一声。

"臣妾不知道所犯何事,为何要跪?"

毛豆子冷笑着:"你蓄意告知叶妃错误行径,以残忍手段逼她致死,难道不是有罪?"

锦瑟自然也不会这么快败下阵来:"臣妾也只是听说有位游医医术高超,这才赶紧告诉了叶妃姐姐,可奈何姐姐一意孤行,执意要听从游医行危险之法,臣妾也是始料未及啊。"

毛豆子闻言忽而一笑:"哦?是吗?那锦贵人倒是与本宫说说皇上究竟是何病症,居然如此严重到需要江湖游医来医治了?"

"皇上乃是双生……"

锦瑟话还没说完,毛豆子便猛地拍了下桌子:"放肆!简直荒唐!皇上明明圣体无恙,岂由得你在这里信口胡言!本宫身为未央宫主位,对你屡次纵容,不外乎是为皇上着想,怕圣上心情不豫,病魔缠身。而你却三番五次罔顾宫规,挑拨离间,收买人心,素问,传内廷杖三十,即刻执行!"

"是。"素问连日来也渐渐认清了锦瑟的真面目,同仇敌忾。

"鸾妃娘娘,您不能就这样随意杖责三十!臣妾说到底不过就是失察之罪,您怎么如此无公允可言?"锦瑟想必也怀揣怒气,大声反驳起来。

毛豆子信步走到锦瑟面前,这时一枚暗器打在锦瑟腿上,锦瑟始料未及,跪伏在地:"摁住她!"

"是。"素问带着殿内的宫女立刻上前摁住了锦瑟。

"常言道再一再二不可再三,皇上对你宠爱有加,你却在他背后乱嚼什么双生的无稽舌根,罔顾他圣恩是其一,管束宫女不严致泠贵人身死是其二,如今故意逼死叶妃是其三,你觉得以你之罪,是否当诛?如今这宫中,除了本宫以外,便只剩下了熙妃与你,熙妃进宫时日尚短,不问世事,那你可是觉得本宫在这后宫之中做不得主?"

"臣妾并无此意。"锦瑟从未料到毛豆子也有一天会气焰高涨至此,浑身气压低得自己喘不过气来。

"既是如此,杖责三十有何不服?"

"臣妾……"锦瑟此刻更怕的是连小命都不保。

"既然锦贵人没有多言,那便行刑吧!可都给本宫仔细着,若是像没吃饱饭一般没有力气,那本宫自可送你们每人一碗断头饭!"

"是。"

闻得毛豆子此言,再无一人敢惰懒,全部铆足了力气打向锦贵人。

照毛豆子往常的性子,若是眼睁睁看着锦贵人趴伏在木凳上,鲜血隐隐浸湿衣襟都不肯呼痛,只是紧紧咬着下唇的样子,她该是心痛的。可这次她没有,甚至说无论如何都不会对锦瑟再有一丝怜悯之心。

此刻的毛豆子只有恨,恨自己还没有能力直接将锦瑟处死,还要留着她的身份以待大计。

三十板子转瞬即过,锦瑟早已昏了过去,毛豆子一眼都不想多看,便吩咐人将锦瑟抬去了偏殿。

"主子倒是好心性，没直接要了锦贵人的性命，她就该对您感恩戴德了。"素问为毛豆子递上一盏茶。

"没能直接送她归西是我这次欠了叶妃的，来日必将让锦瑟去九泉之下受尽苦痛。"毛豆子紧紧地攥着手心里的锦帕，锦帕早已皱得不成样子，她却不曾发觉。

"太后怎么样了？"毛豆子复问起。

"自从叶妃娘娘离开后，太后便茶饭不思，如今这身体更是大不如前了，想来她对这个侄女还是极好的。"

毛豆子点点头："走吧，本宫去看看太后。"

"是。"素问跟了上去。

等毛豆子到慈安宫的时候，太后还卧病在床。

看着毛豆子走过来，太后的眼神还有一瞬的迷离："鸾妃，你来啦？"

"臣妾参见太后娘娘。"毛豆子虽知太后此刻神志不清，但礼法不可费，还是对着太后行了个礼。

"是你啊。"太后眯了眯双眼，瞧清了毛豆子，"有什么事吗？哀家可不想见到你。"

"带他们下去。"毛豆子轻声吩咐着素问。

素问会意，将慈安宫内殿的宫女内监都带了出去。

毛豆子轻轻拨了一下太后面前的熏香，自顾自地坐在太后面前："臣妾今日来这里，其实只想寻找一个答案。"

"什么答案？"太后闭目养神。

"您为什么那么厌烦我？而且三番五次地派人去暗杀我？"毛豆子开门见山，讲话从来不拖泥带水，"只是为了让叶妃获得盛宠吗？"

"那不然呢？"太后反问了毛豆子。

毛豆子轻笑一声："臣妾已经调查过前两次刺杀行动人的身份，分

别是木城和木青,如果臣妾没猜错的话,那位在皇上御前时常出现的人,便是木兰。太后如此费尽心思地把江湖上木家山庄的人为己所用,想来真实目的并不在于叶妃一个人身上吧?"

看着太后并不说话,毛豆子继续:"我素来知道叶妃虽然有些大小姐脾气,但性情良善又心直口快,您将叶妃作为您朝堂、后宫的砝码,就当真是为了她好吗?又或者臣妾想问您一句,您知道叶妃为何到死都不得圣宠吗?"

"哼,还不是因为皇上偏爱你与锦贵人!"太后抬眼,凝望毛豆子。

"您错了。"毛豆子笑了笑,"我与皇上从无半分男女之情,如果偏要说什么关系的话,倒不如说是志趣相投。只是叶妃深爱皇上一辈子,皇上却对她置若罔闻,正是因为皇上明白,她是您的侄女,是您牵制他的一枚棋子!"

"是您,最终断送了深宫中的叶妃!"毛豆子残忍地将事情的真相摆在了太后面前,由不得她不信。

太后听得毛豆子的话,果然抑制不住猛咳了一阵,旋即虚弱地说:"就算如此又如何?哀家手上的人命不在乎多这一条!如果要把这笔账算到哀家头上,倒不如说是皇上专权跋扈,哀家不得不防!"

"防?皇上是您的亲生儿子,您在防什么呢?"毛豆子步步为营,字字诛心,"您不过就是怕皇上将您在前朝安排的所有势力拔除殆尽,可臣妾却觉得您此举毫无意义。皇上是天下人的皇上,您更是皇上以天下奉养的太后,又有何不安心的地方呢?这些年来,您最对不起的,当是那些为您谋求算计丧命的人!"

"咳咳……"太后还来不及说话,便又是一阵猛咳,"你不是苏轻鸾,你究竟是谁?"

"我是谁并不重要,重要的是每个人都该为自己所做过的事情付出代价!"毛豆子还未说完,太后便紧紧地拉住了毛豆子的手,纠缠间,毛豆子手臂上的柳叶印记倏然映入了太后的眼帘。

"你是那个前朝遗孤杨柳依？"太后显然也知道这件事，"当年先帝杀到皇宫时，四处都找不到公主的下落，临去时还对公主失踪的事念念不忘，吩咐我一定要肃清全部落网之鱼，守好江山。我遵从先帝遗命，在民间多次查探前朝公主的下落，还以为她早已丧命，却没想到她不仅没死居然还生下了你！"

"很失望吗？"毛豆子轻笑一声，"当年离殊谋权篡位登基为帝，我母亲景福公主东躲西藏，留下唯一一个杨家血脉赐予柳依之名传承。当时那么小的孩子啊，你们居然还不放过，要赶尽杀绝！可侥幸的是最后我还是在金陵的饥荒中活了下来，不知道是不是托您的福呢？"

"你！"太后扑上前去，却被毛豆子闪身躲过。

"你恨我哪怕想杀我都可以，但皇上是无辜的，他不应该为上一辈的恩怨付出代价，请你放过他！"

毛豆子反复咀嚼着太后的话，心中如同摇摆不定的天平："说来也可笑，我其实并不知道是否要对皇上下手，你觉得呢？"

面对毛豆子试探的话语，太后舒缓一笑："杨柳依，你没有那么狠毒的心思！冤冤相报何时了？离家谋夺皇位是不假，但天降大祸子孙折寿已经是惩罚，你又何必脏了自己的手呢？况且，明知自己的命数还要装作不懂地活在这个世上难道不比一刀了结更痛苦吗？"

"也许吧，"毛豆子难得叹了一句，"您就在这宫里好好休息，天下太平、风调雨顺您没准儿还能有幸看到呢。"

"呵，看不到了……"

毛豆子转身离开，只留下太后缠绵病榻长长的叹息声。

入夜，毛豆子翻来覆去怎么也睡不踏实，战卿守在殿外更是彻夜难眠，两个有情人生生被命运隔开一道巨大的鸿沟，不得安宁。

就在毛豆子强迫自己合上双眼的时候,忽然听到黑暗中传来一阵窸窸窣窣的声音,毛豆子下意识拿起防身的短剑,向着黑暗中走去。

一道人影掠过,毛豆子突然追了上去:"谁?"

然而还没等毛豆子反应过来,已经被刚才的人影从身后捂住了嘴:"别叫,是我。"

毛豆子记忆里明明不曾出现过这样的声音,情急之下反身一脚狠狠地踩在了身后人的脚上,男子霍然吃痛,赶忙放开了她,捂住自己的脚呼天抢地。

"你是谁?"毛豆子顺势将短剑比上男子的脖颈。

"你不是熙儿?"烛光摇曳间,男子终于看清了毛豆子的样貌。

"什么熙儿?"毛豆子不解,略带怀疑地问出了口,"和熙公主?"

"你认识和熙?"男子丝毫没顾虑到毛豆子的短剑,反而很是兴奋的样子。

"你是什么人?"毛豆子不敢松懈。

男子似遇见故人一般摘下了自己的面巾:"我是术凌霄!"

"术凌霄?"毛豆子努力在脑海里检索着这个名字,霍然想起,似乎是战卿和自己提过的国师之子。

毛豆子这才缓缓放下了短剑:"你是燕国国师之子?"

术凌霄乖巧地点了点头,毛豆子不禁嗤笑一声:"你倒是心大,贸然报出自己的名讳,也不怕我是个坏人,随便给你们安一个祸乱宫闱的罪名,然后扭送了你与公主去见皇上。"

"我与公主是青梅竹马,真心相爱的。"术凌霄说得信誓旦旦,"我听说和熙嫁来了大炎,马不停蹄地就赶过来了,但在皇宫外面徘徊了好一阵子才摸清楚侍卫们换班的规律,这才逮着机会进来,却没想到进错了地方。"

"这是未央宫,和熙在昭阳宫。"毛豆子指了指和熙的方向。

"谢谢，那我这就去找她。"术凌霄说着便要离开殿内。

"等等，"毛豆子急忙拉住了他，"现在宫中到处都是巡逻的侍卫，你出去无异于自投罗网。"

"那怎么办啊？"术凌霄负气地坐在一旁。

"你等等，我想办法让你们明天见面。"

"真的吗？"

"真的。"

"太好了！"术凌霄欢呼的声音差点惊动外面的战卿，幸好毛豆子提醒了一句，术凌霄才压低声音。

看着术凌霄无忧无虑的样子，毛豆子不自觉地便想起了自己还未被告知真实身份时的样子，虽然那时也有些事情甚是棘手，但好在都有战卿在，无论多难似乎都能解决。可现如今，一个身在殿内，一个被支去了殿外，一道门便隔开了两个世界。

第二日一早，毛豆子便吩咐素问取来了一套内监的衣服交给术凌霄换上，术凌霄虽然开始觉得别扭，但好在最后还是听从了毛豆子的建议，毕竟对于现在的他来说，见到和熙才是最重要的。

然而就在毛豆子刚带术凌霄走出殿门时，正巧碰到战卿，毛豆子不由分说地摁了一下术凌霄的脑袋，让他低下头去。

"你要去哪儿？"战卿似乎觉察到了不对劲儿的地方。

"我去趟昭阳宫找和熙坐坐。"

战卿依稀间好似辨认出了毛豆子身后术凌霄的身份，但并没有揭穿："早去早回，有事儿及时通知我。"

"好。"现在毛豆子与战卿之间的话真是少得可怜，就连素问都看出了两人之间的隔阂，却又不能直说，只得暗自憋在心里。

悠长的皇宫巷道，依旧堵不住术凌霄的嘴："娘娘，你刚才为什么

不让我抬头啊?我听着好像是我们世子殿下的声音。"

"你识得他?"

"也不算很熟吧,只不过在燕国的时候,大殿下总不让我与和熙见面,我走投无路之下只能去求助世子殿下,世子每次都会帮我去见和熙。他怎么也在这儿啊?"术凌霄疑问倒是挺多。

"这个你就不要再问了,知道得越少对你跟和熙越安全,一会儿前面人多起来的时候,记得把头低下去,别让别人再看见了,知道吗?"

"好。"术凌霄看模样还要比毛豆子小上两三岁,乖巧地跟在了毛豆子身边。

昭阳宫中,毛豆子先让素问将宫人全部带了下去:"你先带他们出去吧,我与和熙有话要聊。"

"是。"素问带人退下。

看着殿中人全部离开,术凌霄赶忙摘下帽子,一个箭步冲到了和熙面前:"熙儿!"

和熙这才认出眼前的人原来是术凌霄,面容上的愁绪与憔悴刹那间消失殆尽:"凌霄,你怎么来了?没被人发现吧?"

"没有,我昨天晚上不小心闯进了鸾妃娘娘的宫殿,是鸾妃将我藏了起来,我才能得以今天见到你。"

和熙霎时热泪盈眶,对着毛豆子便要拜下去:"和熙谢过娘娘大恩。"

毛豆子急忙将和熙扶了起来:"公主大礼,本宫如何受得起,赶快起来吧,本宫也不过是举手之劳而已。"

"娘娘不必往心里去,我刚才余光里瞟到世子对您的目光充满了爱意,没准儿我们以后还是一家人呢!"术凌霄心直口快,觉得此时此刻也没有外人,便说出了口。

"二哥?"和熙显然是刚知晓这个消息,"二哥怎么会在未央宫?"

"娘娘,你快跟我说说这究竟是怎么回事?"和熙坐立难安,"自从二哥与父王告别说要出来巡查民情之后,我就再也没有见过他,一直心存担心,却万万没有想到他原来就在我身边!"

看着和熙对战卿如此关切的样子,毛豆子终究还是与和熙说起了一切,包括了自己的身世。

听完毛豆子对这些日子经历之事的诉说,和熙也不免有些唏嘘:"嫂嫂……"

"你还是直接称呼我名字吧。"毛豆子还有心结未解,此刻听着和熙的这个称呼反而更加难受。

和熙只得改换称呼:"豆子,我知道站在我的立场上,我并没有资格让你去原谅燕国,原谅父王,原谅二哥。但你有没有想过,二哥包括我生在燕国长在燕国都是不能选择的。他一出生便注定了是燕王之子,注定了是你仇人的儿子,但这一切都并不是二哥的错啊,至少他并没有伤害过你,反而屡次救你性命,不是吗?"

和熙的话让毛豆子无法反驳,可毛豆子却总觉得亡国之恨如鲠在喉,就算自己怎么努力想要去拔除它,它都会一直东躲西藏,时刻提醒着自己它的存在。

"你说的道理我又何尝不懂?只是我心里……"毛豆子欲言又止,"希望时间能磨平一切吧,你们两个的打算呢?想回燕国还是留在这儿?"

术凌霄握紧了和熙的手,笑着:"熙儿在哪儿,我便在哪儿。"

和熙慢慢思索着:"豆子你刚刚也说,顾轻狂对我明面上的关爱其实只是为了给王兄做戏,那既然如此的话,我想先留在这里,我虽然恨王兄,但毕竟是他的亲妹妹,我不希望他落得和母妃一样的下场,我想借助我自己的一点力量让他迷途知返。"

"嗯。"毛豆子点了点头,"你既然心意已决,我也不好说什么,

只是身在皇宫禁院,一定要注意自身的安全,妥善行事。术凌霄就给你留在这里吧,你们也好有个照应。"

"好。"

战寒对于宫中传出的和熙受宠的事情深信不疑,并且在宫外做好了一切准备,就等着推翻战卿的世子之位,取而代之。

暗夜中,丞相府后门,一个鬼鬼祟祟的身影背着包袱悄无声息地走了出来,她左瞧右看,好久才看到战寒的身影,急忙激动地跑了过去:"夫君!"

战寒看到来人也禁不住笑了笑,不过这个笑容里却是蕴满了谋算与猜忌:"轻歌小点儿声,小心被人听见。"

"哦,"苏轻歌赶忙收声,轻声细语,"夫君,我们下一步去哪儿啊?你会带我回燕国拜见燕王吗?"

"现在还不行。"战寒坚定地拒绝了。

苏轻歌的脸色立刻有些不好看,仿佛有些生气。

战寒拉住苏轻歌的手:"我保证,答应过你的一定会做到。只是现在燕国局势未定,我们就算回去了,你也不过是个不被重视的王妃,等过段时间我把一切都安排好,让你登上世子妃的位置,岂不是更加受人敬仰?到时候,风光回府,想来丞相都不会怪罪你了。"

"是吗?"苏轻歌自小被丞相娇生惯养,哪里看得清楚寒王的谋算。

"当然了。"战寒将苏轻歌拥在怀里,"我答应过你的何时食言过,况且我对你的心意天地可鉴,若是有一丝谎言,就……"

战寒还没说完便被苏轻歌捂住了嘴:"我不许你咒自己!你对我的好我都明白,我相信爹爹也只是一时不懂,日后他一定会祝福我们的。"

"只是……"苏轻歌伤感地望了望身后的丞相府,"我今天晚上一旦踏出了这个大门,怕是永远不能回来了。"

战寒看出苏轻歌眸中的犹豫，赶忙又加了一句："轻歌，我知道你的不易，今后我必定会待你好，只要我能得到世子之位，将来继承燕王大统，你想怎么孝顺丞相我都必定陪你一起。再者说了，现在府里不是还有苏轻虞吗？丞相会有人照顾的。"

"说来也是奇怪，二妹已经好久没在府里出现过了，连爹爹都找不到她，派官府去寻了，也不见踪影。"

"可能只是出了远门没有告诉你们吧，不用担心。"苏轻虞是死是活寒王当然不会关心。

苏轻歌最终还是叹息了一声："但愿如此吧。"

"走吧，再不走等被你的丫鬟发现了可就来不及了。"

"好。"苏轻歌跟在战寒的身后，缓缓消失在夜色之中。

这日，毛豆子收到战卿来自宫外的飞鸽传书，称"苏轻歌已经离开丞相府，丞相多番派人查探都并无踪迹，很有可能已与寒王离开"。她明了后将纸团投入火中焚毁，坐在那里静思良策。

还没等毛豆子想出应对之法，苏轻歌便主动找上了门，毛豆子只得将她请了进来，且行且看吧。

苏轻歌刚被素问引进门来，突然就"扑通"一下跪在了毛豆子面前，哭得肝肠寸断："三妹，鸾妃娘娘，求娘娘收留我。"

"收留？大姐怎么了，居然需要我收留你？"

苏轻歌抹了抹眼泪："是我不懂事，没有听爹爹和二妹的话私自逃出府中，我本以为寒王是可信之人，他会待我好，可哪知道他却始乱终弃，整日流连于秦楼楚馆，对我不闻不问！"

"那你怎么不回家找爹爹呢？"毛豆子就想看苏轻歌还能演到什么时候。

"爹爹家教甚严轻鸾你又不是不知道，虽然平时爹爹很是宠我，可

这毕竟是有辱门楣之事,我哪里还敢回去呢?"

"那你想怎么办?"毛豆子直接问起了苏轻歌的想法。

"我……我想求妹妹收留姐姐几日,等爹爹气消了,我再回去看看。"苏轻歌明显是受到了战寒的指使,想要前来刺探消息。

好一招"不入虎穴焉得虎子"。想到这儿,毛豆子装作关切的样子将苏轻歌扶了起来:"姐姐快请起,这件事说到底还是姐姐犯了糊涂,怎么能那么轻信于人呢?"

"是,是姐姐错了。"苏轻歌以为毛豆子相信了自己的说辞,眼泪收得倒是挺快。

"素问,给姐姐准备一间屋子住吧,记着吩咐下人好好侍奉,知道吗?"

"是。"素问领旨退下,"姑娘请随我来。"

看着苏轻歌走出正殿,毛豆子才拿起笔,修书一封给战卿:"苏轻歌自投罗网,暂住未央宫,我会见机行事,将假消息告知于她。"

看着信鸽飞出窗外,毛豆子心内忽然划过一丝忧伤,寒王之心已经如司马昭路人皆知,战卿为了方便行事也已经请旨出宫,她和战卿之间没了最开始的亲密,变得有些客气起来了。而现在这座王城里正如一张巨大的网,将毛豆子整个人完完全全笼罩其中,让她不得喘息。

苏轻歌刚刚在偏殿收拾完,便急急地闯进了毛豆子的殿内,跟在她身后跑来的素问有些生气道:"姑娘,奴婢已经跟您说过好多次了,以后要进娘娘的寝宫需要通报,您怎么……"

苏轻歌并不自觉,反而回头狠狠地瞪了素问一眼,示意她别多嘴。这时,毛豆子在书案前站起了身:"好了,素问你先下去吧。"

"是。"素问依言退下。

素问临走时，苏轻歌还满不在意地对素问"哼"了一声。

苏轻歌见素问走后，跑到了毛豆子身旁，好奇道："三妹，你在写什么呢？"

毛豆子桌案上放的恰恰是故意引苏轻歌入局的信笺，上面清清楚楚一字一句地写着："太后圣体违和，恐不久矣。皇上圣心疲惫，撤去清央殿四周守卫，静思己过。"

看着苏轻歌明目张胆地对着自己的信探了过去，毛豆子立刻装作秘密被发现的样子，用旁边的砚台盖了盖："大姐，有什么事吗？"

"哦，也没什么，我只是瞧着御花园的花开得挺好看的，又不知道以我现在这个身份合不合适多加停留，怕被人发现坏了规矩，所以提前来问问你。"

毛豆子了然一笑："就这事儿啊，微末小事不必问我，你是我姐姐，在宫里当然可以小住一段时日了。"

"那便好，我想去赏花了，三妹要一起吗？"

"不了，我还有些事没做完，你先去吧。"

"好。"苏轻歌蹦蹦跳跳地出了宫。

毛豆子想都不用想便知道，她一定是去给寒王传递消息的。

只不过皇宫禁院戒备森严，苏轻歌怎样将消息传递出去呢？毛豆子心下纳闷，悄悄跟在了身后。

没走几步，恰巧看见御河边的苏轻歌低下身去似乎在捣鼓着什么，没过多久，一艘折好的小船便顺流而下。

毛豆子这才明了，原来苏轻歌是用这样的方法去传递消息。就在毛豆子蹑手蹑脚准备离开的时候，一转身就撞见了站在自己身后的和熙，差点吓得叫出声来。

"和熙，你怎么在这儿？"毛豆子满是疑问，急忙拍了拍胸脯让自

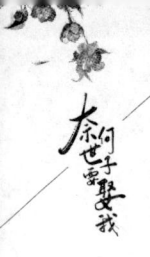

己冷静下来。

"我闲来无事到处走走。"和熙有些着急地说,"却没想到居然能在这儿看到此等为非作歹的人,瞧她鬼鬼祟祟的样子,定是要给宫外的人传递什么消息,如此恶劣行径怎能任由她去?"

和熙向前走了几步,想当众揭穿苏轻歌的阴谋,被毛豆子赶忙拉住,她还比了个"嘘"的手势:"别打草惊蛇。"

和熙很是纳闷,但看毛豆子如此认真的样子,只能再次躲了起来:"你早就知道这件事?"

"是我故意给她的错误消息,就是要让寒王觉得宫内守卫松懈,给他机会乘虚而入。"毛豆子简明扼要地解释给和熙听。

"你是想让皇上看清寒王的真面目,从而终止他们之间的交易?"和熙霎时明白过来。

"是。"毛豆子应下。

"果真是妙计,倒害我担心了半天,"和熙笑了笑,"这些天怎么不见二哥的影子?他出宫了吗?"

"嗯,如今宫中形势不明,寒王与锦瑟里应外合,在皇城里放入了很多眼线,反正我和战卿也没什么话说,商量之下便让他出宫去了。"

和熙却不这么看,坏笑着看向毛豆子:"口是心非!你究竟是因为没话说,还是为了他的安全着想,怕他的身份暴露有危险啊?明明心里担心得要死,嘴上还不肯明说,非要找什么理由,真是替你们两个累得慌!"

毛豆子眼见心事被戳穿,干脆也不辩解:"好啦,我的好公主,只求你别在战卿那儿打我的小报告我就谢天谢地啦。"

"虽然世子是我二哥,但我心里是向着嫂嫂你的嘛,才不会帮他呢!"和熙很是天真地笑着。

毛豆子这次也并没有纠正和熙的称呼,只是笑了笑,不置可否。

毛豆子掐算着时间，想来宫外的寒王收到消息后，应该差不多布局完毕了，便去清央殿中找到顾轻狂商量此事。

"你怀疑寒王会借着太后的由头借机在宫外埋伏兵力？"顾轻狂很是惊讶，苏轻鸾在一旁也有些紧张。

毛豆子却凝重地继续说道："不是怀疑，是肯定。寒王已经在调动兵马往金陵的方向暗自行进，估计不日便会到达金陵城外。"

"那我们怎么办？"顾轻狂说到底不是离秋，对兵戎相见之事下意识地有些恐惧。

"静观其变。"毛豆子缓缓吐出这四个字。

"静观其变？"苏轻鸾不解其意，"寒王都已经大兵压境了，我们现在静观其变岂不是等于坐以待毙？"

"瓮中捉鳖？"顾轻狂忽然没来由地冒出了四个字。

苏轻鸾嫌弃地看向了它："顾轻狂，你是个书生，怎么现在也跟豆子一样乱用成语？哪儿有把自己比作鳖的？"

"他可能是想和我乌龟的信条做兄弟了吧。"毛豆子在旁没心没肺地笑了笑。

"豆子，你确定我们会万无一失吗？"苏轻鸾还是很担心，"我的性命无所谓，但轻狂不能有事啊。"

"放心吧，"毛豆子拍了拍苏轻鸾的肩膀，"寒王没有名义，就算是起兵也是师出无名，他这次暗自囤积兵力，我想无非是先来刺探一下皇上的口风。就算皇上同意了撤去世子之位，寒王还要顾及着燕王的意思，来回数日，我想他不会这么快行动。"

"那便好。"顾轻狂点了点头，稍稍放下了心。

Chapter 16
你在我心上

寒冬初雪,劲风凛冽,明明是入冬以来的第一场雪,可这夹着冰凌的雪花却如利刃一般划在每个人的脸上,就连街道上出去迎接雪花欢呼雀跃的小孩子都被爹娘们强行抱了进去,皆说"雪花冷冽,会伤肌理"。

初雪越下越大,转眼间已经绵延十日,就在这样一场夺人心弦的寒冷中,太后的命运也终究走到了尽头。

随着太后最后一记猛咳,便了无生息。

皇上听闻太后薨逝的消息后,深受刺激,顾轻狂的意识被强力排挤出去,离秋再次占了上风。

宫中丧钟响过,举国哀悼,离秋也辍朝数日,陷入了愧疚之中。

太后撒手人寰之后,离秋才明白,太后毕竟是自己的母亲是自己最亲的人,哪怕她如此玩弄朝纲。

还没等离秋走出悲伤,战寒便借着前来祭奠的名义踏入了金陵皇宫,离秋就算千般不愿，也只能在锦瑟的照看下前去会见寒王。

"给皇上请安，圣上万福。"寒王还不想这么早显露出自己的狼子野心，规规矩矩地跪在了离秋身前。

"寒王请起吧。"离秋眼睛红肿，显然是已经数日不得安眠。

"臣这次前来就是想关心一下皇上的近况，太后娘娘虽然已经不幸薨逝，但皇上还是要打起精神，重振朝纲啊！"寒王的话说得虚情假意，不过就是为了刺探离秋的心意。

离秋被锦瑟搀扶着坐下："寒王之意，朕早已经明白，也对和熙公主多加礼遇，彰显了对燕国的重视。为君者，最大的祈愿不过于百姓安居乐业，大炎国泰民安。既然寒王与朕不谋而合，朕自然也是欣慰，只不过废立世子终是大事，不知道世子和燕王那边何意？"

寒王似乎早就料到离秋会这么说，拿出早早准备好的一套说辞："您身为九五之尊，若是不满如今的世子想要他退位让贤，我想父王也不敢多说什么。至于世子嘛，从他被封开始，不过就是站在之前的功劳簿上吃老本，根本没听说做出什么有利于百姓的壮举，想来他并不适合这个位子。"

"那寒王可有做什么大事解决百姓疾苦？"寒王万没想到离秋居然会在这个时候杀自己一个回马枪。

寒王有些心惊，但旋即恢复神色，笑了笑："说来也是惭愧，臣这些时日以来为了盯住世子的下落，以防他有什么不当之举，确实也没有做什么惊天地泣鬼神的大事，但是前一阵岭南地区发生了洪灾，倒是臣前去阻拦了暴民叛变。"

"暴民？"离秋冷哼一声，"是那些收不到赈灾银的平民百姓吧？寒王的手下做事可是干净果断呢！眼睁睁地看着有人饿死都无动于衷，反而与地方官吏平分赈灾银两！"

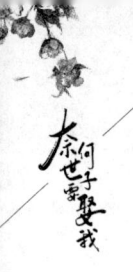

寒王并不知道原来离秋也暗地里调查了自己这么多事,心中难免很不爽快,甚至起了杀机:"皇上您说笑了,岭南灾荒本来就是燕国分内之事,天高路远的,传到皇上耳朵里难免有所偏差,臣就算是再贪财,也不能掠夺人家的救命银子呀,您说呢?"

离秋此时的神色让寒王捉摸不透,寒王只能拱着手在下面站着,冷汗都要从额头上掉落下来了。

离秋半晌后才复言:"寒王你不必紧张,你刚才也说了,无论岭南如何,其实终归是燕国地界内的事情,朕自然也不想插手。朕真正需要管的,无非就是两国边境的百年和平罢了。"

听得离秋这么说,寒王才松了一口气:"是,皇上所言甚是。"

"燕国世子的事情朕会修书一封给燕王,但毕竟兹事体大,燕王又是你们的亲生父亲,朕必须要征得他同意后再下国诏。"

"臣谢主隆恩。"战寒听到皇上能为了自己去告知燕王,就已经觉得胜券在握了,喜上眉梢跪在了离秋面前。

待战寒走后,锦瑟殷勤地上前捏了捏离秋的肩膀:"皇上圣明,为了两国边境的百年和平,臣妾佩服。"

"你不生气我先前宠幸熙妃的事儿吗?"离秋将锦瑟拉到自己身前。

锦瑟魅惑一笑:"臣妾又不是不知道那人是顾轻狂!哪里会怪罪皇上您呢?只是……"锦瑟欲言又止。

"瑟瑟有什么话不妨直说。"

锦瑟闻言眼中立刻渗满了泪水:"臣妾知道皇上情非得已宠幸熙妃,这臣妾受些委屈倒没什么,只是万没想到那个苏轻鸾居然借着皇上不在的时候,对我颐指气使,还传人打了臣妾三十廷杖,臣妾到现在身上都还是疼的!"

"居然有此事?!"离秋显然是刚知道,"朕惊闻母后薨逝后便一直萎靡不振,都不知道你居然出了这等事?!"

"说到底,还是臣妾不好,臣妾对宫女管束不严才使得泠贵人殒命,后来又着急救皇上所以将游医的方法告诉了叶妃,可臣妾对皇上的心从来都是天地可鉴,从没有半分亵渎之心!"锦瑟本来面容就妖娆,现下一哭,便如被惊着的小猫一般,更加惹人怜爱。

"朕去好好问问她!"离秋起身就准备去兴师问罪,"一定要让她对你做过的事情付出代价!"

"皇上……"锦瑟却拉住了离秋的衣袖,"鸾妃姐姐也是为了宫规法度着想,皇上还是切莫动气,不要和姐姐一般见识了。"

锦瑟其实早就有了另一番主意:"皇上,眼下正是我们与寒王达成一致的关键时期,切不可因为后宫中事出了半点差池。以臣妾所见,不如就先放过姐姐这一次,待寒王登临世子位后,我们可以将这个冒牌的苏轻鸾送给寒王处置,先前寒王便在鸾妃的手上栽过一次,臣妾想这定会是一份大礼!"

离秋深以为意:"果然是瑟瑟有谋略,那朕便好好等着将来的那一天!"

"皇上对寒王的好,对燕国的好,对天下百姓的好,臣妾都一一记在了心里,等边境真正无风雨的那一天,臣妾定会与皇上携手,共谋太平。"

"知我者,瑟瑟也。朕答应你,等太后孝期过后,朕定会立你为后。"离秋到现在还沉浸在锦瑟为他勾勒的太平盛世之中。

"臣妾先行谢过皇上。"锦瑟盈盈拜下,还未及地,便被离秋扶了起来,眼中满是关爱。

那厢,寒王算计着离秋修书的时辰,想来燕王也该收到了皇上的意思,便夜以继日地赶回了燕王宫。

燕王寝殿内,风尘仆仆的寒王拜倒行礼:"儿臣参见父王,父王康

宁长安。"

"是寒儿啊,起来吧。"燕王面容看上去似乎还正当壮年,可已是满头华发,不知为何显得整个人年迈不堪,很是虚弱。

听着燕王咳了几声,战寒急忙走上前去,将水递到燕王面前:"父王,可是旧疾又犯了?"

"咳咳……"燕王摆了摆手,"无碍,老毛病了,我们燕国从来都是马背上打江山,这点小毛病不碍事的。"

"那就好。"战寒稍微有些放心。

看着燕王继续看奏章,并不曾抬头的样子,战寒继续开口:"不知道父王可有收到金陵皇上传来的国书?"

"你是说废除卿儿世子之位的事情?"

"是啊。"

燕王虽然因为年纪渐大目光干涩,但望向战寒的时候仍具有一股威慑之意,使得战寒并不敢多说什么。

燕王忽而轻笑一声:"废掉世子?那依你之见,究竟谁适合接任这个世子之位呢?"

"父王英明,自有裁决。"

"苍儿前一阵回来和他母妃叙旧几日便又游山玩水去了,对朝中事从不上心,那这世子之位一旦被废,岂不是只有你一个人最合适?"燕王的语气平缓,听不出喜怒。

"儿臣只愿为父王分忧解劳,不敢有此奢望。"

"你不敢?"燕王手中折子一下子摔落在战寒面前,因为起身过快还有些呼吸不稳,里面夹杂着几分喘息之音,"你当真以为父王老眼昏花,对你做的一切全然不知吗?你以赈灾之名私吞官银,朕已经饶恕了你一回,可你身为唯一一个亲王不仅没有做到一丝一毫亲王的本分,反而屡屡觊觎世子之位,甚至对卿儿几次下手暗杀!你当父王都是糊涂的吗?"

事已至此，战寒也无意再隐瞒，干脆与燕王挑明："父王，我与战卿本就都是您的儿子！战卿连年在外征战，做一个辅佐之人已经是绰绰有余。而我，我常年身处燕国，对燕国事事无不在意，到底哪一点比二弟差了？"

"就是因为你的事事在意！"燕王勃然大怒，"你在意世子之位，在意储位之争，在意民心所向，所以你就要把所有不与你同一阵营的人绞杀殆尽！连你自己的母妃也不放过，你说对于你这样心狠手辣的人，父王怎么能将世子之位传给你？"

"我心狠手辣？"战寒闻言忽然笑了，笑里颇带讽刺，"可这都是跟您学的啊！您难道忘了，当年就是您和离殊将军联合起来灭掉前朝的啊，怎么，如今倒觉得自己是良善之辈了？"

"你！"燕王气极，又是一阵猛咳，差点咳出血来。

听得殿内的争吵之声，本来还在外面担心的庄妃终究按捺不住闯了进去，小心翼翼地扶起歪倒在地的燕王。

"王爷，您没事吧？"庄妃急忙拿着手帕给燕王擦了擦嘴边的血迹。

燕王挥了挥手，挡开了庄妃，支撑着站起身来，指着站在面前的战寒："我怎么养出了你这么一个不孝子！咳咳咳……"

"父王是坚决不肯同意让儿臣接任世子之位吗？"

"绝无可能！"

"好，那就请父王切莫怪罪儿臣僭越了！"战寒话音落地，拂袖便离开了寝宫，再无回头。

燕王被庄妃扶着缓缓坐下，气急败坏地说："你看他！何时变得如此张狂？！"

"王爷顺顺气，寒儿只是一时想不通，过些日子总会好的。"庄妃为燕王抚了抚背。

"云裳……"燕王忽然陷入了沉默,唤了庄妃一声后便没了下文,好久才再次开口,"你说这是不是楚影泉下不得安宁在报复我啊?才会让我这一辈子子孙凋零,不得省心?"

"王爷您多虑了,公主姐姐已经去了这么多年了,怎么还会报复您呢?"庄妃不轻不重地提起"公主"二字。

庄妃的话只引得燕王一句叹息:"我少时血气方刚,奈何身份有别,始终无法求娶到影儿,一时冲动答应了借兵离殊篡位的事。也许是连老天都看不过眼,离殊登基后不久就撒手人寰,就连如今的皇上都惹人诟病,被传言说难以挨过而立的坎。你说,这还不是楚影的怨念吗?她是在怨啊,她怨我不该做那谋权篡位的刽子手,她也在恨,恨我不该一厢情愿将她掠来强锁在宫中,最后含恨离世。就连她舍命护下的孩子,我竟也一度想赶尽杀绝……"

燕王忽然看向庄妃:"云裳,你素来与她亲近,可知当初她那襁褓里的孩子真是在大火中丧生了吗?"

庄妃垂眸,最终也只能隐瞒下来:"是,那孩子福薄,早早便去了。"

"真是天不佑我啊!"燕王又是一阵唏嘘,眼角滑下了一滴泪水。

与孤苦无依的燕王不同的是,战寒回到自己的寝宫后便招来了暗卫,将早早准备好的一纸明晃晃的诏书交到了暗卫手上,暗卫不敢怠慢,即刻翻墙而去。

长夜漫漫,两拨不同的黑衣人分别闯入了清央殿与未央宫,彼时毛豆子正在榻上安眠,丝毫没有察觉到危险的到来。

长剑直冲毛豆子而去,感受到剑锋凌厉,毛豆子这才惊醒,但已经毫无还手之力。千钧一发之时,战卿飞身而入,抛出几枚暗器干净利落地解决了刺杀之人。

"豆子,你没事吧?"

毛豆子摇了摇头，心有余悸。

素问身在外殿，正好瞧见红羽与剩下的暗卫打作一团，她虽然不知道怎么回事，但还是本能地担心红羽的安危，一直守在旁边不肯离开。

剩下唯一一个暗卫走投无路，便准备挟持躲在一旁的素问，红羽先行洞察，在暗卫下手之前一枚飞镖解决了他。

"素问，没吓着吧？"

"没、没有。"素问虽然还很害怕，但还是竭力控制住了声音中的颤抖。

"你怎么会在这儿？这些杀手又是怎么回事？"

"此事说来就话长了，我下次再告诉你。"看着素问并无大碍，红羽不想暴露身份便要离开，却不料一下子被素问拉住了。

素问不依不饶："现在这个时辰根本不是你们侍卫巡逻的时间，你实在是太可疑了，走，跟我去见娘娘。"

素问不由分说地拉走了红羽，还揪着他的耳朵，吵吵嚷嚷地两个人一同闯进殿内，映入眼帘的便是衣着单薄的毛豆子与战卿，一时之间两人同时呆愣在了原地。

战卿下意识地将外衣披在了毛豆子身上，殿内再次陷入了沉默。

素问半天才开口："小展子，你回来了？"

"姑娘认错人了，我是燕国世子。"事已至此，战卿已经没有必要再隐藏身份。

"那小展子人呢？"

"死了，我亲眼看到的，出宫采买的时候不小心摔下楼了。"战卿不想再旧事重提，干脆彻底抹杀了小展子这个人的存在。

"你们怎么会在这儿？"这次轮到战卿纳闷了。

"主子……"红羽委屈巴拉地跑到了战卿身后，"她、她总揪我耳朵。"

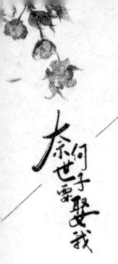

毛豆子看着红羽居然也有被人制住的时候，一时没忍住在一旁笑出声来，偷偷伸出手为素问点赞："做得好！"

素问得到毛豆子的许可之后更加耀武扬威地对着红羽"哼"了一声。

正谈笑间，忽然一个宫女急急闯进殿来："不好了不好了……"

"怎么了？"毛豆子赶忙问。

这时候，小宫女倒纳闷地挠了挠头："你是鸾妃娘娘吗？可我刚才明明看见鸾妃娘娘在清央殿啊，我还想来找素问姐姐去照顾一下呢。"

"我……"毛豆子听得宫女如此说，便知道一定是清央殿出了什么事，所以才被人发现了，可现在要如何解释这一切呢？

正在毛豆子不知道怎么开口的时候，战卿在旁泠然出声："这位是燕国的世子妃，是我明媒正娶的夫人。你们的鸾妃娘娘，确实在清央殿。"

"对，世子妃与我家娘娘是自小的朋友，这次来这里借住几天。"素问跟了一句。

"哦，"小宫女并没有起疑，继续开口，"奴婢是清央殿的宫女，刚才皇上忽然遭遇刺客，不幸中剑，太医来看过了，都说回天乏术。鸾妃娘娘听说之后马上跑了过去，哭得马上就要不省人事，请素问姐姐去照看一下吧。"

"好，我这就去。"素问虽然很是疑惑，但碍于有外人在，只得先行应下。

等小宫女离开，素问才问："这是怎么回事？"

战卿和毛豆子不知道该从何讲起，红羽适时上前："这个故事等我以后慢慢讲给你听，当务之急是先去看看皇上。"

"好吧。"素问应了，一行四人急忙赶去了清央殿。

可等四个人到清央殿的时候，却发现皇上居然已经醒了过来，虽然伤口处还缠着纱布，但看起来生龙活虎："你们怎么了？今天是个什么日子啊居然一起来看我?"

"皇上……"毛豆子不明所以。

"毛豆子你转性子了?也知道叫我皇上了?"

"你是顾轻狂?"毛豆子这才明白。

"是啊,有什么问题吗?"

毛豆子看着顾轻狂像什么都没有发生过的样子,很是疑惑,但转念一想便恍然大悟了。

离秋和顾轻狂本为双生,离秋意外被刺,重伤而死,顾轻狂算彻底轻松释然。

顾轻狂听得毛豆子的解释,虽然也有些懵懂,但终是幸得无恙,遂不再深究。

与此同时,刚刚伤心昏厥的苏轻鸾也醒了过来,看到"死而复生"的顾轻狂狂喜不已:"轻狂,你终于回来了!"

"鸾儿……"顾轻狂紧紧地拥住了苏轻鸾。

毛豆子现在觉得他们四个人在这里简直多余,便将这难得的二人世界留给了顾轻狂和苏轻鸾,带着三个人回到未央宫,商讨下面的事宜。

毛豆子思虑片刻后才开口:"显而易见这场暗杀行动一定是寒王发动的,而暗卫回到燕国也一定会对寒王汇报已经完成了任务,他们万万没有想到的是杀死了离秋,但顾轻狂居然还活着。既是如此,寒王一定还会按照原来的计划登上世子之位,乃至谋夺大炎的皇权。"

"我赞成豆子的看法,但据燕国传来的消息称,父王并没有同意之前离秋所传回去要改立世子的建议,所以我觉得王兄一定会暗自布局,卷土重来。"

"以寒王的性格,我只是有些担心他会做出一些有悖天理伦常之事,"红羽有些担忧,"甚至于我怕王爷会有危险。"

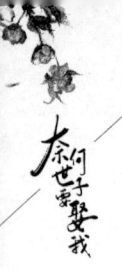

"我这就回去。"战卿虽然与燕王的感情没有那么深厚,但到底有一层血缘关系在,他也不想父王因为战寒而出危险。

"我跟你一起。"毛豆子下意识地站了起来,显然她的动作已经先于她的思绪做出了选择。

毛豆子霍然站起还有些尴尬,犹豫着想要再坐下去:"我……我没有别的意思,只是……"

然而战卿根本没有给毛豆子再反悔的机会,他拉住了毛豆子的手,静静地道了一句:"好。"

素问看着三个人马上要离开的样子,不免也有些着急:"红羽,我……我也想跟你们走。"

"这……"红羽虽然很想带走素问,但他也明白此事非同小可,多一个人可能就会多一分危险,他只能求助地看向了战卿和毛豆子。

毛豆子感受到红羽的为难,对着素问开口:"素问,我们明白你的心,也知道你和红羽之间的感情,但毕竟身份不便,还请你先在宫内待一段时间。眼下苏轻歌还在宫里,她还没有怀疑我和苏轻弯的身份,弯妃那里还需要你照顾和看顾,等我们处理好燕国的事儿,一定会让红羽回来接你。"

"那好吧。"素问只能先应了下来,"那宫里的和熙公主和锦瑟呢?"

毛豆子默默做了决定:"送和熙和术凌霄出宫吧,天大地大,他们想去哪里就由他们去,我们回去会和燕王说明这一切,至于锦瑟……"

看着毛豆子欲言又止似乎心存不忍的样子,战卿代替毛豆子开口:"离秋已死,锦瑟现在也留之无用了,送她去见阎王爷吧,再也不要在豆子面前碍眼。"

"是,素问明白。"素问也早就看不惯锦瑟了,如今得了吩咐定不会让锦瑟好过。

交代完了宫中事，毛豆子与战卿偕同红羽便快马加鞭地赶去了燕国，只希望在寒王动手之前还能挽回一些局势。

然而就在战卿即将到达燕王宫的时候，遭遇了一场谋划已久的埋伏与刺杀。途经竹林，早早潜伏在侧的黑衣人倾巢而出，齐齐冲着三人杀了过去。

战卿和红羽虽然应对黑衣人游刃有余，但黑衣人眼看占不到什么便宜，便趁着间隙故意向毛豆子冲了过去。毛豆子虽已竭力在抵挡，但奈何汹涌而上的人越来越多，渐渐力不从心。而战卿和红羽又被黑衣人缠住，一时半刻腾不出工夫去营救毛豆子。

战卿见此只好搏命，长剑划出，剑花所到之处黑衣人应声倒下。战卿急忙飞身上前到毛豆子身边为其解围，却不想此次暗杀安排得如此周密，一拨黑衣人消灭殆尽之时，便立刻有另一拨人冲了上来，循环往复，不得脱身。

就在战卿竭力挡下刺向毛豆子的长剑时，一时疏忽未曾看到从身后射来的弓箭，毛豆子再看到时已经来不及躲闪，战卿下意识便挡在了毛豆子身前，弓箭与战卿擦肩而过，鲜血顿时浸透了战卿的衣衫。

红羽看到战卿和毛豆子这边的危急情况，手下挥剑更加猛烈，拼命护送着战卿和毛豆子先行离开，但依旧被密密麻麻的黑衣人拦住脚步，只能眼睁睁地看着几名黑衣人飞身上马追着战卿和毛豆子而去。

战卿拉紧毛豆子的手大步向前飞奔，然而时运不济，所到之处恰巧是空无一人的湖边，没有任何可以躲避的地方。

战卿干脆一不做二不休，用另一只并未受伤的手臂单手将毛豆子抱在怀里，毅然决然地跳了下去。

虽然二人已经跳入湖中，奈何战卿受伤的手臂还是有丝丝血迹上涌，毛豆子担心行迹暴露，急忙伸手捂住了战卿的伤口。

此时黑衣人也已经全部到达了岸边，左瞧右看愣是没有发现战卿和

毛豆子的踪迹，又不肯罢休，便往湖里射了几支箭，弓箭擦身而过，险象环生。

不料就在此时，毛豆子忽然气息不稳，险些就要别过气去，但她又担心战卿因为自己暴露行踪，赶忙以手语示意战卿，自己可以上去引开那些黑衣人。

没想到毛豆子的想法被战卿断然回绝，看着毛豆子艰难喘息的样子，战卿不由分说地便上前堵住了毛豆子的嘴唇，瞬间唇齿相依，为其渡气。毛豆子瞪大了双眼，又羞又恼，却没办法在此时此刻推开他，只能任其而为，等待岸上黑衣人的离开。

渐渐地，黑衣人的声音越来越弱，毛豆子和战卿这才缓缓从湖中冒出头来，安然无恙地上了岸。毛豆子想起刚才的事儿，脸庞不受控制地红了起来，抬起手就想要冲着战卿打过去，却被战卿一下子攥在手里。

"你一早便是我的世子妃了，恼什么？"

"我……我可从来没有答应过你！"毛豆子脸庞红得很，"你这就是在占我便宜！"

战卿却始终饶有兴味地笑了笑："既然如此，那你就再占回来便是了，我肯定不会生气的，由君处置。"

"你……"毛豆子气结，撇了撇嘴，"谁稀罕！"

说笑间，红羽匆匆赶到："殿下，没事吧？"

"没什么，"战卿恢复了凝重的神色，"查清楚了吗？是谁的人？"

"如您所料，他们的手法和行动与之前大殿下派出的几次暗杀如出一辙。"红羽回话。

"我早该料到他一定不会善罢甘休！"

毛豆子静静在旁边听着，忽然一刹那间似乎也明白了战卿处境的不易，正像和熙说过的那样，他生在哪儿长在哪儿都不是他可以选择的，刀山血海、枪雨箭林更是与生俱来的无妄之灾。既是如此,那些本不该他承受的,自己又如何能加在他身上呢?

看着毛豆子沉思的样子,战卿开口问:"豆子,想什么呢?"

"我……"毛豆子回过神来,"没什么,我只是有些担心你的伤,赶紧先上药吧,要是严重了可就不好了。"

"好。"战卿也只有在面对毛豆子的时候,笑容才是最真挚不染俗尘的。

此时的燕王宫中,暗卫将刺杀的结果一五一十地报告给了寒王。

战寒猛地拍了下桌子:"就这么点事,你们都办不好!本王还要你们何用?"

"请主子恕罪,实在是世子和红羽武艺高强,我们已经竭力在阻挡,但还是无济于事。不过好在世子殿下已经受伤了,想必也跑不了多远,我们会尽力搜捕他。"暗卫赶忙跪了下去,吓得魂不附体。

"继续找,看到世子的人,必杀之!"战寒缓缓坐下,"父王那里可有什么消息?"

"回主子的话,王爷这些日子以来一直和庄妃娘娘在一起,未有其他旨意下达。"

"好,你下去吧,我去看看。"

"是。"

暗卫抹了一把汗,赶忙退下。

战寒怀着去探望燕王的心思去了寝宫,却不曾想刚到殿外,便听到了自己这一辈子都不曾知晓的残酷真相。

寝宫内,是庄妃坐在燕王身旁,悉心递上了切好的果子:"王爷,吃点梨润润嗓子吧,您这些天太劳累了。"

燕王满不在意地摆了摆手:"不累不累,我自知身体已经每况愈下,

自然得趁我还能说能写的时候,努力给燕国一个太平。"

"世子殿下定会感念您的心意的。"

"卿儿这孩子啊,在这四个孩子里,打小便是与我最疏离的,我一直怜他生母去得早,也就没有多加管束,反而更加让他养成了无拘无束的性子。不过,好在还总能怀着一颗关心民生疾苦的心。"燕王说到这儿颇多欣慰。

庄妃点了点头:"是啊,听闻世子这些年在外征战,戍守边境,也得了不少民心呢,好多大臣也对他很是赞扬。"

"可这孩子让人不省心就在于,有时候太把自己置身事外了,总觉得只要做好自己的分内事便可以了,却殊不知他是无欲无求了,可有的人却是眼巴巴地盯着呢!"

庄妃听出了燕王话里指的是谁,可也只能赔着笑:"寒王素重谋略,兄弟俩各有所长,也是好的。"

"有什么好的?"燕王忍不住啐了一声,战寒在门外听得清清楚楚,刚想闯进去争辩一二,便听得燕王再度开口,"和他母妃一样,挑拨离间,争宠媚上!"

"德妃姐姐她……"庄妃也不知道该说些什么。

燕王继续说起:"啊,德妃?我现在想起来还觉得她死有余辜!这一对母子,到死还在为了世子之位算计,当真以为我看不出吗?"

"德妃姐姐是为了寒王着想,其心虽然不纯粹,但对王爷您还是心存爱意的。"庄妃素来都是不争不抢的性子,也得以在屡次宫廷事中保全自己。

"不过说到底啊,要怪也只能怪德妃出身烟花之地。"燕王叹了一声,"我本以为德妃进了宫会好一些,哪知道依旧不改原来的本性,居然当着我的面和朝臣勾搭在一起了,你说我怎么能忍?就连寒儿的身份也……"

"寒王是您的亲生儿子，您根本就不必再怀疑了。"庄妃虽然话少，但还是明事理。

"我知道，不过只要是看见他，我就总能想起德妃之前的那些事，让我这心里啊，就不得安生。"燕王将一块梨放进嘴里，"所以这些年来，任凭寒儿怎么胡闹怎么过分我都在容他，就让他和卿儿多较较劲，让卿儿历练历练，感受下人心叵测也是好的。"

"王爷真是用心良苦。"庄妃并没有表明自己的态度，只是顺着燕王的话说了下去。

而殿外的战寒将这一切尽听耳中，燕王每说一句，就如同刀子一般剜在战寒的心尖上，也是到此刻战寒才终于明白，原来这么多年与战卿的谋求抗衡，他在燕王眼里不过是一枚棋子，一枚教会战卿如何成长的棋子！

战寒越想越气，猛地推开殿门冲了进去，按捺不住自己的怒火将寝宫中的长剑一把抽出，直指燕王："父王！你刚才所说的可是句句属实？"

庄妃和燕王都没有料到战寒居然会听到这一切，但出于对燕王的担忧，庄妃还是壮起胆子挡在了燕王面前："寒儿，你有话好好说，把剑放下，他可是你的父王啊！"

"呵，父王？"战寒讥讽地笑了笑，"是啊，我的父王明面上是在对我好，实际上却在处处算计着我这个亲生儿子！你猜忌我母妃的清白，利用我给战卿铺路，可曾想过我的感受？你在做这一切的时候，想过您也是我的父王吗？"

燕王虽然被战寒惊吓了一遭，但终究有为君者的气度，颤颤巍巍地站起身来，走到战寒面前，步步紧逼："所以呢？你如今要亲手杀了你父王是不是？亲手杀了你母妃还不够，现在又要来对父王下手了？"

战寒到底没有那么大的胆子，只能步步后退："父王，是你逼我的！

母妃不是我杀的,不是!是她自尽的!"

"你可以用这个说辞骗过天下人,你觉得能骗过父王吗?"燕王睥睨着他,"要不是因为你的狼子野心,你母妃怎么可能为你去死?她的死不就是为了成全你吗?那又与你亲自动手有何分别?"

燕王的一字一句刺激着战寒敏锐的神经,但战寒依旧手持长剑,不肯放下:"母妃是怀着对你的怨去的,你从来没信任过她,正如从来没有信任过我一样!母妃临死,你都还在怀疑我的身份,不是吗?"

"是又如何?"燕王没有丝毫悔意,"奸臣宇信为了你的世子之位居然提出让德妃与他暗通款曲之事,难道不是事实吗?虽然当时本王及时赶到才未酿成一场大祸,但有此心,便足够诛杀万次!"

"你的身份究竟是燕国寒王之子还是私通之子,说到底其实本王根本不在乎。如果你可以老老实实、本本分分地待在宫里,本王没想拿你怎么样!可你偏不,偏偏要去奢求自己这辈子都不可能的事情!就连德妃跳水自尽都没能让你幡然醒悟,反而变本加厉!你觉得,本王如何再能容得下你?"事已至此,燕王也无意隐瞒。

战寒被燕王彻底激怒,手拿长剑不由自主地便冲了上去。庄妃从未预料到战寒居然会如此冲动,情急之下疾步挡在了燕王面前,长剑划过,庄妃中剑昏倒在地。

"来人!"看着庄妃昏迷过去,燕王才显现出一丝关切之情,急忙将殿外的人唤了进来。

"传御医!治不好庄妃唯你们是问!"燕王满怀担忧地将庄妃交给了赶来的宫女。

"是。"宫女急忙退下。

战寒眼见自己真的伤了人,双手在不停地颤抖着。

殿内侍卫见此情形不敢私自撤离,只能请示着燕王的意思:"王爷,是否需要我们把寒王殿下带走?"

"不必!"燕王挥了挥手,"你们下去吧,把寒王的佩剑也拿下去。"

"是。"侍卫不敢多话,急忙退了下去。

战寒失魂落魄,脚下不稳跪坐在地,泪水顺着眼角滑下:"所以从始至终,父王你都是在利用我?"

"你该满足的,不是吗?"燕王对德妃和战寒的事情,心里始终有结。

"为什么?就因为你怀疑我不是您的孩子?"战寒还是不愿意相信,"可滴血认亲您已经看到结果了,不是吗?"

燕王长袖一甩,两只手背在身后,轻笑着看向战寒:"那又如何呢?我只要看见德妃便觉得甚是恶心!而你,更像是一个长在本王手上的倒刺,拔了觉得疼,留着又嫌碍眼!"

燕王冷冷地笑了一声:"寒儿,你就知足吧,就算你成了世子,将来继承了燕王之位又能如何呢?你真的能堵住天下悠悠众口吗?难道你就不怕等你位高权重的那一天,每一日都有人在你耳边窃窃私语,说你曾经被怀疑过王子身份吗?"

"你……"战寒强撑着站起身子,发丝早已凌乱不堪,伸出手去指了指燕王,"你不配为君,更不配为人父!"

战寒紧接着便是一阵狂笑:"哦,对了,你还不配为人夫!你永远都是用你自私到可笑的爱去对待每一个人,我母妃如此,庄妃如此,就连被你幽禁起来的公主亦是如此!你穷极一生可那公主却没有看你一眼,真是报应啊!"

"放肆!一派胡言!"唯有听到"公主"二字,燕王才有一些控制不住自己的情绪,拿起地上的剑狠狠地指向战寒,"我不许你再提起公主!"

战寒此刻早已失去理智,变得歇斯底里起来。

趁着燕王疏忽的工夫,他几步上前将燕王手中的长剑夺了下来,转

守为攻,直指燕王胸膛:"呵!不能再提?儿臣不提,难道父王午夜梦回的时候就再也不记得她了吗?儿臣不提,难道公主就能像从未出现过那般消失在父王的记忆里了吗?"

战寒继续逼近,长剑已经刺破燕王的衣襟,渗出血来:"既然如此,那父王就下去陪她吧!到时候父王正好可以好好问问,她会不会原谅你?"

与此同时,包扎好伤口的战卿和毛豆子马不停蹄地往燕王宫赶去,临到皇城内,却不想中了早早安排好的弓箭手埋伏。幸好此时二人早已有所准备,耗费了一番劲儿便打下了远处射来的弓箭,红羽和世子府的暗卫也适时将城墙上埋伏的弓箭手尽数绞杀。

就在战卿和毛豆子急急赶到燕王寝宫的时候,寒王已经不见了踪影,燕王躺在地上,鲜血流了一地。

"父王!父王!"战卿赶紧上前抱紧了气若游丝的燕王。

毛豆子赶忙跑到了战卿和燕王身边,见到昔日与离殊联合一起灭掉前朝的仇人,忽然陷入沉默。

倒是燕王在看到毛豆子的时候,神色显出一丝讶异:"你?"

"父王,这是豆子,是儿臣的世子妃,是儿臣这辈子会一心一意护着的唯一。这次回来就是想跟您说明这件事,以国礼迎娶。"战卿还以为燕王想知道毛豆子的身份,连忙点头。

"挺好,挺好。"燕王似乎已经感受到了什么,甚至说是确认了自己心中的想法,眼角居然有一滴清泪滑落。

燕王猛咳两声,呛出血来,似乎用尽全身的力气将战卿和毛豆子的手搭在了一起:"我临走之前,看到你们两个好好的,也就够了。不过唯一的遗憾是,我没办法亲眼看着你们成婚了。"

"父王……"战卿听着燕王的临终之语,难以自持地落下泪来。

"以后,卿儿这个人我便交给你了,"燕王欣慰地看向毛豆子和战卿,

"同样，卿儿你要时刻记着，一定要对世子妃好，明白吗？"

"儿臣明白，定不负父王嘱托。"

"如此甚好……"燕王笑了笑，如释重负，想触碰战卿脸颊的手猛然滑落，没了声息。

恰在此时，红羽匆匆赶了过来。战卿悲痛欲绝，看向他，咬牙切齿般憎恨道："寒王人呢？"

"回主上，属下有罪，未能及时拦住他，已经趁乱逃了。"

"追，找到他人，务必带回来！"

"是。"红羽领命退下。

燕王意外被杀，战寒失去踪迹，燕王宫群龙无首，顿时陷入一片混乱。战卿临危受命，挑起燕国大梁，处理国事，将燕王顺利风光大葬。

然而燕国局势刚有一些起色，红羽便匆忙来报："殿下，大事不好。属下收到消息，寒王他正带兵向金陵方向去，似乎是要打入金陵城中谋夺皇位。"

"怎么会这样？"毛豆子早就想到战寒一定会想尽办法杀回金陵，但她万万没有想到的是，他居然能在刺杀燕王后还如此泰然处之地布置这一切，当是早有此番野心。

毛豆子看着眉头蹙起的战卿，在心中下了一个巨大的决定："红羽，你们先留在这里，把燕王宫的一切安顿好，我先动身回到金陵。"

"不行！"战卿决然拒绝了毛豆子的提议，"王兄马上就要攻入金陵城了，你现在去那儿不等于送死吗？"

"可素问还留在金陵啊，顾轻狂和苏轻鸾也还在皇城里，我不能看着他们有事而不管不顾。"毛豆子拉紧了战卿的衣袖，哀求道，"况且红羽不是说派人已经在途中设下埋伏了吗？他们至少也要耽搁几日，一定没我快的。我向你保证，不会再进皇宫，就是在外面接应他们，

可以吗？"

"我跟你一起。"战卿下意识地就想与毛豆子一同离开。

"燕王刚刚下葬，朝廷尚且不稳，况且现在战苍还没有回来，你一走，燕国就真的没有人了，万一再出点乱子可怎么好？"毛豆子虽然心里很想战卿陪在自己身边，然而时局如此，不得不暂时分别。

"你……不恨父王了吗？"战卿忽而问起。

毛豆子缓缓看向了远方，又回头看向战卿的眸子，终是摇了摇头："不是不恨了，是没必要了。前朝旧事到燕王为止就散了吧，再去追究也无济于事了，而且，上一辈的恩恩怨怨我怎么能强加在你身上呢？"

"豆子，我以燕国百年荣光对你立誓……"战卿还没说完就被毛豆子打断了，毛豆子眸中带着泪意："不必了，我虽然原谅了燕王，放下了旧事，但这并不代表我就可以安之若素地与你在一起。"

毛豆子走出大殿，遥望着燕国远处的万里河山，轻轻笑了笑："战卿，你即将是这燕国的王，是这辽阔疆土的主人。而我，实在没有心思也没有能力可以站在你身边，与你共享这万里河山。你曾经说过，会许我一个风调雨顺的太平盛世，这句话，我到现在依然记得，也永远相信。但是我会在远方看着，等着，也祝福着，只是若在你的身旁，请恕我万万做不到，你眼里该有的，是天下百姓，心存的，当是福佑苍生。而我只有小家之情，经此一别，有缘再见。"

"豆子……"战卿心下一惊，急忙追了出去。

然而，毛豆子却决绝地用剑柄拉开了两人之间的距离："战卿，如果你能懂我，你当知道我是真的累了，看着宫里的故人平安无恙，是我隐居之前想做的最后一件事，请你放过我，也是放过你自己。"

毛豆子拼命忍住眼中的泪水，与其说她现在是没有勇气再站到他身边，不如说是在担忧未来。她在想，若将来有朝一日，战卿真的继承了燕国的大位，那自己又将身处何方？燕王的事情还历历在目，她没有信心确保战卿不会成为第二个燕王，花前月下，朝三暮四。

她在担心，在害怕，在忧虑着将来自己的处境，如果有一天她不再是他心里的那个人了，自己又将如何自处？是自此幽闭深宫还是撒手而去？抑或是沉浸在无穷无尽的宫廷争斗中染满鲜血？她都不愿。既是如此，倒不如此刻放手，还彼此一个清静。至少，存在我们彼此记忆中最美好的，还是当年那场烛影斑驳里的携手共济。

毛豆子说完后，倏然收剑，毅然决然地快步离开了燕王宫，而身后的战卿踌躇几步，终究还是没有追上来，只是眼噙热泪望着毛豆子离开。

"殿下，您不去看看吗？"红羽上前有些不忍。

战卿缓缓摇了摇头："我知道她想要的是什么，但现在三弟还在外漂泊，我们只能先将王宫里的所有事安顿好，待时局稳定后，我定会许她想要的一切。"

"是。"红羽听着战卿的话，知道他已经有了主意，不再劝说。

一路上有战卿和红羽安排的助力，毛豆子回金陵一路格外顺利，不消几日，便快马加鞭赶到了金陵都城。而此时的金陵城，还沉浸在一片欢声笑语之中，丝毫不知道寒王将要攻城的消息。

毛豆子马不停蹄地进入了皇宫，第一时间告诉了顾轻狂三人这个消息，素问听从毛豆子的安排急忙去收拾东西，却在未央宫中发现苏轻歌消失了。

"主子，苏姑娘不见了。"素问匆匆回来回禀。

"不见了？"毛豆子还不知道苏轻歌葫芦里卖的什么药，但想了想也就明白了，"估计是早早收到了寒王的消息，趁乱出宫了吧，不必管她了，你快去收拾吧。"

"好。"素问离开。

顾轻狂和苏轻鸾似乎早已做好了决定一般站在原地不动,毛豆子有些焦急:"你们怎么还不去收拾呢?"

"你不在的时候,寒王趁机模仿离秋的笔迹写了一封诏书,字字句句都是要立寒王为新君的字眼,就连皇城里的守卫都被撤了大半。现在寒王不知道我还活着,可若是连我也走了,寒王就真的长驱直入了!"

"你想留下来揭穿寒王的阴谋?"

"是!寒王如今率领的不只有自己麾下的人,还有以奸佞当道重振朝纲的名义被他蒙骗的有识之士。我也曾以皇上的名义下过诏书,但寒王每次都说这是假的,欺骗大家说皇上已经死了,还拿到了皇上的玉玺来证明。我也是毫无办法,才要留在金陵城里,当面以证清白,希望还能挽回局面。"

"可是……"毛豆子很是担忧,"我知道之前寒王派人暗杀离秋之后便将玉玺偷偷带了出去,为今之计确实只有你安然无恙地出现才能回击那些谣言,反指寒王谋逆,可万一……"她不忍再说下去。

"就算万一寒王执迷不悟,兵戎相见,我与轻狂也一定不会退缩,与大炎共进退。国在人在,国亡人亡!"苏轻鸾显然是已经与顾轻狂商议过了,这便是他们最终的决定。

毛豆子还想再劝,却被顾轻狂拦下:"豆子,我知道你们都是为了我们着想,你们的心意我们领了。只是如今国家危难之际,我身为一国之君,无奈站在这个位置上,必须承担起该有的责任。我不想千百年后,等人们再谈论起大炎,会说这个皇上暴虐无度,弃国而逃。"

毛豆子正要说些什么的时候,素问忽然慌慌张张地跑了进来:"主子,主子不好了!寒王率兵进城了!"

"没人拦住他吗?"毛豆子未曾预料都城的守卫居然早已尽数瓦解。

"没有。"

"百姓们呢？可有事？"顾轻狂这时候担心的却是城中人的性命。

"并没有，"素问气喘吁吁，"他们、他们凶神恶煞地冲了进来，显然是冲着宫里来的，所以并没有时间去处理城中的事情。"

"知道了，素问，你先去躲一躲，找机会就逃出宫去，及时将消息通知给战卿他们。"

"好。"趁着寒王还没进入皇宫，素问急忙跑走。

就在素问离开不到一炷香的时间，便听到一阵杂沓之声，连带着宫人们的惨叫，金陵皇宫内瞬间横尸遍野，血流成河。

战寒率领亲卫大摇大摆地走进了清央殿，虽然看到皇上还活着还有一瞬的惊讶，但已经顾不得许多，大手一挥便要命令亲卫将皇上和苏轻鸾斩杀。

毛豆子与一旁的侍卫看准时机，弯手提箭，几支弓箭同时射出，准确无误地射中了前去取人性命的三名亲卫。

战寒这才注意到隐在暗处的毛豆子等人，不由得轻笑一声："时隔多日，我们终于又见面了。"

"残害双亲，谋权篡位，人人得而诛之！"毛豆子并不想和他多废话，更不想对着他说笑一句。

战寒此时却仿佛胜券在握的样子，解决掉侍卫之后才开口道："呵！我谋权篡位？这里的每一个人可都看得清清楚楚！我战寒今日是以清君侧的名义来的！"

战寒吩咐手下将玉玺端了上来："先皇已逝，连传国玉玺都交到了我手里，却没想到偏偏有人不信，还冒充先皇的样子和笔迹再下诏书！如此奸佞小人岂能任由他祸乱朝纲？前来绞杀难道不是本王应尽之责？"

"寒王想铲除奸佞小人我自然是无话可说，可这满殿里究竟谁是奸

佞？到底是安然无恙的皇上还是狼子野心的你呢？"

"先皇的传位诏书明明白白写明了要立我为新帝！其他敢有不从者自然是奸佞小人！本王这些时日来，无论是在燕国，还是在金陵，扪心自问是先百姓忧，后百姓乐。先皇慧眼识才，有什么不对吗？"战寒还装模作样地对着上方拱了拱手。

"呵！是吗？"毛豆子轻笑一声，"您原来对所有人都这么好啊！那怎么不见您先前口口声声说爱着的苏轻歌啊？"

战寒听到"苏轻歌"三个字，神色陡然变了一变，对着毛豆子扔去一支金钗，正是苏轻歌先前所珍视之物："死了！因为胡搅蛮缠被我杀了，你满意了吗？"

苏轻歌在离开皇宫之后便迫不及待地去找寻战寒，却没想到换来的是这样的下场。而正在此时，战寒的耐心也渐渐被消磨殆尽，吩咐亲信对着三人冲了上去。

毛豆子孤身一人挡在顾轻狂和苏轻鸾身前，渐渐精疲力竭。好在没过多久，被战寒故意留在后面的有识之士皆来到清央殿，看到顾轻狂的第一眼便愣住了。

"寒王，您不是跟我们说皇上已经驾崩了吗？怎么这是……"

听到来人的质疑，战寒果然有些站不住脚："这还不明显吗？传国玉玺就在我手里，这人是被奸党推上台的冒牌货！"

顾轻狂在这时恰到好处地站了出来："冒牌货？朕这个人就站在这里，你居然敢亵渎朕！诸位将士，朕先前被人刺杀，是寒王派人盗走了玉玺，这个账朕还没来得及和寒王好好算算，寒王就这么迫不及待地要取朕而代之了吗？"

"你有何证据？"寒王还在垂死挣扎。

"就凭它！和朕真真切切的一张脸！"顾轻狂霸气地将之前所有的

往来国书与奏折全部抛在了战寒和众位将士的面前。

被蒙骗的将士一时之间哑口无言:"寒王,这是怎么回事?"

"寒王说不出了是吗?那朕替你来说!"顾轻狂一时仿若气势陡升,"寒王先前在燕国为了争夺世子之位,逼死了他的母妃。又为了谋夺燕王之位,亲手杀死生父!如今刺杀朕不成,便盗走玉玺暗自策划了这场闹剧,企图登上皇位,朕说的可有一点不对!"

战寒眼看行迹已经败露,干脆孤注一掷,冲出殿外向着天空发射了一个暗号,随着信号弹在空中炸开,顿时无数火把如剑雨般向皇宫方向掷了过来,一时之间所到之处皆化为了火海。

众人急急忙忙地避火,全部都忽略了寒王的行踪,而毛豆子担忧顾轻狂和苏轻鸾的安全,也帮忙灭火,却不料在此时被寒王偷袭,一记手刀劈昏过去,晕倒在地。

等毛豆子再醒来的时候,已经身在一个茅草屋中,手脚都被绑得结结实实。还不等毛豆子反应过来这是哪儿的时候,寒王已然走了进来。

寒王恶狠狠地将堵在毛豆子口中的布条拿出来,幸灾乐祸:"没想到吧?你最后还是到了我手里!"

"你要做什么?"毛豆子还是有些紧张。

战寒此刻的状态已经接近疯癫:"呵呵,做什么?当然是要你为你做过的一切付出代价啊!我三番五次想要得到世子之位,却屡次被你和战卿搅局!就连燕王的王位,父王都宁死也不传给我!这些便算了,小名小利我战寒不在乎。可你千不该万不该阻挠我成为天地共主的计划!所以……"

战寒将手边一个茶盏猛然摔碎,随手拿起一个碎瓷片在毛豆子脸上比画着:"所以,我就放了一把火,封闭城门,干脆让他们同归于尽!而你,自然是不配那么痛快地死。于是啊,我就把你抓了来,还给战卿放了消息,我就是要眼睁睁地看着你们两个悲痛欲绝!"

"卑鄙!"毛豆子忍不住啐了一口。

战寒丝毫不气,反而是淡定地抹了去,继续笑着:"慢慢等着吧,一会儿,你那夫君就该来了!"

不消一刻,战寒便听到了门外来人的声音,狠狠地将毛豆子推搡了出去,匕首一分一分靠近了她的脖颈:"哟,果然是心疼啊!这么快就来了?"

"少废话!"战卿强忍着怒气,"赶紧放了豆子!"

"放了她?可以啊,"战寒一阵狂笑,"你替她去死?"

看战卿没接话,战寒轻笑一声,用冰凉的匕首拍了拍毛豆子的脸:"你看,多么负心薄幸的一个人啊!到头来,还是不敢为了你豁出命去!昔日那些甜言蜜语,不过是哄人玩儿的罢了!"

战卿趁着战寒看向毛豆子的时候,悄悄对着毛豆子比了个手势,示意毛豆子再拖延一刻,红羽马上就到。

毛豆子会意,立刻接过了战寒的话,语气有些颤抖:"不用你提醒,我早该知道,你们王室的人,没有一个是真心的!"

"豆子……"战卿赶忙配合了毛豆子,一同拖延时间,"我心里还是有你的。"

"呵呵,有我?有我你为什么到现在都不敢舍身相救?"毛豆子开始和战卿在战寒的面前"飙演技"。

"我……不是你想的那样。"

"呵,事到如今,你让我如何信你。"

毛豆子还没说完便被战寒一下子打断:"好了,别说了!现在不是给你们叙旧的时候!战卿,我再数三个数,如果你还不拿着你的剑自刎当场,那么死的,就会是她!"

"一……二……三……"战寒的匕首马上就要划过毛豆子的脖颈。

"等等，我替她！"战卿及时止住了战寒的动作，举起长剑便要对着自己捅下去。

说时迟那时快，红羽恰巧赶到，远处一枚暗器打在了战寒手上，战寒始料未及，吃痛松开了毛豆子。

战卿立刻飞身上前将毛豆子带离，轻轻抚了抚刚刚被战寒划过的伤痕："豆子，没事吧？"

"没事。"毛豆子摇了摇头。

战卿看着战寒准备逃走，急忙追了上去，与红羽联手将战寒毙于刀下。

危机已解，红羽还是对着战卿请罪："属下救驾来迟，还请主子恕罪。"

"无妨。"战卿虚扶了红羽一下。

毛豆子迎上前去，还在担心着宫里的情况："宫里的火灭了没有？顾轻狂和苏轻鸾没事吧？"

红羽闻言不知道该如何去讲，干脆没有说话。

战卿看出红羽的为难，继续开口："我们处理好国事之后，担心你这边的情况，几乎是与你同时到达了金陵城，正要进去的时候，发现素问匆匆跑了出来，告诉我们寒王已经攻了进去。等我们制伏叛军之后，宫里就已经着火了。待大火熄灭后，我们在清央殿发现的，就只有……"

"只有什么啊？"毛豆子万分焦急。

"只有两具抱在一起烧焦了的尸骨，"战卿缓缓开口，很是感伤，"应该是顾轻狂和苏轻鸾。"

毛豆子闻言身形猛然一颤，再次想起之前那个自己做过的梦，自己一直以为最后葬身火海的会是自己和离秋，这才在进宫之后不断地躲避着圣宠，就是不想让梦境变成现实。而直到现在自己才参透，原来那两

人并不是自己和离秋,而是顾轻狂和真正的丞相府三女苏轻鸾。

原来千帆过尽,我们始终躲不过的,终究是"命运"二字……

毛豆子有些怅然若失,踉踉跄跄地向前走去,却被战卿从背后抱住。

毛豆子此刻已经无力再去挣扎,好像只是在说一件无比稀松平常的事情:"我一早便说过了,我不会是你的世子妃。"

"我也并没有让你做我的世子妃啊。"战卿轻柔地贴在毛豆子耳边说了这一句。

毛豆子有些不解,回过身去:"什么意思?"

"安顿好燕国的一切后,我便给三弟飞鸽传书,让他回来继承燕国的王位。而我与你,则一起隐居山林,过普通百姓的生活。"

"可你愿望中的太平盛世怎么办?"毛豆子虽然感动,但也并不想因为自己而耽误了战卿。

"若无你在身旁,风调雨顺的太平盛世又有何用?苍生再重,也重不及你……"战卿凝视着毛豆子的面庞,情难自已,轻轻在她额头落下一吻,"这锦绣繁华,万里河山,我只愿同你一人……"

"战卿……"毛豆子热泪盈眶。

战卿伸手蘸去她眼角的泪花:"事到如今,还直呼夫君的姓名吗?就连素问对红羽都改称呼了。"

"他俩?"毛豆子想到这儿不禁笑了笑,"那素问现在叫红羽什么啊?"

战卿还没答复毛豆子呢,就看到远处素问笑意满满地冲着红羽跑了过来:"红红!"

"红红?"毛豆子听到这个称呼笑得喘不过气来。

看着战卿似乎颇为期待的样子,毛豆子最后只能遂了他的愿,猛然一跃跳到了战卿腿上，战卿将毛豆子接在怀里，笑看向她，静待下文。

毛豆子好久才从牙缝里憋出一句："卿卿！"

"是……"战卿嘴角扬起，满是幸福地应下了这一句，转瞬吻上了毛豆子的唇。

半晌，战卿才肯放开毛豆子，紧紧拉起她的手，顺着小溪流走过："走吧娘子，我们去找个地方选个大房子！"

"好，我还要一处小院子，将来可以种种菜，养养花，闲来无事的时候还能夏日乘凉！"毛豆子松开战卿的手，一路在战卿面前小步后退着。

"好！"战卿笑意满满，"小心身后的石子，别摔了。"

"我还要个小厨房，到时候可以做饭给你吃！"

"你做的真能吃吗？"战卿虽然笑着，但此刻的表情却变得有些难看。

"你居然现在就嫌弃我？"毛豆子噘起小嘴。

"没有，怎么会呢？"战卿跟在她身旁，"你做的什么我都喜欢。"

毛豆子这才又笑了起来，继续畅想："我们还要再置办一些笔墨纸砚、古琴乐器、刀枪剑戟什么的，如果将来有了儿子，你就教他剑法，如果是个女儿呢，我就教她抚琴。虽然我也不大会，但可以一起学嘛，你说呢？"

"好，全依你。"战卿现在心里眼里全都是毛豆子一个人的身影，哪还容得半点旁的东西。

他现在只知道的是，余生，唯她一人，足矣……

很多很多年后，说书先生醒木再起，坊间皆流传着这样一段佳话：大炎前朝，曾有这样一位皇帝，姓离名秋，虽然性情暴虐，却对一位鸾妃娘娘情有独钟。哪堪苍天不怜，燕国贼子率兵谋夺皇位，皇上与鸾妃

誓死不降，以身殉国。至此后，也许是圣灵福佑，大炎百年间竟风调雨顺，边境无一乱事，百姓也都安居乐业。

不过其中最被人津津乐道的实属这位鸾妃娘娘，出身官家却行事潇洒，骑马射箭甚至颇有巾帼之风，一时之间竟引得金陵城里女子人人效仿，不以女红持家为荣，反以舞刀弄剑为乐。就连皇上对她的圣宠，都有人传言说其实是这位娘娘精通幻术，迷惑圣上。不过终究政事无忧，才未有大乱。

说书先生们的版本越传越多，不过世人们都不知道的是，故事里的那个她，其实并不是真正的相府小女，而那个离秋，也并不完全是大家口中的那个暴虐皇上。可这又有何妨呢？大家不过都只是茶余饭后，一笑便罢，唯有略带着传奇色彩的宫廷秘事代代流传，成为不同人口中的你我他。

但是说到底，这世间哪有什么玄幻之术，向来都是风花雪处，美丽故事不过都是真情动人而已……

本书由梧虞委托长沙大鱼文化传媒有限公司正式授权花山文艺出版社，在中国大陆地区独家出版中文简体版本。未经书面同意，本书的任何部分不得以图表、电子、影印、缩拍、录音和其他手段进行复制和转载，违者必究。